THESE UNWRITTEN WORDS

NADJA RAISER

Buchbeschreibung

Ein Rockstar, der endlich ausbrechen und er selbst sein
will – auch wenn er alles verlieren könnte.

Ein Ghostwriter, der seinen Traum, Autor zu sein,
ehrgeizig verfolgt – aber eine längst vergangene Liebe
nicht loslassen kann. Vollkommen egal, wie weh es tut.

Gefangen sind beide – auf ihre ganz eigene Weise.
Doch als Ray und Eliah aufeinandertreffen, geraten
ihre Welten ins Wanken. Ihre Gefühle füreinander sind
so tief, so stark, dass alles, was sie zu kennen glaubten,
zusammenbrechen könnte. Jetzt müssen sie sich
entscheiden, ob ihre Ängste sie weiterhin kontrollieren
oder die beiden gemeinsam ihre Geschichte schreiben
wollen.

Sollte man sich in einen Mann verlieben, der einem
vor Tausenden von Menschen das Herz brechen
könnte?

Über die Autorin

Nadja Raiser lebt mit ihrer Familie in einem Mehrgenerationenhaus am Rande der Allgäuer Alpen. Bereits in ihrer Kindheit liebte sie es, in selbstgeschriebene Geschichten einzutauchen. 2020 wagte sie den Schritt in die Öffentlichkeit und schreibt und veröffentlicht seitdem Bücher in unterschiedlichen Genres. Neben dem Schreiben gehört ihr Herz der Musik, was sich auch in dem Roman These Unwritten Words deutlich niederschlägt.

Besuche mich im Internet:

www.nadja-raiser-autorin.de
info@nadja-raiser-autorin.de

instagram.com/nadjaraiser_autorin
tiktok.com/@nadja.raiser

Druck: Libri Plureos GmbH, Friedensallee 273, 22763 Hamburg

1. Auflage 2024

Text © : Nadja Raiser, 2022

Verlag: BoD · Books on Demand GmbH,

In de Tarpen 42, 22848 Norderstedt, bod@bod.de

Lektorat: Maria Schmidt

Coverbild: shutterstuck.com/ © VerisStudio (1590062689)

Covergestaltung: Bianca Wagner / Cover Up Buchcoverdesign

Kapitelzierden: Adobe Stock Nr. 542657318, Adobe Stock Nr. 1041568896

Buchsatz: Katherina Kisner

ISBN: 978-3-7693-0531-9

Bibliografische Information der Deutschen Nationalbibliothek: Die Deutsche Nationalbibliothek verzeichnet diese Publikation in der Deutschen Nationalbibliografie; detaillierte bibliografische Daten sind im Internet über dnb.dnb.de abrufbar.

Die automatisierte Analyse des Werkes, um daraus Informationen insbesondere über Muster, Trends und Korrelationen gemäß §44b UrhG („Text und Data Mining") zu gewinnen, ist untersagt.

Kapitel Eins

RAY

»Raus, alle zusammen! Verlasst das Zimmer!«

Peters Stimme dröhnt in meinen Ohren und ich stöhne genervt.

»Habt ihr nicht gehört? Oder standet ihr zu nah an den Boxen? Ich sagte RAUS!«

Ich lasse mich in den schwarzen Ledersessel fallen und winke den Mädchen ohne großes Interesse zum Abschied. Es war sowieso klar, dass Peter sie rauswirft, denn genau dasselbe hat er nach den letzten beiden Konzerten getan. Weiß der Geier warum. Andererseits ist es mir heute Abend ganz recht so, da mein Kopf dröhnt, als würde ein Presslufthammer darin wüten.

Als sich nur noch die Jungs und ich im Backstageraum befinden, dreht sich Peter zu meinen Kollegen und fährt sich dabei durch die Haare.

»Hey, würdet ihr mich einen Augenblick mit Ray alleine lassen?«

Okay, das ist neu. Und es klingt gar nicht gut.

Scott, Jonas und Alec klopfen mir kumpelhaft auf die Schultern und ich sehe ihnen nach, während sie mit gesenkten Köpfen unseren Backstageraum verlassen.

Mit gespielt abwesender Haltung trinke ich aus einer Bierflasche, doch ich spüre Peters wütenden Blick auf mir ruhen. »Was?«, fahre ich ihn an.

»Die wievielte Flasche ist das jetzt?«

Ich sehe vom Bier zurück zu Peter und schüttle den Kopf. »Ist die Frage ernst gemeint?«

»Antworte mir, Ray!«

Mein Manager steht inzwischen breitbeinig vor mir und hält die Hände abwartend in die Leisten gestemmt. Vermutlich denkt er, er würde so beängstigender aussehen, doch dazu fehlen ihm ungefähr zehn Kilo Muskelmasse. Stattdessen muss ich direkt auf seinen schwabbeligen Bauch starren, der in einem viel zu engen Armanianzug steckt, und ich stöhne genervt auf. »Ich bin dreiundzwanzig Jahre alt und darf seit geraumer Zeit Alkohol trinken, das weißt du, nicht wahr? Oder willst du mir etwa sagen, dass es mir ab sofort vertraglich nicht mehr erlaubt ist, ein Bier zu trinken?«

Peter seufzt und klopft mir mitfühlend auf die Schulter. »Du weißt, dass ich nur das Beste für dich will, Junge, oder?«

Ja klar – selten so gelacht. Ich unterdrücke noch rechtzeitig ein Augenrollen und stelle das Bier beiseite. In Peters Anwesenheit schmeckt mir nicht einmal meine Lieblingssorte.

Nach einer gefühlten Ewigkeit, in der mein Manager regungslos vor mir steht, höre ich ein weiteres theatralisches Seufzen aus seinem Mund und ich spanne mich innerlich an.

»Wir müssen reden, Ray.«

Ach, echt? Als wüsste ich das nicht. Doch ich richte mich im Sessel auf und nicke mit gespielt interessierter Miene. »Um was geht's?«

Peter seufzt schon wieder und ich frage mich, ob er dieses Geräusch in den letzten Tagen vor dem Spiegel geübt hat. Gleichzeitig beobachte ich ihn dabei, wie er die glatt nach hinten gegelten Haare noch platter an die Kopfhaut drückt – das tut er immer, wenn er schlechte Neuigkeiten hat. »Das Konzert war scheiße«, beginnt er und ich nicke.

Ein Punkt, bei dem wir uns einig sind, was eher selten vorkommt. Das Konzert war eine absolute Katastrophe und ich kann echt von Glück reden, dass sie uns nicht mit faulen Eiern beworfen haben. Denn wäre ich heute mein eigener Zuschauer gewesen, hätte ich es vermutlich getan.

»Und die neue Single kommt einfach nicht so an, wie wir uns das erhofft haben«, fährt er fort. Ein weiterer Punkt, dem ich zustimmen kann – abgesehen von der Tatsache, dass mir schon vor der Veröffentlichung von *You are my Wonderlove* klar war, dass der Song nichts ist. Wir – das heißt, die Band *Ray and the Kings*, haben uns sogar geweigert, ihn zu performen, bis Peter uns auf eine Vertragsklausel aufmerksam gemacht hat. Diese zwingt uns dazu, die grässlichen Pop-Lovesongs aus der Feder unseres Labels zu trällern, völlig egal, ob wir wollen oder nicht.

»Wir benötigen dringend richtig gute Publicity. Und eine weitere Single. Hörst du, Ray?«

Mein Kopf dröhnt schmerzhaft, dennoch stehe ich auf und bohre den Zeigefinger in Peters teuren Anzug. »Wenn du von mir verlangst, dass wir einen weiteren Lovesong von Alberta aufnehmen, hast du dich …«

»Dann komm endlich in die Gänge und besorge mir einen Song! Verfluchter Mist!« Peter stöhnt auf und schüttelt den Kopf. »Ihr seid die erste amerikanische Boyband seit über zehn Jahren, die es neben dem ganzen K-Pop-Scheiß aus Asien endlich wieder in die Weltrangliste geschafft hat. Diesen Erfolg werde ich mir garantiert nicht von einem beschissenen Durchhänger deinerseits zerstören lassen! Die Leute und vor allem die jungen Mädchen lieben dich – immer noch. Das ist dein Glück. Also hör damit auf, ständig dieses griesgrämige Gesicht aufzusetzen. Schreibe einen neuen Song, der zu unserem Label passt und du musst nie wieder etwas von Alberta singen. So einfach ist das.«

Peters Miene ist eisern und ich kenne ihn lange genug, um zu wissen, dass er keine Widerrede duldet.

»Außerdem wirst du ein Buch veröffentlichen«, fügt er nach einer Pause hinzu und ich verschlucke mich an meiner eigenen Spucke.

Bitte was? Völlig sprachlos starre ich ihn an und suche irgendein Zeichen dafür, dass er Witze macht, doch Peter sieht mich noch immer mit diesen eisblauen, kalten Augen an. »Das machen zurzeit fast alle Promis. Und wenn du dich an den Zeitplan hältst, wird es eine perfekte Geschenkidee in der Vorweihnachtszeit. Das bringt gute Publicity.«

Ich versuche, ruhig zu bleiben, denn meine Fäuste sind kurz davor, schwungvoll und voller Enthusiasmus

Peters Nasenbein zu brechen. »Ich habe noch nie ein Buch geschrieben«, merke ich mit gepresster Stimme an, doch mein Manager winkt lässig ab.

»Wir haben dir einen Ghostwriter engagiert. Das ist in dem Genre so üblich.«

Ich fasse es nicht, Peter meint das wirklich ernst. »Und worüber soll dieser Ghostwriter schreiben?«

Er wirft mir einen fast schon mitleidigen Blick zu und klopft mir ein weiteres Mal auf die Schulter. »Na über dich natürlich, Ray. Du bist Leadsänger von *Ray and the Kings!* Die Leute wollen dich, den wahren Ray, kennenlernen.«

Ein freudloses Lachen dringt aus meiner Kehle. Seit ich Peters Vertrag unterzeichnet habe, weiß ich, was er mit ›dem wahren Ray‹ meint. Damit bin nämlich nicht ich gemeint, nein, nein. Damit spricht er von einem Ray, der Balladen singt und der allein durch die Hilfe von Sunset Music am Musikhimmel als glänzender Stern aufsteigen konnte. Ein Sänger, der immerzu lächelt, niemals schlechte Laune hat, und dem die Mädchen zu Füßen liegen. Ein Womanizer, der dennoch auf der Suche nach der einzig wahren Liebe ist.

Peter tätschelt ein letztes Mal meine Schulter und räuspert sich. »Ich habe den Ghostwriter für morgen Vormittag zu dir nach Hause bestellt. Sybill hat dir die Infos dazu per Mail geschickt. Er kommt um neun. Enttäusche uns nicht, Ray.«

Er nickt mir noch einmal zu und lässt mich schließlich allein im Backstagebereich zurück.

Eine gefühlte Ewigkeit starre ich auf den grau-blauen Linoleumboden. Dann ergreife ich die Bierflasche und schleudere sie auf den Boden. Während sich weißer Schaum neben meinen Füßen verteilt, trifft mich die Erkenntnis wie ein Faustschlag.

Ich werde morgen also ein Buch schreiben. Eine Autobiografie. Und ich kann rein gar nichts dagegen tun.

»Fuck! Fuuck!!«

Kapitel Zwei

ELIAH

»Bin wieder da!« Meine Stimme klingt irgendwie verzerrt und ich lausche in den langen Gang unserer Wohnung hinein. Nichts. Keine Antwort.

Das liegt möglicherweise daran, dass es drei Uhr morgens ist und nicht jeder um diese Uhrzeit topfit ist. Ich bin es allerdings. Außerdem habe ich Hunger – einen Bärenhunger.

Gott! Hoffentlich hat mir Rob etwas vom Essen übriggelassen.

Nach drei Versuchen schaffe ich es endlich, die triefend nasse Regenjacke und die Sneakers auszuziehen und ich schwöre, dieser Reißverschluss kommt direkt aus der Hölle! Das liegt ganz sicher nicht an den paar Bier oder den Cocktails, die ich getrunken habe. Und bestimmt auch nicht an den Tequila-Shots, die Lexi mit mir in den letzten Stunden geext hat. Mein Magen knurrt laut und ich kann förmlich die kalte Lasagne riechen, die Rob heute Abend gekocht hat.

»Mann! Auuuu!« War der Gang schon immer so eng? Und woher kommt plötzlich diese Türklinke? Das wird sicher einen üblen blauen Fleck am Oberarm geben.

Ich remple noch ein, zwei oder drei andere Gegenstände an, bis ich in der Küche ankomme. Und - Halleluja! –, es gibt noch Lasagne.

»O Rob! Ich liebe, liebe, liebe dich!« Nach drei weiteren Anläufen habe ich es sogar geschafft, die Besteckschublade zu öffnen, und endlich sitze ich auf dem Küchentresen und löffle kalte, aber absolut köstliche Lasagne.

Plötzlich geht das Licht an und ich kneife die Augen zu.

»Was machst du hier, verflucht?!«

Meine Schwester Linda steht mit verschränkten Armen im Türrahmen und ja – man könnte behaupten, dass sie wütend aussieht.

»Ich esse die weltbeste Lasagne.«

Offenbar überzeugt sie diese Antwort nicht, denn nun hebt sie auch noch eine Augenbraue an. »Im Dunklen?«

Auf einmal ergibt alles einen Sinn und ich lache laut auf. »Ich bin gar nicht betrunken. Und der Gang ist auch nicht schief. Ich habe lediglich vergessen, das Licht anzuschalten. Linda, du bist der Hammer! Hab ich dir das heute schon gesagt? Ich liebe, liebe, liebe dich!«

Leider lässt sie es nicht zu, dass ich sie küsse, denn sie hält meine beiden Hände fest und schüttelt den Kopf.

»Das kommt wohl davon, wenn ich dich alleine mit

Lexi und Gordon losziehen lasse. Himmel! Was hast du alles getrunken?«

»Mann, Linda! Es ist Wochenende und ich habe die ersten Prüfungen hinter mir. Und außerdem habe ich gestern mein Manuskript abgeschickt. So etwas muss ich doch fei… Aaaahhh!« Ich hatte eigentlich vor, die Arme in die Luft zu werfen, aber irgendwie verliere ich dabei das Gleichgewicht und kann mich gerade noch auffangen, um nicht vom Tresen zu fallen. Leider trifft das nicht auf den Teller Lasagne zu, denn der liegt jetzt völlig zerstört am Boden. Ich könnte heulen. Die gute Lasagne!

Allerdings höre ich wirklich ein heulendes Geräusch. Aber ich bin es nicht, ich schwöre.

Erst als Linda seufzt und mich verärgert ansieht, kapiere ich es.

»Dylan ist wach. Na toll. Gut gemacht, Bruderherz.« Anstatt sofort zurück in ihr Zimmer zu gehen, um ihren einjährigen Sohn zu versorgen, steht Linda allerdings immer noch vor mir und betrachtet mich und die Matschlasagne zu meinen Füßen. Dann rollt sie mit den Augen und deutet auf mich. »Du rührst dich nicht vom Fleck, verstanden?«

Obwohl ich den Ernst in ihrer Stimme höre, kann ich nicht anders und kichere. »Wenn du sauer bist, klingst du wie Mom, weißt du das?«

Linda wirft mir einen Putzlappen an den Kopf. »Und du wie Dylan, wenn du besoffen bist. Apropos Mom … Da blinkt ein Anruf auf dem AB.« Sie streicht ihr weißblondes Haar hinter die Ohren und wackelt verschwörerisch mit den Augenbrauen. »Ich kenne nur eine Person, die diese Nummer besitzt.«

»Mom«, antworte ich prompt und versuche, die Nachricht abzuhören. Und tatsächlich finde ich irgendwann sogar die richtige Taste. Gleichzeitig mache ich mir eine gedankliche Notiz, bei meinem nächsten Besuch zu Hause unsere Festnetznummer in ihrem Handy zu löschen.

»Hey Ellie, ich bin's, Mom. Tut mir so, so, sooo leid, ich habe total vergessen, einen wichtigen Termin weiterzugeben. Ein Autor unseres Verlags soll morgen Vormittag um neun Ray Williams in seiner Wohnung besuchen, die Adresse habe ich dir per Mail geschickt. Sein Label hat uns engagiert, eine Biografie über ihn zu schreiben, und ich dachte, es wäre eine tolle Herausforderung für dich, findest du nicht? Das ist die Gelegenheit, den Durchbruch als Autor zu schaffen. Und es ist die ideale Beschäftigung für die kommenden Wochen, nicht wahr? Immerhin sind die ersten Prüfungen vorbei und soweit ich mich an meine Studienzeit erinnern kann, habt ihr in der Woche vor Thanksgiving frei. Perfekt, oder? Ach so, Linda hat mir erzählt, dass du dein Manuskript beendet hast. Glückwunsch, Schatz. Du wirst sicher einen geeigneten Verlag dafür finden, meine Daumen sind jedenfalls gedrückt. Mach's gut, mein Süßer. Und richte Linda aus, dass ich Dylan schrecklich vermisse! Küsschen.«

Wie in Trance starre ich auf das Telefon in meinen Händen und fühle mich schlagartig nüchtern.

Du wirst sicher einen geeigneten Verlag dafür finden.

Ich gebe zu, die Worte würden emotional aufbauend wirken, wenn meine Mom nicht eine Zweigstelle von Harper Collins leiten würde. Denn angesichts dieser Tatsache bedeuten sie eigentlich nichts anderes als: »Sorry, Ellie, dein Fantasyroman ist echt scheiße und wir werden sicher keinen Cent ausgeben, um ihn zu verlegen. Aber hey, vielleicht findest du ja ein paar Idioten, die Freude daran haben?« Gut, vermutlich würde sie es nicht so formulieren, doch die Message ist dieselbe: Mein Buch ist nicht gut genug für sie.

Seit ich schreibe, träume ich davon, mit einem eigenen Roman einer ihrer Autoren zu werden. Viele Jahre habe ich an meiner Idee getüftelt, recherchiert und das Manuskript immer wieder überarbeitet.

Wenn ich ehrlich bin, begann ich im Herbst nur aus einem einzigen Grund das Literaturstudium: Ich erhoffte mir, endlich von Mom als Schriftsteller gesehen zu werden. Tja, offensichtlich habe ich dieses Ziel erreicht. Nur leider anders als erträumt.

»Ich hab mich verhört, oder? Sie meint sicher nicht Ray Williams von *Ray and the Kings*? O mein Gott, o mein Gott, o mein Goohooooott! Ellie! Wie geil ist das denn? Gratuliere dir!« Linda wischt die letzten Reste der Lasagne auf und umarmt mich stürmisch. Dass Dylan immer noch weint, fällt ihr in diesem Augenblick wohl gar nicht auf.

»Ja … Äh … Danke.« Ehrlich gesagt weiß ich nicht, ob eine Gratulation wirklich angebracht ist. Da sich meine besten Freunde Lexi und Gordon inzwischen am Flughafen befinden, um einen sogenannten Selbstfindungskurztrip in der Karibik zu starten, wollte ich eigentlich die nächsten Wochen dazu nutzen, die Rohfassung eines neuen Romans zu schreiben. Und ein Musiker sollte ganz sicher nicht darin vorkommen.

Plötzlich öffnet sich die Küchentür und Rob wirft

einen verschlafenen Blick auf uns. »Das Baby schreit«, sind die einzigen Worte, die er murrt. Dann betrachtet er das restliche Lasagnenmassaker, das inzwischen neben mir liegt, und ich fühle mich extrem schuldig. Linda offensichtlich auch, denn die spurtet eilig aus der Küche hinaus, während Rob zum Kühlschrank schlurft und sich ein Glas Milch einschenkt.

Linda hat Robert Hyde, wie der ältere Herr mit dem mürrischen Blick eigentlich heißt, damals in einem Obdachlosenheim aufgegabelt, als sie dort gearbeitet hat. Bis heute weiß ich nicht, was in sie gefahren ist, als sie ihn kurzerhand in unserer WG einquartiert hat. Ich habe bestimmt zwei Wochen kein Wort mit ihr gesprochen, so wütend war ich. Wie sollte man bitte einem ehemaligen Obdachlosen aus der Wohnung werfen, ohne völlig herzlos zu wirken?

Na ja, inzwischen bereue ich Lindas zu großes Herz nicht, denn Rob ist gelernter Koch und seitdem er bei uns lebt, gibt es jeden Abend frisch gekochtes Essen, was im heutigen Fall Lasagne bedeutet. Die Pampe, die jetzt inmitten von Scherben neben mir liegt …

»Sorry, Rob«, beginne ich, doch Lindas Erscheinen hindert mich am Weitersprechen.

»Er schläft wieder, dem Schnuller sei Dank. Wehe, du rempelst noch ein einziges Möbelstück an.« Sie wirft einen Blick auf Rob, murmelt ebenfalls eine Entschuldigung und öffnet, genau wie er zuvor, die Kühlschranktür, um nach der Milch zu greifen. Mit dem Unterschied, dass Linda direkt aus der Flasche trinkt. Dann dreht sie sich zu mir und grinst breit.

»Du solltest ins Bett, Bruderherz. In weniger als sechs Stunden interviewst du Ray Williams!«

»Wer is'n das?«, mischt sich Rob ein und schließt ohne ein Wort des Ärgers den Kühlschrank.

»Machst du Witze? Er ist der Sänger unseres Jahrhunderts.«, erklärt Linda, doch ich stöhne.

»Vielleicht kann er singen, aber die Lieder von *Ray and the Kings* sind gequirlte Scheiße.«

Das hätte ich nicht sagen dürfen.

Wirklich nicht.

Denn Linda verwandelt sich in eine Furie, stemmt die Hände in die Hüften und erklärt mir mit surrender, ohrenbetäubender Stimme, warum diese Band und vor allem Ray der Renner sei:

»Es gibt niemanden, der so eine rauchig-kratzige Stimme hat wie er. Sie klingt wie Honig und knisterndes Kaminfeuer.« (Wie zur Hölle klingt denn bitte schön Honig?) »Außerdem kann er tanzen – Ellie, du musst dir seinen Hüftschwung ansehen! Er ist ein Dirty-Dancing-Gott!

Hast du diesen Mund einmal genauer betrachtet? Er küsst sicherlich göttlich. Ray Williams singt mit so viel Gefühl. Ich liebe ihn. Er ist der absolute Wahnsinn!«

Diese und unzählige weitere Kommentare muss ich über mich ergehen lassen.

»Sein neuer Song heißt *You Are My Wonderlove*. Ich finde, das sagt alles über ihn«, entgegne ich.

Rob prustet laut los, während er sein inzwischen leeres Milchglas spült, und Linda funkelt mich beleidigt an.

»Na, wenn du nicht willst, dass er dich gleich fünf

Minuten nach neun rauswirft, sag ihm das lieber nicht persönlich. Er hat den Song nämlich geschrieben. Mann, ich bin so neidisch. Wieso bekomme ich nie solche Aufträge von Mom?«

Linda arbeitete vor Dylans Geburt als Korrektorin beim Verlag und versucht bereits seit einigen Monaten vergeblich, wieder neue Manuskripte von Mom zu erhalten. Aber Mom ist eben Mom – sie erfüllt unsere Wünsche nie so, wie wir sie gern hätten.

»Weil du erstens einen einjährigen Sohn am Wadenbein hängen hast und sie zweitens vermutlich weiß, dass du besagtem Ray nur an die Wäsche gehen würdest, dürftest du ihn in seiner Wohnung besuchen«, beantworte ich ihre Frage mit einem ironischen Unterton. Nicht dass sie keinen Erfolg damit hätte. Denn trotz der Geburt meines Neffen hat sich Linda kaum verändert – weder optisch noch charakterlich: Sie ist und bleibt eine umwerfende Frau, die gerne flirtet und mit ihrem entwaffnenden Lächeln die Männer reihenweise um den Finger wickeln kann. Dennoch bin ich mir ziemlich sicher, dass Mom Linda nur deswegen keine Aufträge erteilt, weil sie meine Schwester durchgehend zu Hause bei Dylan sehen will. Doch das sage ich nicht, denn die Antwort würde nur in einer wütenden Diskussion enden, auf die ich nicht einmal nüchtern Lust hätte.

Linda funkelt mich beleidigt an. »Ach, und du würdest ihm nicht an die Wäsche gehen, oder was?«

Ich grinse breit. Ja, es gab einmal eine Zeit, in der ich dasselbe Ziel verfolgt habe. Ich hole das Handy aus der Gesäßtasche, denn selbst wenn mir der Name und die Lieder der Band etwas sagen, habe ich momentan nur eine schemenhafte Ahnung, wie der Typ aussieht.

Aber das ändert sich schnell, nachdem ich »Ray Williams« bei Instagram eingebe. Unzählige Bilder und Videos ploppen von ihm auf. Schwarze, halblange Haare, verwegener Bartschatten, dunkelrote volle Lippen und dazu dieser leicht melancholische, durchdringende Blick … Gott! Der Typ ist heiß. Okay, die sehr spärlich bekleideten Damen, die sich auf jedem zweiten Foto in seinen Armen räkeln, stören mich etwas, aber es stimmt: Ray Williams zählt definitiv zu der Sorte Mann, auf die ich abfahre. Auf die ich abfahren würde, wenn ich auf der Suche wäre, versteht sich natürlich.

Denn nachdem ich den Bildschirm des Smartphones entsperrt habe, ist neben den Fotos des Popsternchens eine Nachricht aufgeploppt, die ich jetzt öffne. Mein Herz krampft sich zusammen und ich rutsche den Barhocker näher an die Wand, damit Linda nicht mitlesen kann.

> Hey Babe, ich hoffe, du hast eine tolle
> Party. Schade, dass ich nicht bei dir
> sein kann. Aber du weißt ja, Katie. Ich
> vermisse dich so! Wir sehen uns.
> Kuss, Cole

Ich presse die Lippen aufeinander. Die Nachricht hat er vor vier Stunden geschickt.

»Was schreibt er?«

Lindas bohrender Blick spießt mich auf und ich schalte schnell die Bildschirmsperre ein. Woher zur Hölle weiß sie, wessen Nachricht ich …?

»Du hast immer denselben Blick drauf, wenn Cole dir schreibt«, unterbricht sie meine Gedanken. Dann seufzt sie. »Lass mich raten, er vermisst dich und wäre gern bei dir, aber Katie … bla bla bla …«

Ich schlucke. Na toll. Wenn mich Moms Nachricht vorhin etwas nüchterner gemacht hat, bin ich jetzt stocknüchtern.

Wieso tut Liebeskummer so höllisch weh?

»Du musst ihn endlich aus unserer Wohnung rauswerfen, Ellie. Er wird nicht zu dir zurückkehren.«

Ich kann gar nicht mehr zählen, wie oft mir Linda diesen lieb gemeinten Rat erteilt hat.

Vergiss ihn. Er hat dich nicht verdient. Du bist viel zu gut für ihn. Wenn er sich nicht entscheiden kann, dann tu du es! Er will dich nur warmhalten, wenn das mit Katie nichts wird. Du willst doch nicht bis ans Lebensende mit einem Mann zusammen sein, der sich nicht outen möchte.

Ich kenne ihre Ratschläge in- und auswendig und ja – insgeheim weiß ich, dass sie recht hat.

Aber ich liebe Cole. Ich liebe ihn so sehr, dass es weh tut. So sehr, dass er immer noch einen Schlüssel unserer Wohnung besitzt, obwohl er seit Monaten mit jemand anderem – einer Frau namens Katie – zusammen ist. Ich liebe ihn so sehr, dass ich ihm auch nach dieser langen Zeit noch glaube, dass Katie nur eine Alibi-Freundin ist, um seine konservative Familie zu beruhigen. Ich glaube ihm immer noch, dass er insgeheim nur mich liebt.

Ich bin ein hoffnungsloser Fall, ich weiß.

»Die Lasagne hat super geschmeckt, und sorry noch mal für das Chaos«, murmle ich an Rob gewandt und erhebe mich schwerfällig. »Ich hau mich ins Bett.«

Dann verlasse ich die beiden. Denn wenn ich morgen ein Interview als Ghostwriter führe, sollte ich zumindest ein paar Stunden geschlafen haben.

Kapitel Drei

RAY

Es klingelt. Verdammter Wecker! Was zur …? Ich tippe ein zweites Mal blind auf das Smartphone, das neben mir auf dem Bett liegt und einfach nicht aufhört zu klingeln.

Schon wieder. »Verfluchtes Handy!«, fahre ich es an und öffne doch die Augen, um den schrecklichen Weckton auszuschalten. Erst als es ein drittes Mal klingelt, kapiere ich es. Es ist nicht der Wecker meines Smartphones, der so durchdringend surrt, sondern die Wohnungstür.

Wer, zur Hölle, wagt es, mich um diese Uhrzeit zu stören? Und warum hat ihn der Portier überhaupt in den Aufzug steigen lassen?

Ich bin schon auf dem Weg, dem Störenfried eine Faust ins Gesicht zu rammen, da fällt es mir wieder ein. Ghostwriter Ellie Waye - irgendein Mädchen aus einem angesagten Verlag soll heute zu mir kommen, damit sie ein Buch über mich schreibt. Dummerweise habe ich den Portier gestern Abend persönlich darüber informiert, dass sie vorbeikommt.

Shit! Stöhnend laufe ich zurück ins Schlafzimmer, um mir zumindest eine Hose und ein Shirt anzuziehen. Doch dann sehe ich in die Spiegelfront des Schranks und halte inne. Ich habe überhaupt keine Lust, einer Ghostwriterin zur Seite zu stehen. Noch viel weniger möchte ich, dass ein Buch über mich und mein Leben erscheint.

Dieses Leben gehört mir, verdammt!

Ich betrachte das schiefe Grinsen meines Spiegelbildes und fahre mir durch die Haare, die rein theoretisch eine Dusche oder zumindest eine Bürste nötig hätten. Aber nur rein theoretisch. Genau wie das Kinn eine Rasur vertragen könnte.

Wenn mein Label mich schon verkaufen will, bitte – aber ich bestimme den Preis. Wer weiß, vielleicht ist besagte Ellie eine heiße Studentin, mit der ich in den frühen Morgenstunden ein paar Minuten Spaß haben kann?

Und falls nicht, wird sie sicherlich sofort schreiend die Aufzugtüren schließen und nie wieder auftauchen. So oder so klingt es nach einer Win-win-Situation.

Ich zwinkere mir selbst im Spiegel zu und eile splitterfasernackt zum Aufzug und drücke auf den Öffner.

»Du bist zu früh, Ellie«, säusle ich, während ich mich am Garderobenschrank anlehne. Doch dann erstarre ich.

Vor mir steht keine heiße Studentin, das ist schon mal klar. Und auch keine kreischende alte Omi, sondern ein Kerl. Ein K-E-R-L!

Ein junger Mann, der sich offensichtlich köstlich

amüsiert und mich völlig ohne Scheu ausgiebig mustert. Verfluchter Mist! Plötzlich fühle ich mich auf unangenehme Art und Weise nackt.

»Scheint sehr heiß zu sein in deiner Wohnung«, bemerkt er und ich muss mich stark zusammennehmen, um mein bestes Stück nicht doch noch mit den Händen zu verdecken. Als würde das helfen.

»Soll ich auch die Hüllen fallen lassen, oder reicht es, die Schuhe auszuziehen?«

»Du bist Ellie Waye?«, bringe ich mit krächzender Stimme hervor. Mein Gegenüber betrachtet gerade ausgiebig die beiden Tattoos auf meiner Brust und meinem Bauch. Ich merke, wie sein Blick immer tiefer sinkt und – okay, er hat es geschafft – ich verdecke doch mein bestes Stück und warte in dieser Haltung auf eine Antwort.

»Jupp«, kommt sie auch prompt. Ein breites Grinsen legt sich auf sein Gesicht und als er mich ansieht, erkenne ich zwei tiefe Grübchen in seinen sommersprossigen Wangen. »Und mir fällt gerade der perfekte Titel zu deinem Buch ein: Ray Williams – nichts als die nackte Wahrheit. Dazu dieses Bild … verdammt schade, dass ich keine Kamera dabei habe.« Er wackelt vielsagend mit den Augenbrauen. »Wir wiederholen das, versprochen?«

Ganz sicher nicht. Ich muss nicht sprechen, ich denke, mein Blick genügt, damit er weiß, dass er die Klappe halten soll. Und tatsächlich funktioniert es. Er zuckt kurz mit den Schultern und seufzt. »Eigentlich heiße ich Eliah, doch so nennt mich schon seit Jahren niemand mehr. Reicht dir die Antwort? Und kann ich jetzt reinkommen oder sollen wir das Interview im Aufzug führen?«

Seufzend ergebe ich mich und deute ihm mit einer ausladenden Handbewegung, mir zu folgen. »Ich zieh mir nur noch etwas an«, erkläre ich und begebe mich sofort ins Schlafzimmer. Trotzdem höre ich den Einwand, den er mir hinterherruft.

»Wegen mir kannst du ruhig so bleiben. Ich habe absolut nichts da… wow …«

Ich schätze mal, Ellie hat die 180-Grad-Panoramafester entdeckt und betrachtet die Skyline von San Francisco. Schnell schlüpfe ich in eine Jogginghose und ziehe mir ein Shirt über.

Als ich zurück in den Wohnbereich komme, grinse ich breit. Mein Ghostwriter steht mit offenem Mund an der bodentiefen Fensterfront und ich nutze die Gelegenheit und betrachte ihn genauer. Blonde Kurzhaarfrisur, die mit Gel künstlich verstrubbelt wurde, schwarze, modische Jeans und ein tailliert geschnittenes schwarzes Hemd, dessen Ärmel er hochgekrempelt hat. Seine Hände stecken in den Hosentaschen, doch ich erkenne unzählige Sommersprossen an den Unterarmen, die einen krassen Kontrast zu der dunklen Kleidung bilden. So sieht also ein Ghostwriter aus. Hübsch. Und irgendwie passend – völlig schwarz und unscheinbar – wie ein Geist. Doch da sehe ich es.

»Was zur Hölle trägst du an deinen Füßen?«

Ellie dreht sich zu mir um und folgt meinem Blick. Dann grinst er wieder und wackelt mit den Zehen, die in knallbunt gemusterten Socken stecken. Unzählige Emojis lächeln mir zu, während sich im Hintergrund hypnotisch wirkende Kringel drehen.

»Das sind Happy Socks«, erklärt er. »Die ultimativen Socken für gute Laune.«

Sicher doch. Ich würde solche Dinger vermutlich nicht einmal anziehen, wenn ich auf Drogen wäre, aber wenn er meint …

»Also gut, lass uns anfangen. Willst du einen Kaffee?«

Ellie folgt mir in den offenen Küchenbereich und ich höre ein anerkennendes Pfeifen. Offensichtlich gefällt ihm meine Einrichtung. Da ich selbst noch nicht allzu lange hier lebe, kann ich seine Gefühlsregung durchaus nachvollziehen.

Ich habe mich in die Fensterfront und den Ausblick auf die Skyline verliebt. Ich liebe den Blick von der Golden Gate Bridge links von mir bis hin zur Insel Alcatraz. Oder die Aussicht auf die Stadt, mit all ihren imposanten Bauwerken. Aber ich liebe auch den riesigen Wohn- und Essbereich, die graue Sofalandschaft neben dem Klavier und die dazu gehörende Aussicht auf die Bay Bridge bis zum Financial Center, die ich sowohl vom Klavier als auch vom Sofa aus genießen kann. Ich liebe den extra breiten Flatscreen, der sich per Knopfdruck im Boden versenken lässt. Und vor allem liebe ich die Siebträger-Kaffeemaschine. Der Rest in dieser exklusiven Küche ist ehrlich gesagt bis auf den Kühlschrank unbenutzt, doch ich bin mir sicher, dass ich ihn auch lieben würde, wenn ich denn kochen könnte.

»Schwarz bitte«, erklärt mir Ellie und ich schmunzle. Ja klar, was sonst? Etwas anderes würde nicht zu seiner Kleidung passen. Obwohl, wenn ich an die Socken denke, könnte er genauso gut einen Chai-

Latte-Karamel-Kaffee mit bunten Marshmallows darauf trinken wollen.

Nachdem ich ihm einen Kaffee und mir selbst einen Cappuccino zubereitet habe, setzen wir uns gemeinsam auf das Sofa und ich sehe ihn abwartend an. Er flucht leise, als hätte er sich verbrannt und pustet anschließend schweigend in die Tasse.

Wenn er denkt, dass ich freiwillig damit anfange, etwas über mich zu erzählen, hat er sich getäuscht. Daher trinke ich in aller – gespielter – Seelenruhe meinen Cappuccino und blicke dabei aus dem Fenster. Doch Ellie macht es mir nach und wir sitzen beide schweigend da und schlürfen Kaffee. Was für eine krasse und seltsame Situation ist das bitte schön?

»Willst du mich nicht etwas fragen?« Inzwischen ist der Cappuccino leer und ich habe allmählich keinen Bock mehr darauf, stumm neben einem Ghostwriter zu sitzen.

Ellie dreht die Tasse in den Händen und schmunzelt. »Es gibt da etwas, das ich wirklich gerne wissen möchte.«

Ich beobachte, wie er ein Knie an sich heranzieht und den Oberkörper zur Seite neigt. Okay, was auch immer er wissen will, es scheint eine bedeutende Frage zu sein. Hoffentlich beginnt er nicht gleich mit meinem familiären Hintergrund, denn ich fühle mich heute nicht in der Lage, über meine Kindheit oder meine Mutter zu sprechen.

Ellie holt tief Luft und ich halte zeitgleich den Atem an.

»Was hast du geraucht, als du *You Are My Wonderlove* geschrieben hast?«

Stille umgibt uns und ich starre ihn einige Augenblicke völlig versteinert an. An seiner Mimik erkenne ich einen Anflug von Angst und ich weiß, dass ich ihn für diese unverschämte Frage aus der Wohnung werfen sollte. Doch ich kann nicht anders und lache lauthals los.

Ich kann gar nicht mehr aufhören zu lachen. Irgendwann wische ich mir die Tränen aus den Augenwinkeln und stütze den Kopf auf die angewinkelten Knie.

Gott! Ich hasse diesen Song. Ich hasse ihn so sehr. Das Problem ist, dass ich diesem Ghostwriter nicht erzählen darf, was der echte Ray über ihn denkt. Denn meine Fans müssen glauben, dass nicht Alberta – eine weit über sechzigjährige Mitarbeiterin des Labels, sondern ich den Song geschrieben habe. Und sie sollen erfahren, wie verknallt ich dabei an die Liebe meines Lebens gedacht habe, die ich immer noch suche. Denn genau das wird von mir erwartet.

Also stehe ich auf, trete ganz nah an die Fensterfront, und beginne zu erzählen. Sunset Music möchte ein Buch seines Musiklieblings? Am besten mit viel Drama und Herzschmerz? Bitte, das sollen sie bekommen - die Geschichte des Pop-Sternchens Ray Williams. Schließlich hat niemand von mir verlangt, die *Wahrheit* zu sagen …

Kapitel Vier

ELIAH

Ich weiß, ich weiß – ich hätte sie nie, niemals stellen dürfen. Schon gar nicht als erste Frage meines Interviews. Und vermutlich hätte Linda mir eine gescheuert, wenn sie es wüsste. Nein, ich bin mir sogar ziemlich sicher, dass sie mir noch eine scheuern wird, sollte sie es je erfahren. Verdammt!

Das Problem ist nur, dass ich, seit ich auf dieser Sofalandschaft sitze – und ich frage mich ernsthaft, warum ein einzelner Mensch so eine riesige Fläche zum Sitzen benötigt? – den nackten Ray Williams vor meinem geistigen Auge sehe. Und ich krieg dieses verdammt attraktive Bild nicht mehr aus dem Kopf. Als hätte es nicht gereicht, heute Morgen mit einem schrecklichen Kater aufzuwachen und erst nach drei Kaffee und einer Schmerztablette wieder einigermaßen normal auszusehen. Scheiße, Mann!

In so einem Zustand kann ich nicht über seine Kindheit sprechen, wie es mein ursprünglicher Plan vorgesehen hat. In so einem Zustand sollte ich eigentlich gar nicht sprechen. Eine kalte Dusche wäre das, was ich jetzt gut gebrauchen könnte.

Doch die Frage ist gestellt und Ray lacht immer noch darüber. Ehrlich gesagt bin ich erleichtert, denn er hätte mich genauso gut aus der Wohnung werfen können.

Als er nun aufsteht, um aus dem Fenster zu blicken, verfolge ich jede seiner Bewegungen. Und nein, ich betrachte nicht diesen knackigen, perfekt geformten Hintern! Ehrlich nicht. Ich schwöre. Ich bewundere nur die tiefsitzende Jogginghose.

»Der Song entstand während einer Reise in den Rockys letzten Winter. Ich liebe es, einmal im Jahr für ein oder zwei Wochen alleine in einer Holzhütte zu leben, völlig eingeschneit und abgeschnitten vom Rest der Welt. Das Kaminfeuer knisterte und ich habe mir kurz zuvor einen Eintopf gekocht, ich erinnere mich noch zu gut an den Geschmack des Essens, es war …« Er macht eine wegwerfende Handbewegung. »Ich schweife ab. Ich saß also auf dem Sofa, eingewickelt in eine Patchworkdecke, und stellte mir vor, wie es wäre, dort mit meiner großen Liebe zu sitzen. Auf diesem Sofa, unter der Decke meiner Grandma, vor dem knisternden Kaminfeuer.« Er dreht sich zu mir und zuckt mit den Schultern. »So entstand der Songtext zu *You Are My Wonderlove*. Und um deine Frage zu beantworten: der einzige Rauch in dem Haus war, wenn überhaupt, der Rauch der brennenden Holzscheite.«

»Muss ja ein krasses Harz gewesen sein, das die Hütte eingeräuchert hat.« Die Worte rutschen mir heraus, ohne dass ich sie aufhalten kann, und Ray wendet sich hustend ab.

Alter Falter! Die Story klingt genauso schrecklich wie der Song selbst. Abgeschnitten vom Rest der Welt? Eingeschneit? Patchworkdecke der Großmutter? Und dazu selbst gekochter Eintopf? Vermutlich hat er zuvor ein Kaninchen mit bloßen Händen erlegt. Verdammt! Wieso sehe ich jetzt einen nackten Ray Williams mit Fellmütze und einem knuffigen, flauschigen Kaninchen vor meinem geistigen Auge? Hilfe! Ich brauche wirklich eine kalte Dusche!

Ray allerdings auch, denn das kann er doch niemals ernst gemeint haben. Oder? Welcher Mann in seinem Alter sitzt eingewickelt in gestrickte Decken vor einem Kaminfeuer und denkt über die große Liebe nach? Und nein, ich stelle mir jetzt nicht auch noch einen nackten Ray Williams in einer schrecklich hässlichen Patchworkdecke vor. Ich muss an etwas anderes denken, und zwar schnell!

»Hast du sonst noch Fragen an mich? Könnte sonst ein etwas eintöniges Buch werden, meinst du nicht?«

Ray hat sich inzwischen zu mir gedreht. Nun steht er breitbeinig und mit verschränkten Armen vor mir. Ich räuspere mich, weil … verfluchte Bilder im Kopf! Verfluchte Patchworkdecke! Gott! Die Jogginghose sitzt wirklich extrem tief. Wenn Ray nur wüsste, welche Aussicht er mir gerade bietet …

»Ja, äh … Wie würde sie denn aussehen?«

Als ich es endlich schaffe, Ray ausschließlich ins Gesicht zu blicken, erkenne ich eine hochgezogene

Augenbraue und grüne funkelnde Iriden. »Wer?«, fragt er.

»Na deine *Wonderlove*«, antworte ich und betone das letzte Wort mit zwei in der Luft geformten Gänsefüßchen.

»Woher soll ich das wissen?«, raunt er. Zumindest ist es das, was ich verstehe, aber Ray hat sich schon wieder abgewandt und blickt reglos in Richtung Alcatraz hinaus. Dann höre ich sein gedehntes Ausatmen.

»Sie sollte, genau wie ich, Sonnenuntergänge lieben, ausgedehnte Spaziergänge, Vogelgezwitscher … Außerdem soll sie mich und meine Musik unterstützen. Wenn sie selbst singen könnte, wäre das natürlich absolut perfekt, denn dann könnten wir gemeinsam Liebeslieder performen und der ganzen Welt unsere Liebe zeigen.« Er seufzt. »Das wäre einfach … wunderschön.«

Ich starre Ray völlig perplex an. Meint er das ernst?

Das klingt nicht wunderschön, sondern komplett abgedreht und schrecklich. Irgendwie stimmen für mich das Bild des Ray Williams, wie er vor mir steht, und seine Worte nicht überein. Vielleicht liegt es aber auch einfach nur daran, dass mich bei solch einer Zukunftsvision das blanke Grauen überfällt. Ray und seine Geliebte – Hand in Hand auf der Bühne stehend, während sie gemeinsam »You Are My Wonder - wonder - wonder Love« singen. Allein die Vorstellung …

Toll, jetzt ist mir schlecht. Aber hey – die anzüglichen Bilder in meinem Kopf sind verschwunden.

»Ja … doch, das klingt … nett«, antworte ich

langsam und hole mir zum ersten Mal das mitgebrachte Notizbuch heraus. Dort steht bis auf Rays Namen noch rein gar nichts und wenn ich ehrlich bin, fällt mir nichts ein, was ich aufschreiben könnte. *Extrem heißer Kerl?* – unpassend. *Was für ein Sixpack!* – äh, nein. *Großmutters Liebling?* – ja, wäre wahr, aber vermutlich nicht sonderlich für eine Biografie geeignet. *Schreibt schrecklich kitschige Liebeslieder und träumt von deren Realitätswerdung?* – Kotz! Würg! Das geht gar nicht!

Nachdem ich eine halbe Ewigkeit auf das Papier vor mir gestarrt habe, schreibe ich eine halbwegs passable Info darauf: *Ray hat wahnsinnig schöne, grüne Augen.* Immerhin ein Anfang.

»Läuft das bei dir immer so ab?«, unterbricht Ray meine ratternden Gedanken und ich schrecke auf. Er hebt die Schultern. »Ich habe nie mit einem Ghostwriter zusammengearbeitet. Aber irgendwie dachte ich, dass der Autor mehr Fragen stellen würde. Oder sitzt du bei anderen Kunden auch schweigend auf dem Sofa?«

Wenn ich ihm jetzt erkläre, dass er mein erster Kunde ist, kommt das sicherlich nicht so gut an, daher stehe ich auf und strecke mich ausgiebig, bevor ich zu einer Antwort ansetze, die nicht total bescheuert klingt. Ich könnte ihn drauf hinweisen, dass man mir eher selten splitterfasernackt die Tür geöffnet hat und mich diese Tatsache etwas aus der Fassung gebracht hat, aber will ich uns und vor allem mich schon wieder an dieses Bild erinnern? Himmel, nein! Okay, zu spät … Verdammt!

»Du hast recht. Vielleicht vergessen wir für den Anfang, dass ich ein Ghostwriter bin, und du zeigst mir einfach deine Wohnung und erzählst mir etwas darüber? Ganz unverbindlich, damit wir uns ein wenig kennenlernen.«

Ray zuckt mit den Schultern und breitet seine Arme aus. »Bitte, fühl dich wie zu Hause.«

»Ich will alles, jedes kleinste Detail wissen! Wie sieht seine Wohnung aus? Hast du sein Schlafzimmer gesehen? Hingen Fotos an den Wänden? Hast du in den Kühlschrank geschaut?«

Ich lasse mich völlig ausgelaugt auf unser altes Sofa fallen und fahre über den fransigen, ausgeblichenen Stoff, der vor langer Zeit einmal orange war. Dann drücke ich Dylan einen Kuss auf die Stirn, der in Lindas Armen liegt, und nehme dankend einen Teller Käsemakkaroni entgegen. Erst nachdem ich eine große Portion Nudeln im Mund zerkaut habe, betrachte ich meine Schwester.

Linda füttert Dylan gerade mit einem Fläschchen, doch ihr Blick hält mich eisern fest.

»Ich warte.«

»Wieso sollte ich in seinen Kühlschrank sehen?«

Rob, der sich schräg gegenüber von mir an den eigentlichen Esstisch setzt, grinst mich breit an. »Ein Kühlschrank sagt mehr über einen Menschen aus, als man denkt.«

Ich drehe die geschmolzenen Käsefäden um den Löffel und schiebe ihn in den Mund. »Und was hat dir der Kühlschrank über uns erzählt, als du hier aufgetaucht bist?«

Ich höre Robs bellendes Lachen, doch er holt sich zunächst unsere elektrische Pfeffermühle und würzt das Essen auf seinem Teller, bevor er antwortet. »Ich wusste, dass ihr mich dringender braucht als umgekehrt.«

»Und wir lieben dich, Rob!«, unterbricht Linda ihn und wedelt mit der Babyflasche vor meinem Gesicht herum. »Aber du lenkst ab. Also, ich höre?«

Gut, ich habe zumindest versucht, das Thema auf Rob zu lenken. Denn eigentlich will ich nicht weiter über Ray sprechen. Irgendwie hat mich der Vormittag bei ihm ziemlich durcheinandergebracht. Sein Penthouse ist der absolute Hammer, ganz zu schweigen von der Aussicht. Und ich will wirklich nicht wissen, was es gekostet hat. Dennoch wirkt es wie eine Wohnung aus einem Katalog. Mit Ausnahme von drei Gitarren und dem Klavier enthält sie rein gar nichts, das etwas über Rays Persönlichkeit erzählen könnte. Völlig langweilig.

»Ich hätte wirklich in seinen Kühlschrank blicken sollen«, denke ich laut, denn vielleicht hätte ich dort etwas entdeckt und es wäre ein Gespräch entstanden. Doch so … ich habe noch nie zuvor so lange am Stück geschwiegen. Ich wusste einfach nicht, was ich fragen soll. Diese unangenehme Stille zwischen uns fühlte sich katastrophal an und mir graut jetzt schon vor heute Abend. Mir graut im Allgemeinen davor, diese Biografie zu schreiben. Das werden die schrecklichsten Wochen meines Lebens. Verdammt blöd, dass ich bereits sämtliche Studienkurse für die nächste Woche umgelegt habe, damit ich ausschließlich Zeit für diesen Mist habe.

»Ach, übrigens«, spreche ich weiter und krame in der Hosentasche nach Eintrittskarten, die ich Linda zuwerfe. »Ich habe drei Karten für die aktuelle San-Fran-Kneipentour von *Ray and the Kings* heute Abend bekommen. Willst du mich begleiten, Schwesterherz? Du bist natürlich auch eingeladen, Rob. Dylan könnte bei Mom übernachten, oder?«

Während Linda kreischend vom Sofa aufspringt und durch die Wohnung tanzt, brüllt Dylan wie am Spieß, da er durch Lindas Sprung sein Fläschchen verloren hat. Gleichzeitig höre ich Robs dunkles Knurren: »Nur über meine Leiche.«

»Ja! Ja! Ja, ich will da unbedingt hin! Ich rufe sofort Mom an. O Rob, du musst mitkommen! Das wird dir gefallen. Bitte, bitte, bitte!«

Linda hüpft immer noch wie ein Gummiball auf und ab, während Rob in aller Seelenruhe seine Nudeln aufisst und im Anschluss den Teller wegräumt. Dann kramt er sein Handy hervor und wischt ein paarmal darüber. Kurze Zeit später hallt Rays Stimme mit *You Are My Wonderlove* durch unsere Wohnung und Rob deutet kopfschüttelnd auf das Handy.

»Diese Musik werde ich mir ganz sicher keinen Abend lang anhören.«

Ja, ich kann ihn gut verstehen. Trotzdem wirkt Linda beleidigt und verlässt ohne ein weiteres Wort mit Dylan unseren Wohn- und Essbereich. Rob blickt mich mit hochgezogener Augenbraue an, doch ich winke ab.

»Vielleicht wollte sie einfach nur mit dir ausgehen?«, scherze ich, aber offensichtlich versteht Rob meinen Sarkasmus nicht, denn er sieht mich mit weit aufgerissenen Augen an. »Das war ein Witz!«, füge ich daher schnell hinzu und halte anschließend inne. Ich hoffe zumindest, dass das ein Witz war … Denn Rob und Linda … Ahhh! Verfluchte Bilder im Kopf. Das ist ja noch schlimmer als ein nackter Ray Williams in einer bunten Patchworkdecke.

Das Piepen meines Smartphones erlöst mich von meiner viel zu ausgeprägten Vorstellungskraft und ich hole es aus der Hosentasche hervor.

Auf einmal höre ich nur noch meinen eigenen Herzschlag.

Cole hat mir eine Nachricht geschickt.

> Hey Babe, wie geht es dir? Ich komme nach Hause :) Und ich hoffe sehr, dass du heute Abend nichts vorhast … Ich vermisse dich so

Mir wird heiß und kalt zugleich. Maaann! Seit Wochen sehne ich mich nach Cole, nach seinen Küssen und diesem stählernen Körper und ausgerechnet heute hat er Zeit und will wieder hier übernachten? Das Universum verarscht mich doch!

Ich beginne zu tippen.

> Hey, Cole. Ich vermisse dich auch wahnsinnig …

Nein! Das kann ich nicht schreiben, das klingt viel zu verzweifelt. Ich lösche noch mal alles und beginne von vorn.

Nachdem ich die Nachricht gesendet habe, lege ich das Handy neben mich auf das Sofa und ertappe mich selbst dabei, wie ich alle zwei Sekunden drauf starre, weil ich auf eine Antwort warte. *Bitte, bitte, bitte, sag Ja!*, flehe ich mein Handy an. Ich weiß gar nicht mehr, wie lange ich mich danach gesehnt habe, Cole zu sehen. Die letzten Wochen hat er immer wieder abgeblockt, da seine vorgegebene Freundin sonst Verdacht schöpfen würde. Gott! Ich hasse es, dass ich mich so abhängig fühle. Ich hasse es, dass ich ihn mit einer Frau teilen muss. Ich hasse es, dass Coles Familie als vermutlich die letzte konservative Familie Kaliforniens niemals einen Mann an seiner Seite akzeptieren würde. Und ich hasse mich, weil ich es einfach hinnehme. Trotzdem … Das Smartphone piept und ich falle vor Aufregung fast vom Sofa.

Meine Ohren rauschen und ich könnte das Handy abknutschen. Endlich! Endlich habe ich wieder ein Date mit Cole. Und er will mich für sich allein!
Danke, Universum! Danke, danke, danke!

Kapitel Fünf

RAY

»Nicht zu fassen! Der Schuppen ist rammelvoll!«

Alec hat die Küchentür unseres provisorischen Backstagebereichs der Kneipe einen Spalt breit geöffnet und linst in den Club. Allein an der Geräuschkulisse erkenne ich, dass da draußen einiges los ist.

»Der Club fasst gerade mal dreihundert Personen oder so, das ist jetzt nichts Besonderes, Mann«, erklärt Jonas und setzt sich auf einen Bierkasten. Sein Blick wirkt völlig hilflos und leer, während er seine langen Dreadlocks zum wiederholten Mal zusammenbindet. »Ich will das nicht mehr«, flüstert er mehr zu sich selbst als zu uns, doch ich verstehe ihn dennoch. Und mir geht es genauso.

»Ich auch nicht«, antworte ich und lege eine Hand auf Jonas' Schulter. Wie gerne würde ich die Zeit zwei Jahre zurückdrehen. Denn dann würde ich mich niemals bei diesem verfluchten Bandcontest bewerben und würde ihn nie gewinnen. Ich müsste nicht für die nächsten Jahre Peters Marionette spielen. Ich wollte immer Musiker werden und eine eigene Band haben, doch wenn ich gewusst hätte, welchen Preis dieser Traum hat, hätte ich niemals eingewilligt. Denn ich habe meine Seele verkauft. An Peter und Sunset Music.

Als hätte er meine Gedanken gehört, öffnet sich just in dem Moment die Küchentür und Peter tritt mit einem breiten – und falschen – Lächeln ein.

»Seid ihr bereit, Jungs? In fünf Minuten beginnt das Konzert. Und denkt daran: Das hier ist ein kleiner Schuppen. Nutzt die Gelegenheit und flirtet mit all den Mädchen, bis sie kreischen und in Tränen ausbrechen! Zeigt ihnen, dass ihr die angesagteste Boyband in den USA seid. Ray, deine Mikros sind kabellos, daher kannst du ruhig durchs Publikum wandern. Nutze es und baue eine Bindung zu den Fans auf. Sie wollen dich. Nimm sie in den Arm, tanze mit ihnen, lass sie mitsingen, küsse sie! Was immer du willst.«

Was immer ich will? Als hätte ich Bock, irgendeinen seiner Vorschläge umzusetzen. Trotzdem erhebe ich mich und reiche Jonas die Hand.

»Alles klar, Mann?«, frage ich ihn. Jonas hebt die Schlagzeugsticks vom Boden auf und wirbelt sie zwischen den Fingern. Dann grinst er mich an und von der Niedergeschlagenheit von gerade eben ist keine einzige Spur mehr zu sehen. Er wirkt so, als hätte er einen Schalter umgelegt. »Showtime, Baby!«, trällert er und hüpft vergnügt zur Tür.

Ich atme tief durch und lege ebenfalls mein wahres Gesicht ab. Es ist Zeit für den stets gut gelaunten Frauenhelden Ray Williams. Und mit einem ähnlich enthusiastischen Lächeln folge ich Jonas und den anderen hinaus in den Club.

»Hallo, San Francisco! Seid ihr gut drauf?«, schreie ich ins Mikrofon und grinse, als ich die kreischende Antwort höre. »Wie bitte? Ich habe euch nicht verstanden?!«

Während die Menge noch ohrenbetäubender grölt, schlägt Jonas die Schlagzeugsticks aufeinander, ich schnappe mir meine Gitarre und schon geht es los. Wir spielen unseren allerersten Song, das Gewinnerlied der einstigen Castingshow, und die Zuschauer kreischen laut auf.

Auch wenn der Club keine besonders große Bühne hat, fühle ich mich sofort zu Hause. Ich lasse die Finger übers Griffbrett der Gitarre gleiten und tanze gleichzeitig über die Bühne. Meine Stimme wird von der Menge davongetragen und etwa dreihundert Zuschauer grölen jede Zeile mit. Keiner von ihnen bemerkt mein falsches Lächeln, keiner kapiert, dass ich diesen Song nicht leiden kann. Natürlich nicht, denn ich bin inzwischen ein Profi darin, mein wahres Ich hinter einer dicken Mauer einzusperren. Ich existiere nicht mehr. Ganz professionell lege ich genau die Emotion in die Stimme, die zur Musik passt – ich singe von Sehnsucht, der Liebe und der Verzweiflung, und doch weiß ich, dass es nicht meine eigenen Gefühle sind, die ich ins Mikrofon singe. Es sind die vorgeschriebenen Emotionen von Sunset Music und Peter, Gefühle, die die Leute hören wollen, weil sie sich gut verkaufen.

Ich tanze gemeinsam mit Scott und Alec über die Bühne. Es ist eine perfekte Choreographie, die unsere

Körper in Szene setzt. Zeitgleich reißen wir die extra dafür präparierten Glitzershirts auf und präsentieren den kreischenden Mädchen unsere Bauchmuskeln. Und natürlich lachen wir alle dabei, als wäre dies der einzig wahre Grund zu leben.

Die Zuschauer jubeln und kreischen immer lauter und ich betrachte meine Bandmitglieder ausnahmsweise mit einem kurzen und ehrlichen Lächeln. Denn ich habe das Gefühl, dass der heutige Abend ein voller Erfolg wird. Und die Aussicht auf einen gut gelaunten Peter am Ende der Show ist wirklich etwas, worauf ich mich freue.

Während ich den Zuschauern ein paar unwichtige Infos über unsere Jungs erzähle, hüpfe ich von der Bühne und reiche den anwesenden Damen meine Hand. Ganz wie Sunset Music es wünscht, küsse ich eine Frau auf die Wange, gebe einer anderen ein Autogramm und lasse mich mit dem nächsten Mädchen fotografieren, das daraufhin in Tränen ausbricht. Als ich in der Mitte des Clubs angekommen bin, spielen die Jungs das Intro unseres nächsten Songs und ich warte auf meinen Einsatz.

Plötzlich sehe ich ihn.

Den Ghostwriter. Er trägt, genau wie heute Morgen, ein dunkles, enganliegendes Hemd und eine ebenso dunkle Chino, die Haare leicht verstrubbelt. Als ich sein Gesicht betrachte, muss ich mir ein Lächeln verkneifen, da ich seine Emotionen wie in einem offenen Buch lesen kann. Der skeptische Blick, die zusammengepressten Lippen – ich wage zu behaupten, dass *Ray and the Kings* nicht zu seinen Lieblingsbands gehört. Ganz im Gegensatz zu den anderen

Fans oder zu der blonden Schönheit, die direkt neben ihm steht, sich bei ihm untergehakt hat und mich verschmitzt angrinst. Ich mustere seine Begleitung und nicke anerkennend. Dieses Mädchen sieht umwerfend aus. Die weißblonden Haare hat sie zu einem lockeren Dutt hochgesteckt und obwohl ihre Augen für meinen Geschmack etwas zu stark geschminkt sind, finde ich ihr Lächeln absolut hinreißend.

Mein Solopart des Songs beginnt und ich schließe die Augen, um möglichst viel Gefühl in meine Stimme zu legen. Doch dann kann ich nicht anders und gehe direkt auf die Begleitung des Ghostwriters zu. Er muss mich schließlich kennenlernen – bitte! Dann soll er etwas zu sehen bekommen. *Achtung Ellie Waye, hier kommt Ray Williams, der Frauenheld von Sunset Music – und ich werde mir jetzt deine Freundin schnappen!*

Erst direkt vor dem Mädchen bleibe ich stehen und singe sie voller Leidenschaft an. Amüsiert stelle ich fest, wie sie Ellies Arm loslässt und meine Hand ergreift. Ich sehe das verliebte Glitzern in ihren Augen und bin fast schon enttäuscht, wie einfach das war.

Tatsächlich ist es immer so einfach. Seit ich der Leadsänger von *Ray and the Kings* bin, erlebe ich das jeden Tag. Ein falsches Lächeln meinerseits genügt und die Mädels kreischen, als würden sie alles dafür tun, die Liebe meines Lebens zu werden. Als wäre ich wirklich auf der Suche danach …

Auch diese Blondine schmiegt sich an meine nackte Brust, als wäre ich der Mittelpunkt ihrer Welt. Ein Seitenblick zu Ellie verrät mir, dass ich mein Ziel trotzdem erreicht habe, denn er wirkt alles andere als begeistert und ich würde mich nicht wundern, wenn er mir Morgen die Kündigung für das geplante Projekt überreicht. Genau aus diesem Grund bleibe ich bis zum Ende des Songs bei ihr und tue so, als würde ich ihre Fingernägel auf meiner Brust genießen und singe allein für sie.

»Vielen, vielen Dank!«, haucht sie anschließend in mein Ohr und ich küsse sie auf die Wange.

»Immer wieder gerne, Süße«, antworte ich und kehre zurück auf die Bühne. Schließlich warten noch ein paar Stücke bis zur Pause.

»San Francisco! Beim nächsten Song wollen wir euch tanzen sehen! Seid ihr bereit?«

Diesmal ergreife ich wieder meine Gitarre und lege sofort los.

»Jungs, das ist euer Tag! Ich liebe euch. Wenn ihr so weitermacht, können wir vielleicht doch noch über eine große Tournee sprechen. Ruht euch kurz aus, in zwanzig Minuten will ich, dass ihr noch mal alles gebt! Ray, das war spitze!«

Peter wirft uns jeweils eine Flasche Wasser zu und verlässt daraufhin die Küche.

Ich bin völlig erschöpft und komplett durchnässt. Die Scheinwerfer in diesem Club sind schrecklich alt, dementsprechend heiß werden sie. Jonas stöhnt neben mir und wirft sein ebenfalls vollkommen nasses und zerrissenes Shirt auf den Boden.

»Alter! Was ist heute mit dir los, Ray? Hast du etwas genommen?«

Ich schütte die halbe Flasche Wasser über mein Gesicht und sehe ihn mit fragender Miene an.

»Wenn ja, dann gib mir auch etwas davon. Bitte, Mann! Ich will auch so strahlen.«

Alec überfällt mich von hinten und gibt mir eine Kopfnuss, bevor er direkt vor mir auf die Knie fällt und *Wonderlove* trällert.

»Wie schafft man es nur, so ein katastrophales Lied mit so viel Gefühl zu singen?«, fügt er anschließend hinzu und ich kann nicht anders und lache lauthals los.

»Tja, ich bin eben ein Profi und nicht wie ihr, Amateure!«

»In Wahrheit liebt unser Mister-Wonder-Womanizer-Williams diesen Song und hört ihn jede Nacht zum Einschlafen«, erklärt Scott lachend und ich denke mit einem breiten Grinsen an das Interview am Morgen.

»Ihr wollt nicht wissen, was ich dem Ghostwriter heute früh dazu erzählt habe. Wenn er seinen Job gut macht, wird in ein paar Monaten jeder erfahren, wie ich damals in einer einsamen Hütte in den Rockys saß und diesen Song geschrieben habe.« Die Jungs grölen los und ich kann nicht anders und falle in ihr Gelächter mit ein.

»Und das hat er dir geglaubt?«

Ich zucke mit den Schultern. »Wie gesagt, ich bin eben ein Profi. Obwohl ich echt Schwierigkeiten hatte, nicht laut zu lachen, als ich von meinem Traum berichtete, einmal mit der Liebe meines Lebens ein Duett zu singen.« Mir kommen immer noch Tränen vor Lachen, und den Jungs scheint es nicht anders zu gehen. »Ihr hättet sein Gesicht sehen sollen!«

»Alter, ich will gar nicht wissen, wie viele Fanbriefe

du erhältst, wenn das gedruckt wird. Ein Duett mit der Liebe deines Lebens.« Jonas schüttelt lachend den Kopf und ich stöhne genervt.

Mir ist immer noch total heiß, daher stehe ich auf. »Ich gehe mir ein paar Minuten die Beine vertreten«, erkläre ich den Jungs und suche am anderen Ende der Küche den Hinterausgang des Clubs.

Sobald ich die Tür geöffnet habe, umfängt mich die herrliche, feuchtkalte Nachtluft und ich laufe ein paar Schritte um das Gebäude herum.

Doch kaum gehe ich um die Ecke, höre ich das wilde, aufgeregte Kreischen der Fans.

»Da ist er! Da ist Ray! Ray! Ray! Wir lieben dich!«

Mist!

Ich drehe sofort wieder um und laufe im Eiltempo in die andere Richtung. Neben der Hintertür entdecke ich einige Müllcontainer, die vor einem wandhohen Absperrgitter stehen. Lange kann ich nicht überlegen, denn ich höre die Mädchen hinter mir näherkommen, daher springe ich auf die Container, klettere das Gitter hinauf und schwinge mich auf die andere Seite.

Hier scheint es vollkommen still zu sein. Ich gehe ein paar Schritte weiter, lehne mich gegen die Mauer und sinke auf den Boden.

Von hier aus höre ich nur noch gedämpft den Bass des Clubs und die Motorengeräusche entfernter Autos. Ich schließe die Augen und atme tief durch. Genau diese Ruhe brauche ich jetzt.

Die Jungs hatten recht, das Konzert läuft richtig gut. Warum fühle ich mich trotzdem so beschissen? All die lustigen Sprüche, das Lachen, die gute Laune auf der Bühne – nichts davon war echt. Ich habe das

Gefühl, völlig ausgebrannt zu sein. Ich will das nicht. Ich kann das nicht mehr.

Plötzlich knarzt eine Tür unweit neben mir, die ich zuvor nicht einmal wahrgenommen habe, und ich richte mich alarmiert auf. Bitte nicht noch mehr Fans!

Kurz darauf höre ich Schritte, gefolgt von einem Rascheln von Kleidung – war das etwa ein Reißverschluss? O Fuck!

Okay, es sind definitiv keine Fans, so viel steht fest, denn obwohl ich nur dunkle Umrisse erahnen kann, höre ich umso besser ein leidenschaftliches Liebesspiel.

Das Stöhnen wird lauter und ich presse die Lippen aufeinander.

Na toll! Ich wollte schon immer einmal ein unfreiwilliger Zeuge von wildem Hinterhofsex sein. Nicht.

Da wären mir die Fans doch glatt lieber gewesen. Hilfe! Ich muss hier weg!

»Baby! Ich habe das so vermisst. Zieh sie aus, schneller!«, ertönt eine tiefe belegte Stimme und ich rolle mit den Augen. Ich frage mich, ob es ernsthaft Frauen gibt, die Gefallen an dem Spitznamen finden. Ich persönlich verbinde diesen Begriff nämlich mit vollen Windeln und Babyschreien – beides nicht besonders aufreizend, schon gar nicht in einem Hinterhof. Doch als ich die Antwort höre, halte ich inne.

Erkenntnis Nummer eins: Da antwortete keine Frau, sondern ein Typ.

Und die zweite Erkenntnis lautet: Ich kenne diese Stimme.

Ohne es zu wollen, richte ich mich auf und beobachte das leidenschaftliche Paar wenige Schritte von mir entfernt.

Das ist jetzt nicht wahr, oder? Tatsächlich steht dort mein Ghostwriter Ellie Waye eng umschlungen mit einem Muskelprotz von Mann. Und ganz offensichtlich trägt er so gut wie keine Kleidung mehr am Leib, denn ich erkenne trotz der Dunkelheit seine helle, fast weiße Haut und dunkle Schatten darauf, die vermutlich Sommersprossen sind.

Erkenntnis Nummer drei: Ellie Waye ist schwul. Mit wem, zum Teufel, habe ich dann vorhin geflirtet, wenn es nicht seine Freundin war? Und wieso überrascht mich das so?

Und … Fuck! Will ich wirklich zusehen, wie mein Ghostwriter Sex in einem Hinterhof hat?

Nein. … Oder? Nein! Ganz sicher nicht. Außerdem sollte ich in wenigen Minuten wieder auf der Bühne stehen.

Verflucht! Ich kann weder unbemerkt von hier verschwinden noch mit geschlossenen Augen warten, bis die beiden ihr Liebesspiel beendet haben. Es hilft nichts, ich muss mich irgendwie bemerkbar machen. Daher huste ich leise und beobachte, wie der Muskelprotz von Ellie ablässt und einen Satz zurück macht.

»Scheiße! Scheiße, Mann!«, flucht er und kleidet sich mit hektischen Bewegungen an. Wow, das ging schnell. Er flucht erneut und öffnet die Tür, die zurück in den Club führt. Das wenige Licht, das nun den Hinterhof beleuchtet, reicht aus, um Ellies geweitete Augen erkennen zu können. Sein Blick wirkt weder beschämt noch ängstlich. Tatsächlich sieht er nur verdammt traurig aus.

»Ich hau ab«, raunt der andere Kerl und verschwindet im Gebäude, ohne auf seinen Freund zu warten, der ihm ein verzweifeltes »Cole, bitte!«, hinterherruft, doch die Tür ist bereits zugefallen.

Ich weiß, dass ich etwas sagen müsste, stattdessen sitze ich immer noch stumm an die Hauswand gelehnt auf dem Boden und betrachte den dunklen Schatten von Ellies Gestalt, der sich in Zeitlupe die Jeans hochzieht. Dann hält er inne und bleibt mit nacktem Oberkörper direkt vor mir stehen. Als ich den Kopf anhebe, um ihn in die Augen zu sehen, erkenne ich etwas Glänzendes darin. Weint er etwa? »Danke für nichts, Arschloch!«

Ohne ein weiteres Wort zu sagen, schlüpft er in das Hemd und lässt mich allein zurück.

Ich lasse den Kopf auf meine angewinkelten Knie sinken und stöhne auf.

In was für eine verfickte Situation bin ich nur hineingeraten? Und wieso, zur Hölle, fühle ich mich schuldig?

Plötzlich höre ich gedämpft Peters genervte Stimme. »Ray! Wo steckst du, verflucht?«

Noch einmal atme ich tief durch und stehe auf. Ja, die frische Luft hat mir diesmal rein gar nichts gebracht. Zum Glück bin ich ein Profi. *The Show must go on!*

Kapitel Sechs

Ich will nicht hier sein.

Absolut nicht.

Heute Morgen habe ich sogar kurz überlegt, den Auftrag zurückzugeben, doch Moms Worte entsprechen der Wahrheit – das hier ist meine Chance, Fuß im Verlag zu fassen. Selbst wenn es bedeutet, die Biografie eines Arschlochs zu schreiben.

Und genau aus diesem Grund stehe ich im Aufzug und warte darauf, dass Ray mir die Tür öffnet.

Tatsächlich ertönt das sanfte »Pling« und die Aufzugtüren gleiten auseinander. Das Erste, das mir auffällt, sind Rays Klamotten – er trägt nämlich welche. Eine graue, ausgewaschene Jeans und ein weites Nirvana-Shirt, was mich ehrlich gesagt stutzig macht. Diese Musikrichtung hätte ich ihm definitiv nicht zugetraut.

»Morgen«, begrüße ich und ich höre selbst, wie

kalt und abweisend meine Stimme klingt. Ich bin so unglaublich wütend. Wütend auf Ray, auf den gestrigen Abend, auf sein verdammt strahlendes, gemeißeltes Lächeln und auf mich selbst.

So viele Wochen habe ich auf Cole gewartet und dann bekomme ich endlich die Gelegenheit, mit ihm zu schlafen, und ein einziges Räuspern macht alles kaputt.

Mein rationales Ich weiß genau, dass Ray nichts dafür kann und er nur zur falschen Zeit am falschen Ort war, aber mein emotionales Ich würde ihn am liebsten an Ort und Stelle verprügeln. Dafür, dass er mir Cole weggenommen hat. Denn natürlich hat dieser nach Rays Husten seine Sachen gepackt und ist zu Katie – seiner Alibifreundin – abgehauen.

Ray lässt mich eintreten und mustert mich schweigend.

»Was?«, pflaume ich ihn an und Ray zuckt zusammen. *Gott, Ellie! Beruhige dich. Er ist dein Kunde.*

Genau dieser Kunde fährt sich nun durch die Haare. »Du bist also schwul«, sagt er.

Bitte was? Das war jetzt nicht wirklich sein erster Satz, oder? Kein ›Guten Morgen‹ oder eine andere Begrüßung? Keine Entschuldigung, dass er mir den Abend versaut hat? Sag nicht, dass ich bei einem Homophoben gelandet bin?! Dabei dachte ich, dass Coles Familie die letzten ihrer Art hier in Kalifornien wären … Das hat mir gerade noch gefehlt.

»Hast du ein Problem damit?«

Ich sehe, wie Ray erschrocken die Augen aufreißt und das Grün seiner Iriden hell aufblitzt. »Was?

Nein!« Er lacht gekünstelt und mir wird allein beim Anblick schlecht. Er hat ein Problem damit. Ganz sicher. O Gott. Ich muss hier weg!

»Nein, wirklich nicht … Du siehst nur nicht … schwul aus.«

Eine Zeit lang beobachte ich Rays Mimik und warte auf den Moment, in dem er zu lachen anfängt und mir erklärt, dass das nur seine schräge Art von Humor ist. Doch offensichtlich war das kein Witz und ich betrachte mich ausgiebig selbst. Schwarze Jeans, schwarzes Hemd, schwarze Sneaker und grüne Socken mit gelben Punkten darauf.

»Stimmt ja, du hast recht! Ich habe meine Regenbogenkette und die dazu passenden Armbänder vergessen. Und die LGBTQ-Flagge hängt leider auch noch zu Hause in der Wohnung. Aber hey, ich trage meinen rosa Einhorntanga, willst du ihn sehen?«

Als würde ich es ernst meinen, öffne ich mit einem anzüglichen Grinsen die Gürtelschnalle meiner Jeans. Rays Blick ist unbezahlbar. Göttlich.

Ray hat es echt geschafft, dass ich mir auf die Lippen beißen muss, um nicht laut zu lachen, während er sich jetzt schon zum zweiten Mal durch die Haare fasst und dabei völlig irritiert meine Hose mustert. Als würde er wirklich glauben, dass ich Einhorntangas trage. Beziehungsweise, dass ich ihm einfach so meine Unterwäsche zeigen würde. Der Kerl hat definitiv ein Problem damit, dass ich auf Männer stehe.

»Ich … Ich denke, wir sollten mit der Arbeit beginnen. Willst du einen Kaffee?«

Ich muss zugeben, mein Körper reagiert ein wenig

triebgesteuert, sobald ich das Wort Kaffee höre. Sofort rücken alle anderen Gefühle in den Hintergrund. Ich liebe Kaffee! Und Rays Kaffeemaschine ist der Hammer, das habe ich gestern schon bemerkt. Scheiß auf die Wut und die Tatsache, dass Ray Williams vermutlich ein bisschen homophob ist – ich will unbedingt Kaffee!

Ich schlüpfe schnell aus den Schuhen und folge ihm in die Wohnung. Und genau wie gestern kann ich nicht anders und bleibe ehrfürchtig vor dem Panoramafenster stehen.

Diese Aussicht ist unbeschreiblich. Der allmorgendliche Nebel löst sich gerade auf und die ersten Sonnenstrahlen tauchen die Skyline von San Francisco in ein zauberhaftes Licht. Als wäre die Insel dort nicht Alcatraz, sondern Avalon und die Golden Gate Bridge links davon in Wahrheit irgendein Portal in eine magische Welt …

Als ich eine dampfende Tasse Kaffee in die Hand gedrückt bekomme, ist meine Wut vollkommen verschwunden. Diesen Augenblick muss ich genießen, ganz egal, was gestern geschehen ist und was noch passieren wird.

Ich schließe die Augen, rieche genüsslich das Aroma der Kaffeebohne und schlürfe aus der Tasse - Scheiße! Heiß!

»Hast du dich nicht gestern schon am Kaffee verbrannt?« Rays Stimme klingt dunkler als gestern, so als wäre er heiser. Trotzdem erkenne ich Spott darin.

Ich würde ja gerne antworten, aber meine Zunge gehorcht mir im Moment nicht. Daher grummle ich etwas und sehe Ray erwartungsvoll an. Wir sollten mit der Arbeit beginnen, ich habe ungefähr vierzehn Tage Zeit, eine Rohfassung seiner Biografie zu schreiben und weiß rein gar nichts über ihn.

»Hast du jemals vor, mir irgendwelche Fragen zu stellen?«, fragt Ray weiter, der mein Schweigen offensichtlich falsch interpretiert. Plötzlich reißt er die Augen auf und sieht mich panisch an. »Du stehst doch nicht etwa auf mich? Fuck! Ich war gestern nackt!«

O ja, und verdammt sexy. Ich erinnere mich äußerst gut daran. Blöde Zunge, wieso brennst du immer noch so höllisch? Ich reibe sie ein paar Mal am Gaumen und hole tief Luft. »Erstens bin ich ja wohl nicht schuld daran, dass du mir im Adamskostüm die Tür geöffnet hast, und ich wiederhole mich gern: Das darfst du jederzeit wiederholen. Und ob ich auf dich abfahre? Hell, yes! Hast du dich mal nackt im Spiegel betrachtet?« Natürlich bleibt mein Blick extra lang zwischen Rays Beinen haften und ich wackle anzüglich mit den Augenbrauen. Es ist so herrlich, die Panik in seinem Gesicht zu sehen, als würde er mir jedes Wort glauben. Ich muss mir wirklich ein Lachen verkneifen, als er eine Hand schützend auf sein bestes Stück legt. Zu spät, mein Lieber – ich werde nie vergessen, wie es aussieht. »Zweitens habe ich mir tatsächlich ein paar Fragen überlegt, solltest du nicht die Lust auf hemmungslosen Sex verspüren. Also Ray, worauf hast du Bock?«

Kann ich einen Popstar mit wenigen Worten völlig aus der Fassung bringen? O ja. Und zwar richtig gut. Rays Gesichtsfarbe wechselt von Rot ins Aschfahle und ich kann gar nicht mehr zählen, wie oft er sich inzwischen durch die Haare gefahren ist. Bin ich gemein? Vielleicht ein bisschen. Aber das hat er verdient, nachdem er mir gestern unwissentlich Cole verscheucht hat.

Sogar seine Stimme zittert, als er mir antwortet. »A… also, was … was willst du wissen?«

Eigentlich hätte ich die größte Lust, das Spielchen weiterzuspielen und ihn noch mehr zu ärgern. Allerdings kenne ich meine Deadline und ich sollte mich wirklich auf die Arbeit konzentrieren.

»Fangen wir von vorne an. Du hast dich bei einem Bandcontest beworben, richtig? Hast du davor auch schon in Bands gespielt? Beziehungsweise, wie alt warst du, als du angefangen hast, Musik zu machen?«

Am Abend sitze ich mit einem Teller Thai-Curry auf dem Schoß vor dem Fernseher und hantiere mit unserer Fernbedienung herum.

Linda ist vermutlich beim Versuch, Dylan ins Bett zu bringen, selbst eingeschlafen. Diese Tatsache muss ich jetzt nutzen, da meine Schwester ein kleiner Tyrann ist, wenn es um das Abendprogramm geht. Weder Rob noch ich haben ein Mitspracherecht bei der Film- und Serienwahl, aber hey, dafür kenne ich inzwischen sämtliche Folgen von *Downton Abbey* und *Bridgerton* auswendig und kann zusätzlich alle Passagen von Mr. Darcy aus *Stolz und Vorurteil* mitsprechen.

Trotzdem gönne ich mir heute einen Jane-Austen-, und schnulzenfreien Abend und nutze die Gelegenheit, um zu arbeiten. Ray hat jede einzelne Episode der Castingshow auf DVDs in einem Schuhkarton gesammelt und mir erlaubt, sie anzusehen, um die Anfänge seiner Karriere zu verstehen. Und nachdem ich mir vorhin bei Mom einen DVD-Player ausgeliehen habe, scrolle ich nun durch die Aufnahmen.

»Was siehst du dir da an? Das klingt gut.« Rob setzt sich mit einem Glas Wasser neben mich auf das Sofa und sein flackernder Blick wandert kurz vom Curry auf meinem Schoß zurück zum Fernseher. Obwohl er noch nie etwas gesagt hat, weiß ich, wie sehr er es hasst, wenn ich dort esse.

Man könnte denken, einem ehemaligen Obdachlosen sollte das egal sein, doch ich habe mich hier, wie in vielerlei anderer Hinsicht, in ihm getäuscht. Er ist der reinlichste Mensch, den ich kenne. Kein Scherz.

Trotzdem ignoriere ich den tadelnden Blick und richte meine volle Konzentration auf das Video, denn es stimmt: Das klingt verdammt gut.

»Das ist Ray. Beziehungsweise war er das«, erkläre ich zwischen zwei Bissen.

»Der Ray aus dieser Popband? Du verarschst mich.«

Ich betrachte die jüngere Version meines Kunden im Fernseher, wie er völlig allein mit einer Gitarre auf der Castingbühne steht, die Augen geschlossen hält und singt.

Er singt *Nothing Else Matters* von Metallica und Alter Schwede, ich habe eine Gänsehaut am ganzen Körper! Wie kann jemand mit so viel Gefühl singen? Ich spüre eine Verzweiflung, eine Sehnsucht, als wären die Worte, die er singt, meine eigenen Gedanken. Die Kamera zoomt zu den Jurymitgliedern, die sich

Tränen aus den Augenwinkeln wischen, und ich wende mich vom Bildschirm ab und blicke zwinkernd auf das Curry.

Gott! Ich werde garantiert nicht weinen, weil ich eine Castingshow ansehe. So weit kommt es noch. Und es ist egal, wie übermüdet ich bin, weil mir gefühlt tausend Stunden Schlaf fehlen, ich heule nicht wegen eines Songs!

»Der kann wirklich singen«, kommentiert Rob.

Erst nachdem ich mich einigermaßen gefangen habe, wage ich einen weiteren Blick auf den Fernseher und nicke.

Ray Williams singt nicht nur gut, er berührt Herzen.

Die DVD endet mit jubelnden Zuschauern und einem schüchternen Lächeln Rays, der sich mit steifen Bewegungen verbeugt, und ich schalte sie aus. Gleichzeitig suche ich auf meinem Handy eines seiner neuesten Videos und lasse es ebenfalls auf dem Fernseher abspielen.

Sofort ertönt ein lauter, wummernder Bass und Ray und seine Bandkollegen tanzen eine einstudierte Choreografie mit strahlendem Lächeln. Sie tragen allesamt mit grünen Pailletten besetzte Anzüge, die sie gleichzeitig aufknöpfen, während Ray zu singen beginnt. Er singt über seine große Liebe und macht die Suche nach ihr mit jeder Bewegung deutlich. Die schwarzen Haare sind mit Gel verstrubbelt und als sein Gesicht im Vollzoom erscheint, erkenne ich fast schon türkis wirkende Iriden. Wieso trägt ausgerechnet er Kontaktlinsen? Mit geöffnetem Hemd bleibt er schließlich stehen, legt eine Hand auf sein Herz und singt mit sehnsuchtsvoller Miene in die Kamera. Trotzdem krampft sich alles in mir zusammen. Es klingt einfach falsch. Ich glaube ihm kein einziges Wort.

»Nein, bei aller Liebe!« Rob schüttelt den Kopf und erhebt sich ächzend, während *Ray and the Kings* ihre Hemden synchron von sich werfen und ihre Brustmuskeln spielen lassen. »Da sehe ich mir lieber weitere hundert Mal *Stolz und Vorurteil* an. Aber das kann ich nicht mitansehen. Dafür bin ich wahrlich zu alt und zu wenig schwul. Schönen Abend noch, Ellie. Ich gehe auf mein Zimmer.«

Ich erwidere seinen Gruß, lehne mich seufzend zurück und beobachte die halbnackten Sänger und Musiker, die über die Bühne hüpfen. Genau wie gestern auf dem Konzert wirken all ihre Bewegungen perfekt einstudiert, ihre Mienen allesamt strahlend und ja – sie sehen verdammt heiß aus. Ihre Oberkörper sind eingeölt und glänzen verführerisch im Bühnenlicht und sie können definitiv alle tanzen. Trotzdem berühren sie mich nicht. Ray berührt mich nicht.

Ich hole mein Notizbuch hervor und klappe es auf.

Ray hat wahnsinnig schöne, grüne Augen, lese ich und streiche die alte Notiz durch. Dann betrachte ich noch einmal den strahlenden Bandleader und kaue auf dem Ende des Kugelschreibers herum. Ich verstehe es nicht. Ich verstehe ihn nicht.

»Was ist nur mit dir geschehen, Ray?«

Ich schließe das Video und starte erneut die DVD der Castings. Sofort überschwemmen mich die Gefühle, die seine Stimme in mir auslösen. Es klingt, als hätte Ray sich im Laufe der Jahre selbst verloren.

Plötzlich weiß ich, was für eine Art Biografie ich schreiben werde.

Ich schalte den Fernseher aus und beginne mit den Notizen.

Ray Williams, ob du willst oder nicht, ich helfe dir dabei, dich selbst wiederzufinden.

Kapitel Sieben

RAY

»Raymond Albert Williams! Wieso, um alles in der Welt, muss ich mir einen Presseausweis besorgen, damit ich mit dir sprechen kann?«

O nein! Mom ist hier.

Und ja – sowohl die Bandmitglieder als auch mein neuer Schatten alias Ellie Waye haben sie wahrgenommen. Doch während die Jungs so tun, als wären sie mit der Vorbereitung der Pressekonferenz und den vorformulierten Fragen beschäftigt, sehe ich, wie Ellies gesamter Körper vor lauter Lachen bebt. »Raymond Albert?«, wiederholt er flüsternd und ich werfe ihm einen Blick zu, der so viel sagt wie: »Ein weiteres Wort und du bist tot«.

Ich muss niemanden erklären, wie sehr ich diesen Namen hasse, oder? Daher ignoriere ich den verfluchten Ghostwriter und gehe meiner Mom entgegen, die in einem eleganten schwarzen und sicherlich maßgeschneiderten Kostüm steckt.

»Wie hast du es geschafft, einen Ausweis zu bekommen? Die Konferenz ist doch seit Ewigkeiten ausgebucht«, frage ich, ohne sie zu begrüßen, obwohl ich mir schon denken kann, wie sie an einen Presseausweis gekommen ist.

Ja, es könnte sein, dass ich ihre gefühlt hundert Anrufe der letzten Wochen ignoriert habe. Außerdem ist es möglich, dass ich es versäumt habe, ihr meine neue Adresse mitzuteilen. Doch das alles ist nicht grundlos geschehen und Mom weiß das.

Allerdings nimmt sie mich in den Arm, als hätte sie mich ernsthaft schmerzlich vermisst und ich spüre ihre feuchten Lippen mehrmals auf beiden Wangen.

»Mein lieber Junge, lass dich ansehen. Gut siehst du aus. Dieses Sakko ist wirklich wunderschön.«

Ich werde das türkisfarbene Stück Stoff nicht noch mal betrachten, und die Bezeichnung »Sakko« hat es sicher nicht verdient. Aus irgendeinem Grund hat sich die Marketing- und Modeabteilung von Sunset Music überlegt, uns alle in unterschiedliche Pastelltöne einzukleiden. Und die Folge ist, dass ich mich aktuell eher wie ein Zuckerwatteverkäufer auf dem Rummelplatz fühle. Doch selbst diese Tatsache ist mir im Moment völlig schnuppe.

»Was willst du hier, Mom?«, frage ich diesmal direkt und spüre plötzlich Moms eisernen Blick auf mir.

»Ich wollte dich nur sehen. Ist das denn zu viel verlangt?«

Darauf antworte ich nicht. Mom weiß genau, dass ich sie, seit dieser einen Sache, nicht mehr sehen will, und ich höre ein langes, gedehntes Seufzen.

»Wir sollten uns endlich aussprechen, Raymond, findest du nicht?«

Ich muss mich weit zu ihr herunterbeugen, um ihr trotz ihrer Highheels in die Augen sehen zu können. Moms typischer Chanelduft steigt mir in die Nase und ich ignoriere die damit verbundenen Erinnerungen, die plötzlich in mir aufsteigen.

»Du willst reden? Jetzt? Hier? Vor den Jungs?« Ich breite die Arme aus und deute auf die Bandmitglieder und Ellie, die Mom verlegen zuwinken. »Bitte – dann sprich!«

»Liebling, du weißt genau wie ich, dass das keine gute Idee wäre«, stammelt sie, doch meine Wut hat längst überhandgenommen und ich kann nicht mehr klar denken.

»Wieso? Sollen die Jungs etwa nicht erfahren, dass du eine heimliche, dreckige Affäre mit …«

»Es war ein einziger Ausrutscher! Zur Hölle noch mal, Raymond!«, unterbricht sie mich mit kreischender Stimme und ich gebe zu, dass mir dieser Tonfall schon immer Angst gemacht hat. Offensichtlich geht es den Jungs ebenso, denn es herrscht mit einem Mal eine beunruhigende Stille im Zimmer.

»Hör endlich auf, aus einer Mücke einen Elefanten zu machen! Es war ein Fehler, ja. Und ich bereue ihn. Zutiefst.« Mom seufzt leise und streicht sich den rotblondierten Pony zur Seite. »Aber ich bin nicht den weiten Weg nach San Francisco gefahren, um mit dir schon wieder über dieses Thema zu streiten.«

»Ach was?«

Mom öffnet ihre farblich passende Handtasche, die mir jetzt erst auffällt, und holt einen edel aussehenden

Umschlag heraus. Als sie ihn mir in die Hand drückt, wirkt ihr Blick verärgert. »Das ist eine Einladung zu Dads Geburtstag. Die Feier findet übrigens dieses Wochenende statt und nachdem ich wochenlang vergeblich versucht habe, dich telefonisch zu erreichen, bekommst du sie nun persönlich.«

Ich starre ausdruckslos auf den Umschlag in meinen Händen.

»Er wird sechzig, falls du das vergessen hast«, erklärt sie mir. »Und wage es ja nicht, nicht zu erscheinen!« Sie dreht sich zu den Jungs um und schenkt ihnen im Gegensatz zu mir ein herzliches Lächeln. »Ihr seid natürlich auch eingeladen. Oh, das ist aber ein unbekanntes Gesicht … Sind Sie ein neuer Musiker?«

Während Mom sich Ellies Arm gekrallt hat und ihn mit Fragen bombardiert, öffne ich langsam den Briefumschlag. Ich hätte den Geburtstag meines Dads wirklich vergessen, wenn Mom nicht gekommen wäre. Die Party findet am Samstag statt, ausgerechnet der einzige Tag in dieser Woche, an dem weder ein Konzert noch ein Shooting oder eine Pressekonferenz ansteht. Ich habe nicht einmal eine Ausrede, um nicht zu kommen. Obwohl …

Ellie, mein Ghostwriter versteht sich scheinbar blendend mit Mom, denn beide lachen laut und ich sehe, wie Mom immer wieder seinen Arm tätschelt.

»Mom, es tut mir schrecklich, schrecklich leid«, unterbreche ich ihr Gespräch und bemühe mich um eine ehrliche Leidensmiene. »Ich weiß nicht, wie mir das passieren konnte, aber … Na ja, du hast meinen Ghostwriter ja bereits kennengelernt. Er hat einen sehr strammen Zeitplan. Wir müssen auch am Wochenende zusammenarbeiten, sonst kann er vermutlich nicht die Deadline einhalten. Und sein Verlag kennt leider keine Gnade.«

Ich spüre förmlich Ellies fragenden Blick auf mir ruhen, doch ich bemühe mich, nur Mom anzusehen. Trotzdem höre ich seine verwunderten Einwürfe, von »Ach, müssen wir?«, und »Kann er nicht?«, die ich beide ignoriere.

Moms Gesichtsausdruck wechselt von einer fröhlichen, zu einer wütenden und schließlich tief betrübten Miene und − Yeah! − so wie es aussieht, hat sie die Ausrede akzeptiert.

Das glaube ich zumindest für eine Sekunde.

Doch dann streckt sie beide Hände nach Ellie aus und zieht ihn an sich, als wären sie seit Jahren dicke Freunde. »Aber das ist doch kein Problem, mein Schatz. Wie gesagt, ihr seid alle eingeladen. Und ihr zwei findet am Wochenende ganz sicher auch bei uns zu Hause Zeit, um an eurem Projekt zu arbeiten. Außerdem wird deine Mom gewiss ein Auge zudrücken, wenn du die Deadline um ein paar Tage hinausschiebst, oder nicht?«

Mom? Welche Mom? Wovon spricht sie nur? Allerdings muss ich gar nicht erst nachhaken, da Ellie schon eine Antwort auf die nicht laut gestellte Frage formuliert.

»Sie ist meine Chefin. Sozusagen.« Er zuckt kurz mit den Schultern. »Wir haben uns eben über den Verlag unterhalten.«

Na ganz toll. Meine Mutter weiß jetzt schon mehr von Ellies Arbeit als ich. Außerdem hat er gerade die perfekte Ausrede zerstört. Jetzt bleibt mir nur noch die Hoffnung, dass der Ghostwriter absagt. Ich werfe ihm einen warnenden und flehenden Blick zu und erkenne Ellies Grübchen, als er lächelt. Gott! Ich hoffe, er hat mich verstanden.

»Zu Ihrer Einladung, Misses Williams. Ich würde wahnsinnig gerne mitkommen, wissen Sie. Doch ich fürchte, als Student kann ich mir keine Nacht in San Luis Obispo leisten.«

»Ach, was redest du da nur? Du übernachtest natürlich bei uns. Unser Haus ist groß genug.« Ich sehe, wie Ellie den Mund aufmacht, doch Mom schüttelt energisch den Kopf. »Keine Widerrede, Junge! Ich bestehe darauf.«

Ellies Blick flattert für einen kurzen Moment zu mir und ich erkenne, wie hilflos er ihr ausgeliefert ist. Verflucht! Sie kann das doch nicht ernst meinen!

»Mom, hör zu: Ellie hat sicherlich Besseres zu tun, als sein komplettes Wochenende in …«

»Ich komme mit!«, unterbricht mich Ellie.

Ich starre ihn an. *Nein, das wirst du nicht,* sagt mein Blick, doch Ellies Mundwinkel zucken leicht nach oben.

»Wird sicher lustig«, meint er nur.

Ja, sicher, es war noch nie lustiger. Wie gern würde ich eine Faust in eine seiner Wangen schleudern. Das wäre nämlich aktuell meine Definition von *lustig!*

»Na, dann ist es beschlossene Sache. Ich freue mich auf euch, Jungs. Raymond«, Mom ergreift noch einmal meine geballte Hand und streicht sie glatt, als könnte sie somit die Wut vertreiben. »Ich zähle auf dich. Jetzt muss ich aber in den Konferenzsaal, sonst sind die besten Plätze alle weg.«

Sie wirft mir einen Luftkuss zu und verlässt den Raum.

Sofort packe ich Ellie am schwarzen Hemdkragen und presse ihn gegen die Wand. »Warum?«, frage ich ihn, doch er stößt mich ohne Probleme zurück und ich fühle mich auf eine seltsame Weise zurückgewiesen, während er in aller Seelenruhe sein Hemd richtet, bevor er antwortet.

»Weil du recht hattest.«

Da ich nicht antworte, fährt er nach einem gedehnten Atemzug fort. »Meine Mom würde mir ganz sicher keinen Aufschub gewähren. Und ich muss dich kennenlernen. Welcher Ort wäre besser geeignet als dein Zuhause?«

Theoretisch kann ich ihm nur zustimmen. Das Problem ist nur, dass mein lieber Ghostwriter in San Luis Obispo den wahren Ray Williams kennenlernen würde. Und dieser hat mit Sunset Music und *Ray and the Kings* rein gar nichts zu tun.

Jonas taucht hinter mir auf und gibt mir einen Klaps auf die Schulter. »Jetzt mach nicht so ein mieses Gesicht, Bro. Ich komme auch mit, dann wird es sicher nicht so langweilig. So wie ich deine Familie kenne, wird das eine richtig fette Party, nicht wahr? Gott, ich freue mich auf Mary und Kathleen, die habe ich ewig nicht mehr gesehen ...«

Meine Antwort darauf ist eine Mischung aus Stöhnen, Seufzen und Würgen und ich höre entfernt Ellies Lachen.

»Außerdem sollten wir jetzt los. Habt ihr mal auf

die Uhr gesehen? Die Konferenz beginnt in zwei Minuten! Auf geht's, Leute!«

Jonas bindet seine Dreads zusammen, klatscht in die Hände und scheucht die Jungs aus dem Raum hinaus. Ich bleibe kurz stehen und werfe Ellie einen Blick zu.

»Sorry für eben.«

Ellie hebt eine Augenbraue.

»Ich wollte dir nicht wehtun«, erkläre ich und weiß selbst nicht, wieso ich mich erstens überhaupt entschuldige und zweitens, aus welchem Grund ich mich so unwohl fühle.

»O doch, Mann. Das wolltest du.« Ellies Lachen nimmt mir zumindest das Unwohlsein. »Du hättest nur keine Chance gegen mich. Ich bin kein Mädchen, weißt du?«, fügt er mit einem Augenzwinkern hinzu und lässt mich im Anschluss allein und völlig irritiert zurück.

Was zur Hölle …?

Kapitel Acht

ELIAH

O mein Gott! Wie halten das die Jungs nur aus? Ich bin völlig fertig. Dabei war dieser Tag laut Ray und Jonas noch ziemlich entspannt. Aber das können sie niemals ernst gemeint haben.

Seit sechs Uhr morgens bin ich auf den Beinen, weil die Jungs um sieben in die Maske mussten. Um halb neun begann die Pressekonferenz, die bis mittags andauerte. Nach einem kurzen Snack ging es zurück in die Maske, wo die armen Musiker ein grässliches Kostüm gegen ein anderes eintauschten. Mir schmerzen noch immer die Augen von all dem Glitzer und den grellen Farben. Ich frage mich, ob der Manager von *Ray and the Kings* nicht ein heimlicher Sadist ist, der sich am Anblick von vier heißen Männern in schrecklich lächerlichen Outfits ergötzt. Jedenfalls mussten sie mit all den Glitzer-Muskelshirts, farblich passenden Hüten und Krawatten ein Fotoshooting über sich ergehen lassen, bevor sie zu einer

Bandprobe entlassen wurden, die wie alle anderen Termine von Peter höchstpersönlich überwacht wurde.

Jetzt ist es fast neun Uhr und ich freue mich wahnsinnig auf mein Bett.

Doch kaum habe ich die Wohnungstür geöffnet, höre ich das durchdringende Kreischen meines Neffen. Eilig schleudere ich die Sneakers in die Ecke und linse in Lindas Zimmer hinein.

Dachte ich eben noch, dass ich völlig fertig bin? Ich nehme alles zurück. Das war, bevor ich Linda gesehen habe.

»Du meine Güte, Linda! Was ist los?«

Ihre weißblonden Haare sind zerzaust, dunkle Schatten liegen unter ihren Augen und ihre Wangen leuchten rotfleckig. Sie sitzt im Schneidersitz vor dem Babybettchen und hält den weinenden Dylan im Arm.

»Er hat Fieber und beruhigt sich einfach nicht!«, schluchzt sie.

Der Anblick bricht mir das Herz. Eigentlich mochte ich Kinder noch nie – dachte ich jedenfalls, bis Linda mir von ihrer ungewollten Schwangerschaft erzählt hat. Und als ich Dylan dann zum ersten Mal im Arm halten durfte, war es um mich geschehen. Dieser kleine Wurm hat mein Herz im Sturm erobert und – verflucht! Ich kann ihn nicht weinen hören.

»Na, komm mal zu mir.« Mit vorsichtigen Bewegungen befreie ich Linda von dem schreienden Bündel und drücke Dylan an mich. Er glüht förmlich. Ich stehe auf und versuche, irgendein Schlaflied zu singen, während ich ihm dabei über die Augenbrauen fahre. »Ist Rob nicht zu Hause?«, frage ich flüsternd und Linda zuckt kurz mit den Schultern.

»Trifft sich mit Freunden«, antwortet sie erschöpft, während ich weiter meinen kleinen Neffen streichle. Und tatsächlich funktioniert es, denn Dylans Schreien wird zu einem Wimmern und nach einer gefühlten Ewigkeit verstummt er ganz, kuschelt sich in meine Armbeuge und schläft ein.

O Mann, ich bin echt verliebt.

Linda erscheint neben mir und haucht mir ein lautloses »Danke« entgegen, während ich ihn zurück in sein Bett lege.

Als wir die Tür hinter uns geschlossen haben, stöhnt Linda laut auf.

»Ich brauche einen Drink! Oder besser zwei. Und du?«

Ich beobachte meine Zwillingsschwester, die in einem ausgeleierten Shirt an der Bar steht und sich eine beliebige Flasche − Wodka! - schnappt, und lehne ab. Eigentlich will ich nur ins Bett. Aber bevor ich Linda von meinen Plänen erzählen kann, vibriert mein Handy.

Eine neue Nachricht von Ray. Was will er denn von mir?

> Hey, du wolltest doch die
> Bandmitglieder besser kennenlernen.
> Wir sind alle zusammen im DNA und du
> stehst auf unserer Gästeliste. Bis
> gleich, R.

Das klingt jetzt nicht wirklich nach einer Einladung, sondern eher nach einem Befehl. Verdammt!

»Wer schreibt?«, fragt Linda und trinkt direkt aus der Wodkaflasche.

Ich nehme ihr die Flasche aus der Hand, hole Gläser aus dem Schrank und schenke ihr ein. »Das reicht, kapiert?«, warne ich sie. »Ray hat mich ins DNA eingeladen, aber ich werde absagen.«

»Ins DNA? Ist das dein Ernst?« Linda knallt das Glas auf den Tresen und funkelt mich verärgert an. Dieser Blick mit den blutunterlaufenen Augen und den roten Wangen ist gruselig – sie könnte glatt ein Zombie sein. »Natürlich gehst du da hin, Ellie!«

Ich will aber nicht. Das DNA ist einer der angesagtesten Läden der Stadt und in die VIP-Bereiche kommt man sowieso nur, wenn man auf der Gästeliste steht. Ich will gar nicht wissen, wie viel es kostet, um darauf zu landen. Ich kann mir nicht vorstellen, dass ich mich zwischen all den Promis wohlfühlen würde. Außerdem will ich doch einfach nur ins Bett.

»Aber Dylan ist krank. Und du bist so fertig«, beginne ich, denn das ist der einzige plausible Einwand, der mir im Moment einfällt. Der andere wäre, dass ich langsam alt werde, aber ich schätze mal, dass mir das meine zweiundzwanzigjährige Zwillingsschwester nicht abnehmen wird. Zumal sie zehn Minuten älter ist.

»Ellie, als armer Student wirst du nie wieder die Möglichkeit bekommen, ins DNA eingeladen zu werden. Außerdem solltest du feiern, Mann!« Sie trinkt den letzten Schluck und betrachtet seufzend das leere Glas. »Was würde ich dafür geben, einmal ins DNA zu gehen. Noch dazu mit Ray Williams! Sicher in den VIP-Bereichen. Bitte, Ellie! Du musst da hin, tu es für mich und hab ganz viel Spaß.«

»Und was ist mit Dy…«

»Dylan ist mein Sohn, nicht deiner!«, unterbricht mich Linda und schubst mich aus der Küche hinaus. »Du gehst jetzt feiern! Und wehe, du lässt dich vor zwei Uhr zu Hause blicken!«

Na ganz toll. Meine eigene Schwester zwingt mich dazu, eine Party zu besuchen. Aber vielleicht sollte ich so eine Einladung wirklich annehmen. Mein Handy vibriert erneut und als ich den Bildschirm entsperre, öffnet sich eine neue Videonachricht von Lexi.

Ich starte das Video und kann gar nicht anders, als breit zu grinsen. Lexi und Gordon liegen in Badekleidung auf Strandmatten und winken in die Kamera.

»Hey, Lieblingsmensch. Hier kommt eine virtuelle Postkarte direkt vom Eagle Beach in Aruba. Glaub mir, du fehlst hier. Ich kann es kaum erwarten, jedes kleinste Detail deines neuen Jobs zu erfahren. Die Biografie eines Musikstars – ist das zu glauben? Mein bester Freund wird bald ein Starautor! Du glaubst gar nicht, wie sehr ich dich vermisse.« Lexis herzliches Lachen erwärmt mein Herz und ich beobachte Gordon, der das Smartphone trotz ihrer Protestschreie an sich reißt.

»Ellie Mann, du hast ja keine Ahnung, wie wahr ihre Worte sind. Bei jedem Typen, dem wir hier begegnen, denkt sie an dich und fragt mich, ob er dir wohl gefallen würde. Warte mal …« Er wechselt die Kamera und auf einmal sehe ich ein atemberaubendes türkisblaues und glitzerndes Meer und schneeweißen Sand vor mir. Was für ein Traum! Gordon zoomt mit der Kamera heran, bis ich eine Gruppe junger Männer erkenne, die im knietiefen Wasser Beachball spielen.

»Hier zum Beispiel – Lexi findet, der Mann links außen wäre definitiv dein Typ, ich dagegen setze eher auf den Mann in der Mitte. Groß, breite Schultern, wie Cole, oder?«

Ich höre Lexis Stimme, das Handy wackelt und rauscht undefinierbar, bis ich erneut ihr Gesicht vor mir sehe.

»Gordon hat keine Ahnung, worauf du bei Männern achtest«, erklärt sie zwinkernd und wirft einen Handkuss in die Kamera. »Du weißt, dass wir nur scherzen, oder? Ich vermisse dich, Ellie. Bis ganz bald! Und genieße die Zeit mit deinem Popstar!«

Das Video endet mit meinen zwei übertrieben winkenden Freunden und ich halte das Handy einige Augenblicke an meine Lippen. Ach Lexi, ich vermisse dich auch. Wie gern läge ich jetzt bei ihnen im schneeweißen Sand mit einem Cocktail in den Händen und dem Blick auf eine Gruppe attraktiver Männer gerichtet.

Ich seufze und denke an Rays Nachricht.

Na ja, auf Cocktails und heiße Männer werde ich heute Abend nicht verzichten müssen. Vielleicht hat Linda recht – ich bin jung und sollte feiern, genau wie Lexi und Gordon. Auch wenn das hier nicht die Karibik ist.

Daher schlüpfe ich schnell in ein frisches Hemd und werfe einen kurzen Blick in den Spiegel. Okay, ich sehe einigermaßen passabel aus – hoffe ich zumindest.

Dann werde ich mal den angesagtesten Club San Franciscos kennenlernen.

Laute Trancemusik wummert in meinen Ohren, während ich mich durch die feiernde Partymeute hindurchquetsche, um irgendwo Ray und die anderen zu finden. Doch das ist leichter gesagt als getan, denn das DNA umfasst mehrere Stockwerke und unzählige VIP-Bereiche, vor denen jeweils ein muskelbepackter Türsteher den Eingang kontrolliert.

»Hier ist kein Durchgang!«, raunt mich eines dieser Muskelpakete an, als ich versuche, eine x-beliebige Tür zu öffnen.

»Vielleicht kannst du mir ja helfen. Ich suche Ray Williams und seine Bandkollegen. Weißt du, wo ich sie finden kann?«

Der Türsteher sieht mich an, als wäre ich ein Alien, das ihn nach dem Weg nach Hause gefragt hat. Er steht immer noch mit verschränkten Armen und breitbeinig vor mir. »Hier ist kein Durchgang!«, wiederholt er. Okay, dann eben nicht. Wenn ich Ray und die Band nicht finde, dann amüsiere ich mich ohne sie. Und an welchem Ort beginnt man am besten damit? Natürlich an der Bar!

Daher quetsche ich mich aufs Neue durch die tanzende Menge, die wie Gummibälle auf Crack zum Takt einer Trancemusik hüpft, und erreiche einige Ellenbogenhiebe später endlich die Bar. Leider wird mir erst jetzt so richtig klar, dass ich mich im DNA befinde, denn die paar wenigen Preisangaben, die ich finde, liegen allesamt nicht in meinem Budget. Was für eine Scheiße! Wer gibt denn bitte so viel Geld für ein einfaches Bier aus? Und warum?

»Was darf's sein?«, fragt mich ein hübscher Barkeeper, während er zeitgleich den Cocktailmixer über die Schultern schleudert. Gott, der Kerl hat echt trainierte Arme! Und wunderschöne, schokobraune Augen. Und ich kein Geld, um irgendein Getränk zu bezahlen. Ziemlich blöde Ausgangslage.

»Äh … was kostet ein Wasser?«, frage ich, bemühe mich allerdings gleichzeitig um ein verführerisches Lächeln, wer weiß, vielleicht habe ich ja Glück und er springt darauf an und lädt mich zumindest auf ein Wasser ein?

Okay, dem skeptischen Blick nach zu urteilen, eher nicht. »Hör mal, entweder du bestellst was oder machst für die anderen Leute Platz, die etwas trinken wollen. Und sorry, kein Interesse«, fügt er mit einem Zwinkern hinzu. Ja, das dachte ich mir schon. Beides übrigens.

»Du kannst erst mal mit zwei Tequila-Shots anfangen. Geht auf mich«, höre ich plötzlich jemanden hinter mir sagen. Ich kann mir nicht erklären, wieso der Klang dieser rauchigen Stimme direkt in meinem Nacken einen kribbelnden Schauer auslöst, und ich schlucke, während ich mich zu Ray umdrehe.

Als sein Blick meinen trifft, erkenne ich Spott darin. »Ich kann dir auch gerne ein Wasser spendieren, wenn dir das lieber ist. Oder war das dein Versuch, mit dem Barkeeper zu flirten?«

Ja, ich könnte im Moment wirklich ein Wasser gebrauchen, um meine bestimmt feuerroten Wangen zu kühlen. Außerdem wäre es sinnvoll, nüchtern zu bleiben, da ich theoretisch hier bin, um für eine Biografie Informationen zu sammeln. Allerdings steht vor mir bereits ein kleines Glas, das ich sofort ergreife. Ich liebe Tequila! »Ich zahle es dir zurück«, verspreche ich und ignoriere Rays Spitze. Dann reiche ich ihm das andere Glas.

Ray beugt sich nach vorne, damit er mich nicht so anschreien muss, und der Duft seines Aftershaves steigt mir in die Nase – eine Mischung aus … okay, keine Ahnung, wonach was es riecht, aber holy hell, es riecht absolut sexy. *Er* riecht absolut sexy!

»Du bist zum Arbeiten hier, Ellie, schon vergessen? Also trink so viel und was du willst, mein Label wird dich bezahlen. Cheers!«

Das ist definitiv ein sehr verlockendes Angebot, das ich nicht abschlagen kann. Gut, ich denke, dass ich mich in diesem Fall nicht auf Salz und Zitronensaft im Bauchnabel eines Sixpacks freuen kann, aber hey – gratis Tequila! Den Rest kann ich mir ja einfach vorstellen, der perfekte Körper dazu steht immerhin neben mir.

»Cheers!«, sage ich und spüre, wie meine Wangen heiß werden. Ja, Fantasie ist definitiv ausreichend vorhanden.

»Zehn Dollar für deine Gedanken«, brüllt mir Ray ins Ohr und ich verschlucke mich an meiner eigenen Spucke.

»Vergiss es!« Nicht mal für tausend Dollar würde ich ihm erzählen, dass ich mir gerade vorgestellt habe, wie meine Zunge über seine festen Bauchmuskeln gleitet, hin zu … nein! Ganz sicher nicht. Mann! Der Kerl hat irgendetwas an sich, das mein Gehirn außer Gefecht setzt. Bestimmt ist das so ein Superstar-Gen, um sämtliche Fans zu manipulieren, denn ich liebe Cole. Oder?!

Verdammt schade, dass dieser mir vor einer halben Stunde einen Gute-Nacht-Gruß geschickt hat, sonst hätte ich ihn glatt angerufen, nur um mit ihm über Tequila, Salz und unsere gemeinsamen Erfahrungen damit zu sprechen.

»Wo sind die anderen?«, frage ich. Hauptsächlich, um meine Gedanken in eine andere Richtung zu lenken, und Ray deutet mit dem Kopf auf die linke Seite des Clubs, zu den unzähligen geschlossenen Türen, und läuft anschließend voran. Ich bestelle noch kurz ein Bier und folge ihm, was gar nicht so einfach ist, denn ständig kreischt jemand Rays Namen, umarmt ihn und fordert ihn auf, ein Selfie zu schießen oder ein Autogramm zu geben. Ray lächelt dabei unentwegt dieses aufreizende Rockstarlächeln, das sämtliche Herzen höherschlagen lässt. Das erkenne ich am Kichern der Ladys, beziehungsweise daran, wie sie daraufhin verführerisch das Haar nach hinten werfen – absolut herrlich anzusehen. Ich ignoriere übrigens die kleine, leise Stimme, die mir erklärt, dass ich mich vor wenigen Minuten genauso verhalten habe, denn nein, ich kichere nicht, nur weil mir Ray einen Tequila ausgibt. Garantiert nicht.

Er lotst uns in den hintersten Teil des Clubs zu einer dieser Türen, die ich zuvor öffnen wollte. Dort steht übrigens immer noch derselbe Türsteher, der mich vor wenigen Minuten davonjagen wollte. Gut möglich, dass ich nun mit einem extra breiten Lächeln und hoch erhobenen Hauptes durch die Tür schreite.

Zu schade, dass mich das Muskelpaket gar nicht beachtet.

»Hier wären wir also! Hab Spaß«, erklärt Ray und verschwindet sofort in der tanzenden Menge. Wenn ich ehrlich bin, sieht dieser VIP-Bereich fast genauso aus wie der auf der anderen Seite. Die vielen Stockwerke sind offen miteinander verbunden und der Club wirkt dadurch gigantisch. Ich entdecke einige weibliche und auch männliche Tänzer, die sich mit golden glänzender Haut erotisch um die im Raum verteilten Stangen in unterschiedlichen Höhen und auf Podesten räkeln und tanzen. Außerdem erkenne ich überall leicht bekleidete Kellnerinnen und Kellner, die Getränke ausgeben. In diesem Moment kommt eine Blondine mit einem strahlenden Lächeln auf mich zu und bietet mir einen leuchtend grün schimmernden Cocktail an. Okay, vielleicht geht es hier doch noch eine Spur luxuriöser zu als außerhalb, aber ich bleibe doch lieber bei einem Bier.

»Hey, Ghostwriter Ellie! Schön, dich ssuu sehn! Lust, meine neusse Bekanndschafft kennnsulernn?« Jonas, einer der Bandmitglieder, hat mich stürmisch in den Arm genommen und sucht unter vermutlich höchster Anstrengung den Blickkontakt zu mir. So, wie er schwankt, kann das nicht einfach sein. Da hilft ihm auch die leicht bekleidete Lady nicht, die an seiner Seite klebt und ganz offensichtlich großen Appetit auf Ohrläppchen hat.

Ich lächle Jonas höflich zu, doch der scheint meine Zurückhaltung falsch zu interpretieren, denn er stößt das Mädchen von sich direkt in meine Arme. »Ihre Zunge iss der absoluuute Hammer!«, nuschelt er, während ich plötzlich zarte Finger unter meinem Hemd spüre. Gleichzeitig fühle ich den Blick ihrer hellblauen Augen gierig auf mir.

»Das fühlt sich auch nicht schlecht an. Lust auf einen Special-Tequila?«, raunt sie mir ins Ohr und – o Gott! Hat sie mir eben wirklich ins Ohrläppchen gebissen?

»Ja … Äh, … theoretisch ja«, beginne ich, reibe mir über das Ohr und stoße sie von mir. »Du bist nur überhaupt nicht mein Typ. Sorry, aber hey – Jonas freut sich bestimmt, wenn du dort weitermachst, wo du aufgehört hast. Viel Spaß mit seinen Ohren!«

Das Mädchen wirkt kein bisschen beleidigt, schnappt sich stattdessen einen weiteren Shot und schlingt die Arme um Jonas' Hals.

Ich nippe an meinem Bier und beobachte schweigend die Leute. Rays Bandmitglieder wirken allesamt rotzbesoffen und ihre weiblichen Begleitungen ebenso. Als ich zu dem kleinen, runden Tisch blicke, erkenne ich Scott, den Bassgitarristen, der in dem Moment einen Geldschein zusammenrollt. Anschließend beugt er sich über die Tischplatte und saugt eine weiße Line ein, während sich ein Mädchen, das neben ihm sitzt, irgendeine weiße Tablette einwirft.

Spätestens jetzt ist mir die Lust auf diese Party vergangen. Ich bin kein Spießer – wirklich nicht! Vielleicht liegt es auch an Rob, der Linda und mir mehr als eine Geschichte aus der Drogenszene erzählt hat, aus der er sich gerettet hat, aber ich habe absolut keinen Bock darauf, jemals so tief abzurutschen.

Ich stelle das Bier ab und ignoriere Rays Bandmitglieder. Stattdessen mische ich mich in die tanzende

Menge und versuche, den Kopf auszuschalten. Kurze Zeit später tanze ich mit wildfremden Leuten und genieße die ausgelassene Atmosphäre.

Aus den Augenwinkeln sehe ich Ray, der die Arme um eine kleine, rothaarige Frau geschlungen hat und sie leidenschaftlich küsst, und für einen kurzen Moment fühle ich einen eifersüchtigen Stich im Magen. Keine Ahnung warum, denn eigentlich weiß ich ziemlich sicher, dass der Typ hetero ist.

Doch selbst dieses Gefühl ignoriere ich und tanze einfach weiter. Linda hatte recht – genau das habe ich heute gebraucht.

»Na, hast du Spaß, Ghostwriter?« Schon wieder jagt mir die dunkle Stimme einen Schauer über den Rücken und ich reibe mir unauffällig den Nacken, als ich mich zu Ray drehe.

»Wo ist deine Begleitung?«, schreie ich ihn an und er hebt fragend eine Augenbraue.

»Rote Haare, klein, zierlich, schwarzes Minikleid?« Während ich das Mädchen beschreibe, das eben noch ihre Zunge tief in Rays Mund versenkt hat, grinst er mich breit an.

»Eifersüchtig?«, fragt er und beugt sich näher zu mir. Gott! Flirtet er etwa mit mir? Das kann nicht sein. Trotzdem lege ich den Kopf schief, wackle anzüglich mit den Augenbrauen und betrachte im Anschluss ausgiebig seine roten, vollen Lippen. Mann! Hat das Mädchen ihn essen wollen?

»Definitiv«, antworte ich und obwohl ich dabei breit grinse, weiß ich, dass es nicht gelogen ist. Es ist genau, wie Linda es gesagt hatte: Dieser Mund sieht so anziehend aus, dass man ihn einfach küssen will.

»Vergiss es!«, lacht Ray. »Nichts für ungut, Ellie. Das wäre schlechte Publicity für Sunset Music«, fügt er hinzu und breitet lachend die Arme aus. »Mir sind da leider die Hände gebunden.«

Während er mir das über die lautstarke Musik im Club hinweg fast schon in die Ohren schreit, stimmen das Lachen in seinem Gesicht und der Ausdruck in seinen Augen überhaupt nicht überein. Schon wieder. Als stünden zwei unterschiedliche Rays vor mir. Und ich habe keine Ahnung, was ich davon halten soll, zumal diese Aussage mehr als homophob war.

»Tequila?«, fragt Ray und winkt sofort eine Kellnerin zu sich heran. Ich folge ihm an den Rand der Tanzfläche, nehme einen weiteren Shot entgegen und Ray lächelt mich an. Dasselbe Lächeln, das er auf der Bühne hat. Dasselbe Lächeln, das er den Mädchen schenkt, die an ihm vorbeigehen. Das Lächeln, das seine grünen Augen nicht erreicht.

»Auf eine geile Party heute Nacht!«

Ich trinke den Tequila und will mich gerade wieder in die Menge stürzen, als ich ihn erneut direkt an meinem Ohr höre. Doch als ich den Sinn seiner Worte verstehe, wird mir schlagartig kotzübel. Denn Ray deutet in eine Richtung und fragt: »Sag mal, ist das da drüben nicht dein Freund?«

Kapitel Neun

RAY

Ich schätze, ich habe die falsche Frage gestellt. Nein, sie war sogar ziemlich sicher schlecht gewählt. Denn noch im selben Moment entgleisen Ellies Gesichtszüge und er lässt das Schnapsglas achtlos zu Boden fallen, das dort in unzählige Scherben zersplittert.

Sein Blick ist auf den Muskelprotz von Kerl geheftet, der aktuell eng umschlungen mit einem brünetten Mädchen am Rande der Tanzfläche steht.

Verfluchter Alkohol! Erst jetzt dämmert mir, wie bescheuert meine Frage eigentlich war. Ich habe diesen Mann vorher schon gesehen, als er ebendiese Frau geküsst hat. Wenn es sich hier wirklich um Ellies Freund handelt, habe ich ihn gerade darauf aufmerksam gemacht, dass er fremdgeht.

Gratuliere Ray, du bist ein absolutes Arschloch! Und ich dachte bis eben, ich könnte meine bescheuerte Aussage bezüglich »schwuler Publicity« nicht noch schlimmer machen. Tja, ich kann es wohl. Und zwar so richtig.

Ellie ist aschfahl geworden, ich sehe seine Hände zittern und – sind das Tränen in seinen Augen? Fuck! Fuck, Fuck!

»Hey, alles in Ordnung?«, höre ich mich selbst fragen und könnte mir auf die Zunge beißen. Offensichtlich ist es das nicht. »Kann ich dir irgendwie helfen?«, frage ich weiter und weiche anschließend einen Schritt nach hinten aus, als ich Ellies Blick einfange. Er betrachtet schon wieder meine Lippen, als würde er überlegen, sie zu küssen. Und so homophob, wie meine Aussage vorhin auch klang, Peter würde mich wirklich mit einem Arschtritt aus der Band werfen, sollte ich öffentlich einen Mann küssen. Mit einem Arschtritt und einer Vertragsstrafe in einem sehr hohen, bestimmt sechsstelligen Dollarbereich. Denn Peter ist, neben unzähligen weiteren Arschloch-Eigenschaften, definitiv homophob. Doch dann rollt Ellie mit den Augen und schnappt sich von einer Kellnerin gleich drei Gläser auf einmal.

»Wir sind hier, um zu feiern, richtig?«, fragt er und hält mir das Glas hin. »Auf dich und deine wunderbare Band.« Er leert das erste Glas in einem Zug. Dann greift er sich das nächste. »Auf die wunderbare, herzergreifende Musik, die ihr macht.« Das zweite ist leer. »Auf die Liebe und romantische Duette im Sonnenuntergang.« Das dritte Glas ist leer und Ellie schnappt sich einfach ein weiteres, das auf einem leeren Tisch steht. »Auf dein verfickt einfaches Leben!«, ruft er und dreht sich zu Cole, dessen Zunge inzwischen erneut im Hals des Mädchens steckt. »Und auf dich, Cole. Auf dich und deine beschissenen Lügen!«

Dann wirft er das Glas zu Boden, lässt einen ohrenbetäubenden Schrei los und beginnt zu tanzen. Er tanzt, als würde ihm niemand zusehen. Zumindest glaube ich das, denn ich würde mich niemals in aller Öffentlichkeit so bewegen, aber hey – die Leute um ihn herum haben definitiv Spaß. Ellie Waye klaut sich mit einem verschmitzten und unschuldigen Lächeln die Frauen aus den Armen der Männer und tanzt verdammt verführerisch mit ihnen weiter. Ernsthaft! Niemand würde bei diesem Anblick auf die Idee kommen, dass dieser Kerl auf Männer steht und vor wenigen Minuten seinen Freund beim Fremdgehen erwischt hat. Er lacht mit den Damen um die Wette und singt lauthals zur Musik. Und trotz der Lautstärke im Club höre ich seinen grottenschiefen Gesang. Hilfe, meine armen Ohren!

Ich lehne mit verschränkten Armen an der Wand und weiß nicht, ob ich lachen oder weinen soll. *Auf dich und dein verfickt einfaches Leben!*, wiederhole ich im Geiste und beiße mir auf die Lippen. Als wäre mein Leben einfach. Trotzdem bin ich wohl nicht der Einzige hier, der unglücklich ist.

Ellie tanzt und flirtet so offensiv weiter, dass mir beinahe die Augen aus dem Kopf fallen. Und doch kann ich einfach nicht wegsehen, warum auch immer. Ob ihm überhaupt bewusst ist, wie viele Mädchen ihm in diesem Augenblick begierig hinterhersehen? Denn genau das sehe ich, nachdem ich es endlich geschafft habe, den Blick von ihm zu lösen.

Und nicht nur sie … Als ich seinen angeblichen

Freund in der Menge entdecke, halte ich die Luft an. Er hat sich von der Frau gelöst und wirkt alles andere als glücklich, Ellie hier zu sehen. Und wenn ich aus der Entfernung den Blick richtig deute, wirkt er sogar richtig eifersüchtig.

»Hey, Ray.« Eine Blondine stellt sich direkt in mein Blickfeld und ich lächle das übliche, professionelle Lächeln.

»Hey«, antworte ich, doch die Blondine wirkt plötzlich gar nicht mehr erfreut.

»Erkennst du mich nicht wieder? Ich bin's, Nia!« Ihr Ton wirkt vorwurfsvoll und ich betrachte sie interessiert. Sie sieht genauso aus wie etwa der Großteil der Frauen, mit denen ich in den letzten Wochen, nein Monaten etwas gehabt habe, da Peter meinte, blonde Frauen würden auf den Bildern optisch perfekt zu mir passen. Also … äh, nein, ich habe absolut keine Ahnung, wer vor mir steht. Aber es wäre äußerst unprofessionell, dies zuzugeben.

»Nia! Schön, dich zu sehen!«, lüge ich stattdessen und hauche ihr einen Kuss auf die Wange. Gleichzeitig suche ich Ellie in der Menge, da ich mir doch ein wenig Sorgen mache. Ich weiß nicht, ob er öfters so viel trinkt und ob er nicht Hilfe benötigt.

»Sollen wir nicht da weitermachen, wo wir vor zwei Wochen aufgehört haben?«, säuselt Nia und ich spüre ihre Fingernägel am Bund meiner Jeans.

Vor zwei Wochen erst? O Gott, ich kann mich wirklich nicht erinnern.

Trotzdem schenke ich ihr ein herzerwärmendes Lächeln, lege eine Hand an ihr Gesicht, beuge mich zu ihr herunter und hauche einen Kuss auf die rotbemalten Lippen. »Heute kann ich leider nicht, aber wer weiß? Wenn wir uns so oft zufällig treffen, kann das nur Schicksal sein, nicht wahr?« *Oder Stalking.*

Gott! Ich hasse meine eigenen Worte, doch sie funktionieren fast immer. Das Mädchen klimpert aufgeregt mit den Wimpern und schmiegt sich an mich. Allerdings kommt sie nicht dazu, mir zu antworten, denn in dem Moment entdecke ich Ellie auf einem der Podeste. Er räkelt sich zusammen mit der Tänzerin verführerisch um die Polestange.

»O verdammt!« Entweder kennt dieser Typ absolut keine Hemmungen oder er ist sturzbetrunken. Ich vermute eher Zweiteres.

So schnell ich kann, eile ich zu ihm, während Ghostwriter Ellie ein Bein um die Stange schlingt und sich kopfüber in die Menge gleiten lässt. Verdammt! Der knallt sicherlich gleich mit dem Schädel auf den harten Fliesenboden.

»Ellie!« Meine Rufe gehen in den Jubelrufen der anderen unter und ich dränge mich ganz nach vorn. »Ellie!«

Ich stehe jetzt direkt vor ihm. Plötzlich lehnt er den Kopf weit nach hinten und ich erkenne ein Glitzern in seinen Augen, während er mich kopfüber ansieht.

»Ladys and Gentlemen, es sieht so aus, als würde heute Nacht der absolut heißeste Mann der Welt für euch an dieser Stange tanzen! Sagt Hallo zu Ray Williams!«, brüllt Ellie, richtet sich auf und deutet auf mich.

Nicht. Sein. Ernst.

Ich ignoriere das Jubeln und Brüllen und den Applaus, der um mich herum entfacht.

»Komm dort runter, Ellie!« Meine Stimme klingt warnend, doch er klatscht zusammen mit den anderen. Sie alle warten darauf, dass ich für sie tanze und ich habe längst kapiert, dass ich nicht mehr unbemerkt aus dieser Situation herauskomme. Schon jetzt höre ich Peters schimpfende Worte im Hinterkopf, sollte ich es wagen, zu fliehen. *Denk an deine Publicity! Die Leute lieben dich! Flirte mit ihnen! Tu, was sie von dir verlangen!*

Na, vielen Dank, Ellie Waye. Und glaube mir, das wirst du mir noch büßen!

Dann klettere ich neben ihn auf die gläserne Tischplatte und lächle in die Runde.

»Ihr wollt mich also tanzen sehen?«, frage ich und warte auf das Jubeln. »Ich kann euch nicht hören!«

Und als die Menge ohrenbetäubend kreischt und mindestens ein Dutzend Smartphones auf mich gerichtet sind, beginne ich zu tanzen. Natürlich reagiert der DJ sofort und lässt einen Übergang zu einem unserer Songs entstehen.

Ich singe einen unserer Partyhits und bewege mich passend zur Musik. Das ist mein Job und ich weiß genau, wie ich meinen Körper einsetzen muss, um die Menge glücklich zu machen. Gleichzeitig flirte ich mit der eigentlichen Tänzerin und werfe sogar Ellie einige verführerische Blicke zu, der mich plötzlich völlig ausdruckslos beobachtet. Ehrlich gesagt habe ich keine Ahnung, was diesen Stimmungswechsel bei ihm ausgelöst hat und was er bedeuten könnte, doch im Moment konzentriere ich mich nur auf das Publikum.

Als der Schlussakkord erklingt, küsse ich die Tänzerin auf den Mund und verbeuge mich anschließend vor der jubelnden Menge. Erst dann hüpfe ich von dem Podest herunter und will mich nach Ellie umsehen. Doch der steht nicht mehr neben mir.

Wo ist er hin? Und wieso zu Hölle fühle ich mich für ihn verantwortlich?

Ich entdecke ihn im hinteren Teil des Clubs an einer kleinen Bar, wo er sich just in diesem Augenblick ein weiteres Getränk auf Ex hinunterkippt. Als er mich sieht, lacht er tonlos auf.

»Hey, Superstar, schon fertig mit der Show?«

»Schon fertig mit saufen?«, entgegne ich und nehme ihm das neue, randvolle Glas ab.

»Hey! Du hast gesagt, ich bin eingeladen!« Seine Bewegungen sind verzögert und er trifft nicht mal ansatzweise meine Hände, ganz zu schweigen vom Glas, das ich ihm weggenommen habe.

»Tja, und jetzt lade ich dich wieder aus.«

Ellie seufzt. »Du bist gemein.«

Echt jetzt? Gemein? Er klingt wie ein Kindergartenkind, dem ich gerade ein Sandförmchen geklaut habe. Doch dann verzieht er den Mund und ich sehe eine einzelne Träne über seine Wange laufen.

»Wieso macht er das? Wieso? Ich meine, reicht es nicht, die heimliche Affäre zu sein? Muss er mich denn wirklich noch anlügen?« Er schnieft leise und versucht, mich anzulächeln. »Dein Leben muss verdammt geil sein.«

Ich habe keine Ahnung, welche Art von Beziehung Ellie mit diesem Typen führt, daher schweige ich lieber. Und was seine zweite Bemerkung betrifft … na ja, *verdammt geil* würde ich mein Leben nicht unbedingt nennen. Verdammt beschissen. Verdammt einsam. Verdammt falsch. Das trifft es eher.

»Soll ich dich nach Hause bringen?«, frage ich, weil mir nichts anderes einfällt, und Ellie zuckt hilflos mit den Schultern.

»Linda killt mich, wenn ich vor zwei Uhr daheim bin.«

Wer zur Hölle ist denn Linda? Etwa seine Freundin? Dieser Kerl ist wirklich kompliziert. Aber im Moment schwankt er so beträchtlich, dass ich nicht weiter nachdenke, ihn am Arm packe und nach draußen zerre.

»Na komm, ich besorge dir ein Taxi.«

Kurze Zeit später drücke ich den immer noch schwankenden Mann ins Taxi und versuche zum gefühlt hundertsten Mal, seine Adresse herauszufinden.

»So schwer ist das doch nicht, Ellie. Wie lautet deine Adresse?«

Doch Ellie lehnt sich nur schmatzend in den Autositz und murmelt wie die Male zuvor: »Daheim.«

Ich sehe, wie der Taxifahrer ungeduldig mit den Fingern auf dem Lenkrad trommelt, und stöhne genervt auf. Ellie ist völlig hinüber und er wird heute ganz sicher keine sinnvolle Antwort mehr geben. Daher nenne ich dem Fahrer meine eigene Adresse und setze mich zu ihm ins Auto.

Nachdem ich den Jungs eine kurze Nachricht über meinen Verbleib geschickt habe, betrachte ich Ellie neben mir. Er hat die Augen geschlossen und lehnt mit verschlungenen Armen seitlich am Fenster. Er wirkt, trotz seiner Größe und den damit verbundenen angewinkelten Knien, klein und hilflos. Und traurig.

Ich kann mir nicht helfen, denn schon wieder fühle

ich mich schuldig. Immerhin habe ich ihn auf seinen Freund, oder was auch immer dieser Cole für ihn ist, aufmerksam gemacht. Ich habe ihm die Party versaut.

»Wir sind da«, erklärt der Taxifahrer nach etwa zwanzig Minuten und ich bezahle ihm ein großzügiges Trinkgeld, da er mir geholfen hat, Ellie aus dem Auto und in den Aufzug zu hieven.

Jetzt lehnt er allerdings nur noch an mir und ich muss mich an der Wand abstützen, damit ich nicht umkippe.

»Alter, Ellie! Hätte nicht gedacht, dass du so schwer bist!«

Daraufhin kichert er. »Bin wohl der erste Typ, den du abschleppst, was?«

Ich schlucke und versuche, etwas Abstand zu ihm zu bekommen. Doch das war ein Fehler, denn er kippt sofort zur Seite und wäre vermutlich mit dem Kopf an die Aufzugswand geknallt, hätte ich ihn nicht rechtzeitig aufgefangen. Nun liegt er beinahe in meinen Armen und das fühlt sich erst recht seltsam an.

»Du bist der erste Typ, der nach den wenigen Schnäpsen nicht mehr stehen kann. Und ich kann es mir nicht leisten, meinen Ghostwriter durch eigenes Verschulden zu verlieren.«

Ellie krallt sich an meinem Shirt fest und - was zur Hölle macht er da? Riecht er etwa daran?

»Hmmmmm …«

Er tut es tatsächlich. Wie krass!

»Kennst du diese Bücher, in denen immer ganz genau beschrieben wird, wie ein erregender Duft riecht?«

Ich starre Ellie an und schlucke. Was liest der denn

für Bücher? Und wie lange braucht der verfluchte Aufzug heute?

»Du weißt doch, was ich meine … Da steht dann so etwas wie ›sein männlicher Duft war göttlich, eine Mischung aus Kaffee, Schokolade, Moschus und … äh, Kampfer, nein, Kiefer? Oder Fichte? Nein, Moos, sie riechen immer nach Moos! Immer!«

Okay, ich will jetzt wirklich diesen Aufzug verlassen, denn dieser Typ, der immer noch seine Nase an mein Shirt hält, wirkt allmählich extrem verrückt! Und ich habe das dringende Bedürfnis, das Shirt zu wechseln.

»Kennst du nicht?«

War die Frage etwa ernst gemeint? »Nope«, antworte ich und Ellie zuckt kurz mit den Schultern.

»So etwas steht in fast jedem Liebesroman. Kein Scheiß!«, fügt er hinzu, als er den Kopf hebt und mein Gesicht betrachtet.

»Okay. Und was willst du mir damit sagen?« Ich hoffe, dass ich nicht wie ein dreckiger Waldboden rieche.

Nun richtet sich Ellie auf und schafft es tatsächlich, ohne Hilfe zu stehen. Kurz jedenfalls, denn er krallt sofort eine Hand an den Griff des Aufzugs und deutet mit der anderen auf mich. »Dass ich erstens vermutlich ein grottenschlechter Autor bin, weil ich noch nie Moos, Kiefer oder sonst irgendeinen Mist an einem Mann gerochen habe.«

»Und zweitens?«, frage ich, da Ellie inzwischen völlig entspannt an der Wand lehnt, als hätte er vergessen, wovon er gesprochen hat.

Die Aufzugtür springt auf und ich reiche ihm die Hand.

»Zweitens, dass du unwiderstehlich sexy riechst!«, antwortet er und stolpert kurz darauf über seine eigenen Füße. Trotzdem bleibe ich einige Sekunden regungslos im Aufzug stehen. Meine Ohren rauschen und ich habe absolut keinen Schimmer warum.

Ich schüttle die Schockstarre ab, die seine Worte ausgelöst haben und greife ihm unter die Arme. »Alles klar, Ghostwriter. Du pennst auf dem Sofa, kapiert? Brauchst du irgendwas?« Die Frage ist eigentlich rhetorisch gemeint, denn ich weiß genau, was ich brauche. Ich brauche Abstand von Ellie Waye, und zwar sofort!

»Danke dir. Bist netter als gedacht«, antwortet er und lässt sich auf meine Sofalandschaft fallen. Keine Sekunde später höre ich ihn leise schnarchen und mich ausatmen.

Ich bin netter als gedacht? Nett ist die kleine Schwester von … Egal, denn wenn ich ehrlich bin, finde ich ihn auch sympathischer als angenommen.

Ich lasse den Ghostwriter allein, öffne die Tür zum Schlafzimmer und werfe mich stöhnend auf mein Kingsize-Bett.

Was für ein Abend!

Kapitel Zehn

ELIAH

Rumms!

»Aaaahhhh!« Au! Verfluchter Mist!

Wo bin ich? Und wer? … Warum?

Ich blinzle ein paarmal, damit die grellen Punkte in meinem Sichtfeld verschwinden. Doch dann fährt mir ein stechender Schmerz in die Schläfe und ich stöhne erneut auf.

»Gooooott!«

Warum tut mir alles weh? Die Rippen schmerzen, der rechte Oberarm brennt, die Beine fühlen sich kribbelig taub an und mein Kopf – verdammt! Mein Kopf fühlt sich an, als würde er in einem Schraubstock stecken.

»Hey! Ich habe deinen Schrei gehört. Alles in Ord… Wieso liegst du auf dem Boden?«

Eine rauchige, kratzige Stimme dringt in mein Ohr und ich drehe mich stöhnend in diese Richtung.

Plötzlich richte ich mich auf.

Ray! Ich liege in Rays Wohnung auf dem Sofa! Nein … eigentlich liege ich vor dem Sofa. Habe ich es wirklich geschafft, von dieser riesigen Sofalandschaft zu fallen? Offensichtlich, das würde auch die Schmerzen erklären.

»Geht es dir gut?«, fragt Ray und läuft um das Möbelstück herum, bis er direkt vor mir steht.

Ich schlucke. Bis auf eine rote Boxershorts ist er nackt. Und er sieht verflucht gut aus. Ob das auch so ein Superstar-Gen ist, dass man sogar früh am Morgen, frisch aus dem Bett geklettert, verwegen gut aussieht?

Leider prasseln in diesem Augenblick sämtliche Erinnerungen des gestrigen Abends auf mich ein. Ich setze mich stöhnend auf das Sofa und verberge das Gesicht in den Händen.

Cole hat mich angelogen. Und ich musste dabei zusehen, wie er und Katie … Ich beiße mir auf die Lippen, um die Erinnerung zu verdrängen. Ich will diesen Schmerz nicht fühlen, denn ich habe kein Recht dazu. Immerhin wusste ich von Katie. Wieso tut es trotzdem so weh? Verflucht, nein! Ich werde nicht weiter an Cole und Katie denken. Nicht hier und vor allem nicht vor Ray.

Plötzlich erinnere mich an den späteren Abend. Tanzen … Poledance … Aufzug … O Gott! Habe ich wirklich an seinem Shirt gerochen?!

Ganz langsam hebe ich den Kopf und sehe Ray in die Augen. Selbst die zeigen nicht die geringsten Schatten, während ich vermutlich einem Waschbären Konkurrenz mache. Ich will gar nicht wissen, was er seit letzter Nacht von mir denkt.

»Tut mir echt leid, Mann«, sage ich und erkenne ein verschmitztes Grinsen in seinem Gesicht.

»Was? Dass du vom Sofa gefallen bist?«

Ich reibe mir über den Arm und lache leise. »Ja, das tut mir sogar verdammt leid! Wie zur Hölle konnte ich da nur herunterfallen?«

»Das würde ich auch gern erfahren.«

»Nein, im Ernst. Sorry für …«, ich hole tief Luft und zucke hilflos mit den Schultern. »… für mein Verhalten gestern Nacht. Das war extrem unprofessionell. Und falls du einen anderen Autor engagieren willst, würde ich das verstehen.«

Ein dunkles Lachen ertönt und ich ignoriere den Schauer, den dieses Geräusch in mir auslöst. »Du findest, ich soll mir einen anderen, nicht so grottenschlechten Autor aussuchen?« Er lacht weiter und fährt sich durch die Haare. »Vergiss es! Zum Schluss schreibt der, ich würde nach Moos riechen und das wollen wir beide nicht, stimmt's?«

»O Gott!« Ich fühle meine brennenden Wangen, die jetzt sicherlich rot leuchten, und stöhne. Wo zur Hölle ist der gute, alte Filmriss, wenn man ihn braucht? Wieso kann ich mich an jedes einzelne Wort von gestern Nacht erinnern? Ich habe mich wie ein Testosteron gesteuerter Teenager verhalten! Oder noch schlimmer. Und ich habe Ray Williams angebaggert, so richtig.

»Ich gehe duschen.« Er wackelt vielsagend mit den Augenbrauen und berührt seine Brust. »Ich muss den Waldgeruch loswerden.«

Kann es sein, dass ich ihn gerade mit geöffnetem Mund anstarre? Möglich. Gott, es fehlt nicht mehr viel und mir läuft der Sabber über die Lippen. Macht er das absichtlich? Denn ich könnte schwören, dass er gerade extra langsam an mir vorbeigelaufen ist, um mir seinen Hintern zu präsentieren. Aber wenn ja, wieso? Ray ist doch hetero. Oder etwa nicht?

Ich schüttle die verwirrenden Gedanken ab und trete an die Fensterfront. Wie immer hängt noch tiefer Nebel zwischen den Inseln, dennoch erkenne ich das Glitzern der ersten Sonnenstrahlen, das von der Skyline der Stadt reflektiert wird.

Plötzlich fühle ich einen schmerzhaften Stich im Herzen. Irgendwo dort drüben liegt jetzt Cole in den Armen seiner Freundin … Vielleicht haben sie sogar in diesem Augenblick Sex. *»Baby, ich verspreche dir hoch und heilig, dass du der Einzige bist, den ich liebe. Selbst wenn ich mit ihr schlafe, denke ich dabei nur an dich.«* Das hat er mir einst erklärt und ich habe die Worte hingenommen. Ich habe sie akzeptiert. Weil ich ihm glaubte.

Aber er sah gestern so glücklich aus. Glücklich mit ihr.

Was bin ich wirklich für ihn? Ein lustiger Zeitvertreib? Ein erregendes Sexspielzeug, perfekt für ein Abenteuer zwischendurch?

»Hey, willst du auch duschen?«, unterbricht Rays Stimme meine niederschmetternden Gedanken und ich betrachte das zerknitterte Hemd, das ich immer noch trage.

»Sehr gern«, antworte ich und schüttle gleichzeitig den Kopf. »Aber ich sollte nach Hause.« Selbst wenn ich mir im Moment auf die Zunge beißen könnte, da ich mich äußerst gut an diese riesige Regen-Massage-Dusche erinnern kann, die dort in seinem Bad eingebaut ist, weiß ich, dass es stimmt. Ich muss nach Hause. Linda weiß nicht, wo ich bin, ich sollte dringend mit Cole telefonieren, außerdem habe ich keine sauberen Klamotten hier und ich werde ganz sicher nicht frisch geduscht zurück in das stinkende Hemd von gestern schlüpfen. Und ich sollte mich unbedingt in der Uni blicken lassen, um mir zumindest ein paar Vorlesungen anzuhören.

»Sicher? Sonst hätten wir gleich ein bisschen am Manuskript arbeiten können.« Ray läuft, nur mit einem Handtuch um die Hüften, in die Küche und schaltet die Kaffeemaschine ein. »Ich muss nämlich mittags wieder weg. Das heißt, ich hätte im Augenblick Zeit für dich allein.« Dann dreht er sich zu mir und grinst mich, mit einer Zahnbürste im Mund, an. Krass! Der Typ macht das echt absichtlich! Er scheint es zu genießen, regelmäßig mein Sprachzentrum außer Gefecht zu setzen. Aber bitte! *Ray Williams, du hast es nicht anders gewollt. Was du kannst, kann ich auch. Nur weil ich kein berühmter Superstar bin, heißt das nämlich nicht, dass ich nicht flirten kann. Und Uni – du kannst mich mal!*

»Hab es mir anders überlegt. Ich liebe es zu duschen.« Ich verhake mich in seinem Blick und beginne, ganz langsam mein Hemd aufzuknöpfen. Ja, Rays Miene wirkt mit einem Mal nicht mehr allzu amüsiert, sondern eher verängstigt.

Lieber Superstar, hast du etwa zu nah am Feuer gespielt? Denkst du wirklich, ich lasse mir einen Flirt mit dem heißesten Musiker Kaliforniens entgehen, nur weil er hetero ist? Vor allem, wenn dieser Mann nur mit einem Handtuch und einzelnen, glitzernden Wassertropfen am Körper vor mir steht?

Ich werfe das Hemd achtlos zu Boden und spiele mit der Gürtelschnalle meiner Jeans.

»Leihst du mir dein Handtuch, Raymond Albert Williams?«

So schnell kann ich gar nicht reagieren, da steht er bereits dicht vor mir und bohrt den Zeigefinger mit ernster Miene in meine nackte Brust. »Wenn du diesen Namen noch ein einziges Mal nennst, werfe ich dich, so wie du bist, vor die Tür, kapiert?« Er lässt die geballten Hände sinken und nickt in die Richtung des Badezimmers. »Handtücher liegen bereit. Und auch ein paar Klamotten, falls du was möchtest. Und im rechten Badschrank links vom Waschbecken findest du neue Zahnbürsten.« Er geht zurück in die Küche und greift nach seinem Handy, das auf dem Tresen liegt. »Ich bestelle uns etwas zu essen.«

Kapitel Elf

RAY

Es ist ein seltsames Gefühl, das mich im Moment überkommt. Seit einigen Minuten sitze ich mit einem Cappuccino in der Hand auf dem Klavierhocker und betrachte die Skyline meiner Wahlheimat. Ich höre das Plätschern der Dusche im Hintergrund und das Vibrieren von Ellies Smartphone, das eine gefühlte Ewigkeit zu klingeln scheint.

Eigentlich sitze ich jeden Morgen hier und trinke Cappuccino. Und doch fühle ich mich heute irgendwie … ruhiger. Als hätte ich seit langer Zeit mal wieder durchgeschlafen. Was allerdings nicht stimmt, zumal ich erst in den frühen Morgenstunden ins Bett kam und ich bis dato nie Schlafprobleme hatte. Was ist es also?

Ich fühle mich, als hätte mir jemand eine Last abgenommen, die ich wochenlang mit mir herumgetragen habe. Und auch das kann nicht sein, denn ich bin immer noch dazu verpflichtet, die beschissene

Biografie zu schreiben und einen neuen Song zu komponieren.

Egal, ich glaube, ich sollte meinen Kopf ausschalten und einfach die Ruhe in mir genießen. Also schließe ich die Augen und konzentriere mich ausschließlich auf das erdig-fruchtige Aroma des Kaffees.

»Verfluchter Mist! Scheiße, Autsch!«

Okay, die Ruhe ist dahin, denn Ghostwriter Ellie stolpert aus dem Bad heraus und rempelt so ziemlich jeden Gegenstand an, den er finden kann.

»Ich dachte, du wärst inzwischen ausgenüchtert.«

Ellie blickt mich beleidigt an, nestelt am Bund seiner – nein, – Jogginghose herum und flucht erneut.

»Ich dachte, wir wären in etwa gleich groß. Sind wir wohl nicht«, fügt er hinzu und deutet auf die viel zu langen Hosenbeine. »Sorry, kann sein, dass ich gerade eben den Saum eingerissen habe. Ich kaufe dir 'ne neue.«

Ich betrachte ihn skeptisch. »Aber das Bad steht noch, oder?«

»Das Bad? Ach so, ja, das wollte ich dir auch noch sagen. Beim Versuch, die Regendusche einzustellen, bin ich ausgerutscht und habe drei Armaturen abgerissen, außerdem ist die Glastür aus ihrer Verankerung gerutscht. Und dein Duschgel …«

Ohne ihn ausreden zu lassen, sprinte ich ins Badezimmer. Wenn er wirklich mein Bad zerstört hat, dann …

Aber kaum öffne ich die Tür, atme ich aus. Alles steht an seinem Platz. Er hat sogar die Dusche geputzt, denn ich erkenne keinen einzigen Wassertropfen an der Scheibe. Ich weiß jetzt schon, dass meine Putzfrau Fragen stellen wird – so sauber sah das Bad noch nie aus.

»Hast du mir wirklich zugetraut, diese wahnsinnig abgefahrene Dusche zu zerstören?«, höre ich ihn plötzlich dicht hinter mir sagen und als ich mich umdrehe, sehe ich Ellies leicht amüsierten Gesichtsausdruck.

»Lass mich kurz überlegen. Du bist heute Nacht fast aus dem Aufzug gekippt, heute Morgen bin ich aufgewacht, weil du mit einem lauten Krach vom Sofa geknallt bist und gerade eben hast du drei, nein vier Möbel angerempelt und meine Hose zerrissen? Jupp, ich trau dir alles zu.«

Ellie fährt sich lachend durch die nassen Haare und ich erkenne erneut die Grübchen in seinen sommersprossigen Wangen. »Okay, okay. Vielleicht bin ich ab und zu etwas tollpatschig.«

Ab und zu? Ja, ist klar. Vermutlich genügt mein skeptischer Blick, denn Ellie lacht schon wieder. »Und vielleicht auch etwas öfter als nur ab und zu. Aber hey, ich verspreche dir, dass ich nach einem Kaffee wieder die Ruhe selbst bin.«

Ich verstehe den Wink mit dem Zaunpfahl und begebe mich auf den Weg in die Küche, um ihm das gewünschte Getränk zuzubereiten. Gleichzeitig höre ich erneut das nervige Vibrieren seines Smartphones.

Ich beobachte, wie Ellie es ergreift, und mit einem Mal sind die Grübchen in seinen Wangen verschwunden. Sein Blick wird ernst und ich sehe, wie er schluckt. Erst einige Augenblicke später nimmt er den Anruf entgegen.

»Hey, Cole«, höre ich ihn mit gepresster Stimme

sagen und halte selbst die Luft an. Besagter Cole, der gestern mit einer Frau geknutscht hat. Ich bin ja gespannt, mit welcher Entschuldigung er ankommt. Und noch viel gespannter bin ich, wie lange Ellie ihn wohl zappeln lassen wird. Bei allem, was ich miterlebt habe, hat es sein Herz zerrissen, als er Cole zusammen mit ihr gesehen hat. Wenn ich Ellie wäre, würde ich ihn ganz sicher lange zappeln lassen. Sehr, sehr lange.

»Nein … nein, es ist nicht so, wie du denkst. Ich bin … Was? Ja, bei einem Mann. Aber … Was? Nein, Cole! Hör mir doch zu! Es tut mir leid«, höre ich Ellies flehende Worte.

Wieso zur Hölle entschuldigt sich Ellie bei *ihm*? Ich weiß, es geht mich nichts an. Und es sollte mich auch nicht kümmern. Dummerweise kann ich nicht weghören, als Ellie immer weitere Entschuldigungen formuliert. Ich habe nicht mitgezählt, doch ich merke selbst, wie mir der Kragen platzt. Ja, ich weiß, ich sollte mich nicht einmischen, aber das hier geht gar nicht! Daher …

»Ellie-Schatz, was möchtest du zum Frühstück? Eier oder Pancakes?«, rufe ich laut, als wäre ich gerade dabei zu kochen.

Diese Worte genügen, dass Ellie mitten im Satz innehält und mich entgeistert anstarrt. Wenn er vorhin schon bleich geworden ist, hat er nun die Hautfarbe eines Geistes. Er sieht definitiv zum Fürchten aus.

»Cole? Nein, das war … Er ist nicht … Cole? Cole?!« Offensichtlich hat mein Plan funktioniert, denn es scheint so, als hätte dieser Arsch aufgelegt.

»Ellie-Schatz?«, fragt Ellie und lässt das Handy aufs Sofa fallen. *»Ellie-Schatz?«* Seine Stimme klingt zittrig

und ich weiß nicht, ob er kurz davor ist, zu heulen oder auszurasten.

»Der Typ hat dich betrogen und du hast nichts Besseres zu tun, als dich bei ihm zu entschuldigen? Dachte, eine Retourkutsche würde nicht schaden.«

Ellie kommt auf mich zu und sein Blick wirkt düster und gefährlich. »Deshalb nennst du mich *Ellie-Schatz*? Ernsthaft?«

Ich halte die heiße Kaffeetasse wie ein Schutzschild vor mich und zucke mit den Schultern. »Hast du gerade versucht, dich bei ihm zu entschuldigen, weil du bei mir gepennt hast? Ja oder nein?«

»Ja, aber …«

»Nichts aber!«, falle ich ihm ins Wort. »Du hast dich gestern Nacht betrunken, weil der Kerl auf der Party mit der Tussi rumgemacht hat! Du hast mich vollgeheult, weil er dich verarscht! Du bist garantiert nicht derjenige, der sich heute Morgen entschuldigen muss. Bei wem auch immer!«

Ellie schüttelt den Kopf und das Lachen, das aus seinem Mund kommt, klingt extrem hysterisch. Als ich zusätzlich den verzweifelten Blick seiner Augen auffange, weiß ich es – ich hab es verbockt. So richtig.

»Du hast keine Ahnung, was du angerichtet hast.«

»Stimmt, habe ich nicht. Denn in meinen Augen ist dein Freund Cole der Einzige, der etwas angerichtet hat.«

Ellie lässt sich auf das Sofa fallen und legt den Kopf an die angewinkelten Knie. »Ich schätze, so etwas kannst du nicht verstehen. Du hast keine Ahnung, was es bedeutet, schwul zu sein. Du weißt nicht, wie schwer es sein kann, zu dem zu stehen, was man ist, wie man ist und vor allem, wen man liebt.«

Ellies Worte lösen einen dicken Kloß in meinem Hals aus und ich schlucke. Ausgerechnet ich soll keine Ahnung haben, wie es ist, nicht derjenige sein zu können, der man wirklich ist? Wenn es nicht so ein verdammtes Scheißgefühl wäre, würde ich lachen.

»Coles Familie würde ihn niemals akzeptieren und es ist gut möglich, dass er seinen Job verliert, wenn er sich outet.«

Okay, diese Worte irritieren mich trotzdem. »Moment, heißt das etwa, du wusstest von dem Mädchen?«

Statt zu antworten, zuckt Ellie nur schwach mit den Schultern und verzieht die Lippen zu einem traurigen Lächeln. Das ist doch nicht sein Ernst!

»Und das akzeptierst du? Alter! Das ist krank!«

»Das nennt sich Liebe«, entgegnet er und er scheint die Worte ernst zu meinen. Das ist wirklich krank.

»Okay, dann lass es mich kurz zusammenfassen: Dein Freund liebt dich über alles, kann es nur nicht öffentlich zeigen, weil Job, Familie, Umfeld und alles andere wichtiger sind. Verstanden. Er liebt einzig und allein dich, küsst und vögelt aber mit Frauen und rastet gleichzeitig aus, wenn du bei einem anderen Mann auf dem Sofa übernachtest? Doch, ja, das klingt für mich nach der wahren, großen Liebe. Ich glaube, ich sollte einen Song darüber schreiben.«

Scheiße. Ich bin zu weit gegangen. Leider realisiere ich das erst jetzt, als Ellie tief durchatmet und mich anschließend ansieht. Tränen schimmern in seinen Augen und ich erkenne den puren Schmerz darin.

»Können wir mit unserer Arbeit beginnen? Immerhin haben wir eine Deadline.«

Sogar seine Stimme klingt zittrig und ich fühle mich verdammt schuldig. Ellie liebt diesen Mann wirklich. Aus welchem Grund auch immer.

Ich räuspere mich und fahre mir durch die Haare. »Ja, klar. Warte, ich hole das Notebook.«

»Mann, Ray! Konzentrier dich mal! Das ist jetzt das fünfte Mal, dass du das Intro verhaust!«

Scott fixiert mich mit einem wütenden Blick und ich murmle eine Entschuldigung. Meine Finger scheinen heute ein Eigenleben zu führen und ich habe das Gefühl, keinen einzigen sinnvollen Ton aus der Gitarre herauszuholen. Ganz zu schweigen von meiner Stimme, die krächzt, als hätte ich wochenlang durchgefeiert.

Jonas' Sticks geben erneut den Takt an und Scott und ich starten zum gefühlt hundertsten Mal mit dem Intro. Mir ist heiß, während ich mit aufeinandergepressten Zähnen auf das Griffbrett starre. Gleich kommt der Lauf, den ich im Schlaf beherrsche. Eigentlich.

»Fuck!«, stöhne ich und kann mich gerade noch rechtzeitig davon abhalten, meine heißgeliebte Fender quer durch das Tonstudio zu werfen.

»Okay, das bringt nichts. Was ist los, Ray?«, fragt

Jonas, wird jedoch von Alec unterbrochen, der mich breit angrinst und mit den Augenbrauen wackelt.

»Noch 'ne lange Nacht gehabt, was? So viel zu: ›ich muss noch jemanden nach Hause bringen.‹«, wiederholt er meine Textnachricht von gestern. »Ich hoffe wenigstens, es hat sich gelohnt. Wie oft bist du gekommen?«

»Was? Gar nicht! Gott!« Wieso sehe ich jetzt plötzlich Bilder von Ellie im Aufzug vor meinem inneren Auge? Als er an meinem Shirt gerochen hat? Oder als er in meinen Klamotten aus dem Bad gestolpert kam? Doch dann denke ich an den heutigen Morgen und spüre, wie mich das Gefühl von Schuld fast erstickt. Ich atme tief durch. »Ich hab Mist gebaut.« Ich erzähle den Jungs von Ellie und Cole und meiner bescheuerten Aussage heute Morgen. Allerdings komme ich nicht weit, als Scott mich mit entgeistertem Blick anstarrt. »Der Kerl ist schwul? Was für eine Kacke! Das musst du Peter sagen, vielleicht bekommst du einen neuen Ghostwriter.«

Ich betrachte Scotts ernstes Gesicht, auf der Suche nach einem kleinen Hauch Ironie. Allerdings vergeblich.

»Wieso sollte ich das wollen?«, frage ich daher. Es ist zwar gut möglich, dass Ellie nach dem heutigen Morgen keine Lust mehr hat, mit mir zusammenzuarbeiten, doch andersherum sehe ich keinen Grund dafür, die Zusammenarbeit zu beenden. Denn nachdem ich heute die ersten Kapitel lesen durfte, glaube ich, dass Ellie richtig gut ist.

Scott zuckt mit den Schultern. »Ich hätte keinen Bock auf Regenbogengesülze, Schwulentratsch und was weiß ich noch alles. Vor allem hätte ich keine Lust, mir seine Beziehungsprobleme anzuhören. Igitt!« Er schüttelt sich, als wäre ihm übel – mir ist im Übrigen gerade übel. »Du tust mir ja so leid, Ray.«

Er klopft mir auf die Schulter und holt sich anschließend ein Bier im Nebenraum, während ich ihm sprachlos hinterher starre. Das hat er nicht ernst gemeint, oder? *Oder?!*

»Mein jüngerer Bruder ist schwul«, unterbricht Alec nach einiger Zeit die Stille im Studio. Er hat die Knie angezogen und das Kinn darauf abgelegt und als ich mich zu ihm drehe, wirkt sein Blick abwesend. »Er wurde mehrmals krankenhausreif geprügelt, nachdem er sich geoutet hat.« Alec lächelt gequält. »Texas eben.« Alec kommt aus einem Kaff ganz im Süden von Texas und zog wegen der Musik nach Kalifornien. Von seinem Bruder wusste ich nichts, allerdings ist mein Bandkollege noch nie der offene Typ gewesen. Wenn ich ehrlich bin, weiß ich so gut wie nichts über ihn, außer dass er eine geniale Zweitstimme hat und verdammt gut Klavier, Keyboard und Gitarre spielt. Als Alec meinem Blick begegnet, zuckt er mit den Schultern. »Ich kann den Typen verstehen. Irgendwie.« Er meint damit Cole und die Aussage führt dazu, dass ich mich noch erbärmlicher fühle. Ich hätte mich nicht einmischen dürfen.

Leider komme ich nicht dazu, weiter nachzudenken, wie und ob ich das wieder geradebiegen kann, denn Peter erscheint in der Studiotür und schenkt uns ein falsches, grässliches Lächeln.

»Seid ihr fertig mit Däumchen drehen? Ihr wisst schon, dass heute Abend ein Konzert ansteht? Das

Letzte in dieser Woche! Und darf ich euch noch einmal daran erinnern, dass eben dieses Konzert ausschlaggebend sein könnte, ob es im Frühjahr eine Tournee gibt oder nicht?« Das falsche Lächeln verschwindet und Peter klatscht in die Hände. »Also los, ihr faulen Säcke! An die Instrumente! Ich will Emotionen hören! Ray, ich baue auf dich!«

Na toll. Als ob ich mir selbst nicht schon genug Druck machen würde.

Seufzend ergreife ich ein weiteres Mal die Gitarre und nicke Jonas zu, um den Takt vorzugeben.

Vier Stunden später sitze ich in einem der Lounge-Sofas im DNA und spiele gedankenversunken am Hals der Bierflasche herum. Ich fühle mich völlig ausgelaugt. Das Konzert war zumindest nicht so katastrophal wie die Probe davor. Allerdings auch nicht gut. Wir waren uns bei einigen Songs rhythmisch nicht einig und ich habe tatsächlich meinen Einsatz bei *Wonderlove* verpasst. Vielleicht, weil ich mich während des Intros an Ellies Gesichtsausdruck erinnerte, als ich ihm die Story mit der einsamen Hütte in den Rockys erzählte. Diesen schockierten und angewiderten Blick werde ich nie vergessen!

»Hey, rutsch mal rüber!«, grummelt Scott und stößt mich, ohne abzuwarten, einen Sitzplatz weiter. Er lehnt die Ellenbogen auf die Tischplatte und kramt in der Innenseite seines graubraunen Jacketts, bis er eine kleine Tüte hervorholt. Mit einem vielsagenden Grinsen mustert er mich. »Willst du was? Habe ich eben von der Blonden dort bekommen. Richtig gutes Zeug!«

Ich betrachte das Tütchen skeptisch. Scott und Alec ziehen sich öfter eine Line rein und es wäre gelogen zu behaupten, dass ich noch nie mitgemacht habe. Allerdings verspüre ich im Moment nicht den Wunsch danach, meinen Verstand zu vernebeln.

»Danke, ich bleibe beim Bier«, antworte ich daher, doch Scott beugt sich noch weiter zu mir, sodass ich seinen alkoholgeschwängerten Atem rieche.

»Im Ernst, Ray, ich habe das Zeug eigentlich nur wegen dir besorgt.«

»Wegen mir?«

Scott zuckt mit den Schultern. »Ja, Mann. Deine Laune ist kaum auszuhalten und ich finde ja, keine Schwuchtel ist es wert, dass du so ein Gesicht ziehst.«

Ich hoffe, ich habe mich eben verhört. »Sag das noch mal!«, fordere ich Scott daher auf und versuche, meine geballten Hände zu verstecken.

»Du bist doch so mies drauf, weil du deinem Ghostwriter den Typen vergrault hast, oder?«

Es fällt mir verdammt schwer, die Fäuste unter der Tischplatte zu lassen und sie nicht direkt in Scotts Gesicht zu rammen. Gleichzeitig ist mir verflucht übel. Ich wusste immer, dass Scott und ich niemals Freunde werden, aber dass er so ein Vollidiot ist, hätte ich ihm bis vor wenigen Augenblicken nicht zugetraut.

»Wie hast du meinen Ghostwriter eben genannt?« Die Frage klingt mehr wie ein Knurren und offensichtlich hat Scott meinen Gemütszustand erkannt, denn er beginnt zu lachen, als wäre das alles nur ein schlechter Witz. Ist es aber nicht.

»So nennt man diese Leute doch, oder nicht? Gott, Ray! Was regst du dich denn auf? Siehst du, genau das meine ich. Du bist so angespannt!« Ohne eine Antwort abzuwarten, öffnet er das Tütchen, zieht eine Line, rollt im Anschluss einen Geldschein zusammen und hält ihn mir unter die Nase. »Ich gehe erst, wenn das hier weg ist.«

Er denkt ernsthaft, ich sei das Problem. Und ihm scheint nicht einmal bewusst zu sein, etwas Falsches gesagt zu haben. Als wäre es völlig in Ordnung, andere Menschen aufgrund ihrer Sexualität niederzumachen.

Ich hole tief Luft und puste mit einem Atemzug das gesamte Koks über die Tischplatte. Und ja, ich genieße Scotts perplexen Gesichtsausdruck. »Sorry Mann, ich nehme nichts von homophoben Arschlöchern.« Damit erhebe ich mich und gehe an die Bar. Denn ich brauche jetzt zwei Dinge – Abstand von Scott und einen Drink!

Kapitel Zwölf

ELIAH

Ich habe Kopfschmerzen. Die Sorte der pochenden, stechenden Schmerzen an den Schläfen und allmählich merke ich, wie die Buchstaben vor meinen Augen zu flimmern beginnen.

Vermutlich sollte ich Feierabend machen und den PC ausschalten. Wäre da nicht die verfluchte Deadline. Und die Tatsache, dass ich vor mir zwei unterschiedliche Fassungen von Rays Biografie geöffnet habe – zumindest deren Anfänge.

Die eine Version handelt vom Popsternchen Ray, der es liebt, von Sonnenuntergängen zu singen und davon träumt, mit der Liebe seines Lebens ein Duett zu trällern. Eine Version von einem immer gut gelaunten Musiker, der glitzert und glänzt und jedes Frauen- und Männerherz höherschlagen lässt. Es ist die Version, bei der mir allein beim Lesen schlecht wird.

Und dann gibt es die andere Fassung. Diese

handelt von einem Schatten, der seinen Körper verloren hat, von einem Ray, dessen Lächeln niemals die Augen erreicht. Einem Ray, dessen aufrechte Haltung sofort in sich zusammensackt, sobald er sich unbeobachtet fühlt. Sie handelt von einem stummen Ray, der nichts weiter ist als eine Spielfigur von Sunset Music. Ein Ray, der die eigene Stimme längst verloren hat.

Ich bin mir ziemlich sicher, dass Sunset Music die zweite Version niemals akzeptieren würde, und mein Verstand befiehlt mir schon seit Stunden, das Dokument zu löschen. Aber ich kann nicht. Es wäre nicht richtig. Es wäre Ray gegenüber nicht fair.

Ich weiß nicht einmal, warum mir das so wichtig erscheint. Mein Kopf pocht schon wieder und ich schließe die Augen. Deadline hin oder her – ich brauche eine Pause.

Gerade als ich den Laptop ausschalte, klingelt es an der Haustür.

Wer zur Hölle …? Ein Blick auf die Uhr verrät mir, dass es bereits zwei Uhr morgens ist. Wer will uns denn um diese Zeit besuchen?

»Ellie? Gehst du?«, höre ich die verschlafene Stimme meiner Schwester, dicht gefolgt von einem klagenden Wehlaut meines Neffen. Aus Robs Zimmer ertönt trotz der geschlossenen Türen lautes Schnarchen.

Bevor es ein zweites Mal klingelt, eile ich zur Tür und drücke auf die Gegensprechanlage.

Als ich höre, wer unten an der Eingangstür steht, wird mir heiß und kalt zugleich.

»Hey, Babe. Ich hatte gehofft, dass du noch wach

bist. Hab den Schlüssel vergessen. Kann ich reinkommen?«

Cole!

Was? Wie? Warum?!

»Babe? Es ist arschkalt hier draußen«, höre ich ihn erneut sagen und erst da schüttle ich die Starre von mir ab.

»Ja klar, komm rein«, antworte ich und drücke schnell auf den Türöffner.

Cole ist hier. Bei mir! Nach so vielen Wochen.

Aber ich verstehe nicht ganz, wieso er ausgerechnet heute auftaucht. Nachdem er am Morgen ohne ein weiteres Wort aufgelegt hat, als Ray mich »Ellie-Schatz« genannt hat.

Will er etwa überprüfen, ob er hier ist? Ist er eifersüchtig? Auf Ray?

Als ich die Wohnungstür öffne, höre ich meinen eigenen wilden Herzschlag.

Cole steht in einer fransigen Jeans und einem ausgewaschenen, viel zu weitem Shirt vor mir. Sein Blick wirkt unruhig, doch ich kann mich kaum darauf konzentrieren, sondern starre auf diesen wunderschönen Mund. Die vollen Lippen, die gestern Nacht auf Katies lagen, und die ich schmerzlich vermisse.

»Hey«, beginnt er und blickt mit flatterndem Blick an mir vorbei in den Gang hinein. »Bist du allein?«

»Äh … nein?«, antworte ich und bin etwas irritiert. »Linda? Dylan? Rob? Schon vergessen? Das hier ist eine WG.«

Plötzlich lacht Cole laut und falsch und kommt einen Schritt auf mich zu. »Ich habe dich so vermisst, Ellie.« Ehe ich mich's versehe, spüre ich seine Hand am Gesicht und kurz darauf Coles volle Lippen auf meinen. Gleichzeitig dirigiert er mich blind in die Richtung meines Zimmers, während seine Finger unter mein Shirt wandern.

Ich sollte jubeln, vor Freude in die Luft springen und ihn vor allem nie wieder loslassen.

Stattdessen denke ich an sie. Die Frau, die ihm angeblich nichts bedeutet. Die Frau, die er in aller Öffentlichkeit küsst – ohne Hemmungen, ohne Angst und vor allem voller Leidenschaft.

»Cole!«, unterbreche ich den Kuss und schiebe ihn von mir. »Warte. Findest du nicht, wir sollten reden? Über gestern Nacht?« *Über deine Lügen? Und über Katie?*, füge ich in Gedanken hinzu.

Cole räuspert sich und kratzt sich am Kinn. Langsam setzt er sich auf das Bettgestell und nickt. »Du hast recht. Ich habe mich wie ein Idiot benommen. Es tut mir leid, dass ich so ausgetickt bin. Schließlich weiß ich ja, dass er ein Kunde ist und du nur eine Biografie über ihn schreibst.« Noch bevor ich dazu antworten kann, legt er den Kopf schief und streckt die Hand nach mir aus. »Aber vielleicht sagst du mir einfach das nächste Mal Bescheid, wenn du bei einem anderen Mann übernachtest, ja?«

Ich schlucke, doch der Kloß in meinem Hals verschwindet leider nicht. Nicht einmal mit einem Räuspern bekomme ich ihn weg. »Ja, sicher. Klar«, antworte ich und höre selbst, wie erstickt meine Stimme klingt. »Ist Katie heute unterwegs?«, frage ich betont beiläufig und Cole wackelt vielsagend mit den Augenbrauen und grinst breit.

»Geschäftsmeeting in L.A. Ich habe die gesamte Nacht Zeit für dich, Babe.«

Er zieht sich in aller Ruhe das Shirt über den Kopf und lässt sich anschließend auf die Matratze fallen. Leider ist mir gerade die Lust vergangen. Rays Worte hallen in meinem Kopf wider. *Das ist krank,* meinte er und ich fange gerade an, es genauso zu sehen.

»Was ist los? Brauchst du etwas? Gleitgel? Kondome?«, fragt Cole, der inzwischen nur noch Boxershorts trägt und sich selbst durch den Stoff hindurch berührt.

Ich schlucke erneut. Ich sollte mich freuen. Ich sollte den Moment genießen. Und ich sollte definitiv Sex mit diesem wunderschönen Mann haben!

»Ellie?!«, unterbricht Cole meine Gedanken und seufzt genervt. »Willst du nicht rangehen?«

»Was?« Tatsächlich höre ich erst jetzt das Vibrieren meines Smartphones. Wer ruft mich jetzt auch noch an?

Als ich auf den Bildschirm blicke, halte ich den Atem an – was will denn Ray von mir? Ausgerechnet jetzt? Um diese Uhrzeit?

»Dauert nicht lange«, erkläre ich Cole und presse das Handy ans Ohr. Ein wummernder Bass ist das Erste, das ich höre, dicht gefolgt von lautem Kreischen verschiedener Menschen. Offensichtlich ist Ray beim Feiern – wie so oft.

»Ellie? Ellie, bist du wach?«, ertönt seine dunkle Stimme. Sie klingt verzerrt und irgendwie seltsam.

»Ja, äh … ja, das bin ich. Was willst du?«, frage ich und sehe im Augenwinkel, wie Cole sich aufrichtet und mich aufmerksam mustert.

»Ich will, nein, ich muss mich bei dir entschuldigen. Das heute Morgen … Das war … Ich war … Also, du und dieser … Ich hätte das nicht sagen dürfen. Ich fühle mich so verdammt … schuldig.«

Es fällt mir extrem schwer, Rays Worte zu verstehen, was nicht ausschließlich an der Lautstärke der Musik im Hintergrund liegt, sondern auch daran, dass er lallt.

»Du bist betrunken, oder?«

»Was? Nein! Wie kommst du … ich hab nur … ein Bier und zwei … nein, ich bin nicht, niemals! Mann, Ellie! Ich will mich entschuldigen! Du bist so … so … und hast mich nicht verdient. Also meine Worte … und …«

»Wer ist das, Babe?«, fragt Cole mit scharfer Stimme, doch gleichzeitig höre ich Rays lallende Erklärung.

»… du bist nicht krank. Nur mutig … Und du glaubst an die Liebe. Das ist … schön.«

O Mann, ist der Typ breit. Würde Cole mich nicht so alarmiert ansehen, hätte ich vermutlich meine Sachen gepackt und Ray gesucht. Immerhin hat er mich gestern, als ich in diesem Zustand war, zu sich nach Hause gebracht und versorgt.

»Ellie, ich frage dich nur noch einmal – wer ist dort am Telefon?«

Ich beschließe, Cole zu ignorieren. »Ray, wo bist du? Du bist völlig betrunken! Soll ich dich abholen?«

»Also doch dieser Ray? Im Ernst? Der Musiker?«

»Ich bin nicht betr… Fuuuck! Scott!«, schreit er plötzlich direkt in den Hörer und ich halte das Handy von mir. »Was hast du mir in den Drink gekippt?«

Während ich noch Rays »Das wirst du noch

bereuen, du verdammter Wichser!«, höre, versuche ich, meine Gedanken zu ordnen.

Ray ist betrunken oder stoned, oder was auch immer. Und definitiv nicht mehr bei Sinnen. Allerdings komme ich nicht dazu, ihm zu antworten, denn ein durchgehendes Tuten verrät mir, dass er aufgelegt hat. Und Cole … Ich sehe ihn an und erkenne Wut in seinen dunklen Augen. Oder ist das Eifersucht?

»Hast du etwas mit ihm?«, fragt er und deutet dabei auf das Handy. »Ist er der Grund, wieso du vorhin so abwesend warst?«

Meine Kopfschmerzen melden sich wieder und ich kneife die Augen zusammen.

»Hör zu, Cole. Es ist spät und mein Tag war verdammt hart. Lass uns ein anderes Mal darüber sprechen. Wäre das okay?«

Allerdings versteht Cole den Wink mit dem Zaunpfahl, nach Hause zu gehen, wohl falsch, denn er kommt auf mich zu und presst mich gegen die Wand. Schon spüre ich seine Zunge im Mund und seine Hände überall am Körper.

Halleluja! Wann war er das letzte Mal so fordernd? Kaum stelle ich mir die Frage, sehe ich uns im Hinterhof des Clubs wieder. Bis Ray erschien.

Ray … Wieso zur Hölle denke ich jetzt an ihn? An die Wassertropfen an seinem muskulösen Oberkörper, als er heute aus dem Bad kam. Nur mit einem Handtuch bekleidet. Warum denke ich an diesen Hüftschwung und das Lächeln, das er mir geschenkt hat?

Cole hält inne und mustert mich. »Was ist los?«

Ich lege die Hände auf Coles Brust und schiebe

ihn von mir weg. »Es tut mir leid, aber ich muss wirklich schlafen.«

Coles Blick wandert meinen Körper entlang und bleibt zwischen meinen Beinen hängen. Dann grinst er. »Das scheint er anders zu sehen.«

Stimmt, besagter *Er* scheint jedoch neuestens auf einen Musiker abzufahren, der sich völlig ohne mein Zutun in meinen Gedanken breitmacht. Und genau das macht mir gerade Angst.

»Bitte. Geh.«

Cole seufzt. »Wenn du mir versprichst, heute Nacht hier – und vor allem – allein zu bleiben. Okay?«

Ich denke schon wieder an Ray, der vermutlich Hilfe gebrauchen könnte, doch dann nicke ich.

»Ich verspreche es. Hoch und heilig.«

Cole schenkt mir ein Lächeln, das direkt in mein Herz wandert, und küsst mich noch einmal.

»Wir sehen uns, Babe.« Dann lässt er mich allein im Zimmer zurück und ich höre, wie kurz darauf die Wohnungstür ins Schloss fällt.

Stöhnend lehne ich den Kopf an die Wand und schließe die Augen.

Was ist da eben nur geschehen?

»Zahnbürste?«

»Jupp.«

»Handtücher?«

»Jaaaa!«

»Unterwäsche? Sonnencreme? Schmerztabletten? Regenschirm?«

»Mann, Linda! Ja! Ich habe alles eingepackt, was ich brauche! Ich sag das echt ungern, aber du klingst wie …«

»Tu ich nicht!«, unterbricht mich meine Zwillingsschwester und knallt die Flasche Milch für das Frühstück direkt vor mir auf den Tisch. »Mom hat uns nie dabei geholfen, Koffer zu packen!«

Ja, das stimmt auch wieder. Trotzdem fühle ich mich in Lindas Gegenwart, als wäre ich Dylans großer Bruder. Irgendwie hat das Muttergen bei ihr überhandgenommen.

Ich schütte Milch in die Schüssel Cornflakes und betrachte Dylan, der neben uns auf dem Fußboden sitzt und eifrig unsere Schränke ausräumt.

»Hast du Kondome eingepackt?«, fragt Linda weiter.

»Wieso sollte ich?«

Linda seufzt und fährt sich theatralisch durch die Haare. »Ich muss dir jetzt nicht wirklich erklären, wofür man Kondome benutzt, oder? Ist es schon so lange her, Bruderherz? Allmählich mache ich mir Sorgen.«

Ich hoffe, mein Blick genügt als Antwort, denn ich funkle sie verärgert an.

»Ich fahre zu einem Familienfest. Zu einem sechzigsten Geburtstag!«

»Ja, und zwar zusammen mit dem hübschesten Mann ganz Kaliforniens! Und nach dem, was du mir über ihn erzählt hast, brauchst du unbedingt Kondome, mein Schatz.«

Es war ein Fehler, Linda heute Nacht mein Herz auszuschütten. Ich hätte sie einfach mit einem »Alles okay« abspeisen sollen, als sie in meinem Zimmer erschien, kurz nachdem Cole gegangen war. Tja, zu spät. Denn aus irgendeinem mir unbegreiflichen Grund ist Linda nun davon überzeugt, dass Ray Williams auf mich steht. Auf mich! Selten so gelacht, aber bitte, soll sie daran glauben – ich tue es nicht. Ich weiß es besser.

Linda räumt Dylans Spielzeuge, alias unsere Töpfe und Pfannen, wieder zurück in den Schrank und verlässt die Küche, nur um kurz darauf mit einer ganzen Handvoll Kondome zurückzukommen, die sie mir neben die Cornflakesschüssel legt.

»Und du nimmst sie mit.«

Gott! Manchmal, aber nur manchmal kann ich meine Schwester nicht ausstehen.

»Linda!«, schreie ich. »Zum letzten Mal - ich werde an diesem Wochenende garantiert keinen Sex haben! Kapiert?«

»Wer verzichtet freiwillig ein Wochenende lang auf Sex?«, höre ich plötzlich eine mir bekannte, männliche Stimme.

Ich mustere die Kondome vor mir und schlucke. O nein! Das ist jetzt nicht real, oder? Mir ist mit einem Mal extrem heiß und ich schätze, dass meine Wangen dunkelrot glühen.

Jonas tritt mit einem Grinsen in unsere Küche, dicht gefolgt von Ray und Rob, der die Tageszeitung und einen Coffee-to-Go in den Händen hält.

»Sie standen unten vor der Tür und meinten, dass sie dich abholen wollen. Hab sie reingelassen«, erklärt er und schüttelt die offensichtlich feuchte Zeitung aus. »Bei dem Wetter sollte man niemanden draußen stehenlassen. Zumal mir klar ist, dass du bestimmt noch mindestens eine halbe Stunde benötigst.«

Scheiße! Scheiße! Scheiße!

Jonas kommt näher und mustert interessiert die kleinen Tütchen vor mir.

»Ein bisschen zu wenig für ein ganzes Wochenende, oder?«, meint er grinsend und klopft mir auf die Schultern. »Außerdem … Erdbeergeschmack? Wer hat die Dinger gekauft? Das ist doch grauenvoll!«

O großes, schwarzes Loch! Wenn es dich gibt, dann tu dich bitte auf und verschlucke mich!

Es ist nicht so, dass ich Rays seltsam irritierten Blick auf mir nicht spüren würde, obwohl ich versuche, ihm auszuweichen. Und ich kann ihn so gut verstehen, denn ich wäre an seiner Stelle verdammt angepisst, würde ich erfahren, dass mein engagierter Ghostwriter an nichts anderes denkt, als in meinem Elternhaus Sex zu haben. Gott, ich verfluche Linda!

»Hast du etwas gegen Erdbeeren oder gegen Sex?«, fragt Linda und legt den Kopf schief. Ich sehe, wie sie Jonas mit einem intensiven Blick mustert, und atme selbst erleichtert aus. Zumindest versucht sie, mich aus dieser blöden Situation zu retten. Und flirtet gleichzeitig, typisch für sie.

»Oh, ich liebe beides. Doch in beiden Fällen bevorzuge ich die echte, pure Frucht«, antwortet Jonas bewusst doppeldeutig und Linda lacht.

»Eins zu null für dich. Ich bin Linda, hi.« Sie streckt beiden Männern die Hand entgegen, die sich ebenfalls vorstellen. Ich bemerke immer wieder Rays fragenden Blick, der zwischen mir und Linda hin- und herwandert.

Theoretisch sollte ich ihnen erklären, dass wir Geschwister sind, praktisch funktioniert mein Sprachzentrum noch nicht. Daher tue ich so, als würde ich mich auf die inzwischen pampigen Cornflakes konzentrieren und würge die schreckliche Masse hinunter.

»Du hättest gestern auch Cornflakes haben können«, höre ich die dunkle, raue Stimme, die mich schon wieder erschaudern lässt. »Die habe ich sogar zu Hause.«

Ray hat sich auf den Barhocker mir gegenübergesetzt und lächelt mich an.

»Danke, die Pancakes und die Eier waren absolut grandios, Ray-Schatz«, antworte ich mit einem sarkastischen Ton, doch Rays Gesichtsausdruck lässt mich innehalten. Er wirkt mit einem Mal gar nicht mehr amüsiert.

»Es tut mir wirklich leid, Mann«, beginnt er. Ich beobachte, wie er gedankenverloren mit den Kondomtütchen neben mir herumspielt. Das macht er jetzt nicht wirklich, oder? Verdammtes Gedanken-Karussell! Verfluchte Fantasie! Mir wird heiß und es fällt mir extrem schwer, mich auf seine Worte zu konzentrieren.

»Ich hätte mich nicht einmischen dürfen. Es geht mich absolut nichts an, was für eine Beziehung ihr führt, und es war nicht richtig von mir.«

Ray lässt die Packungen durch seine Finger gleiten und ich kann einfach nicht wegsehen. Er hat wirklich wunderschöne Hände. Und sie wirken sehr beweglich.

»Stopp!«, unterbreche ich ihn und meine eigenen Gedanken. »Kannst du bitte damit aufhören?«

»Was? Womit?« Ray wirkt sichtlich irritiert, doch als er meinem Blick folgt, erkenne ich ein breites

Grinsen in seinem Gesicht. Ich selbst leuchte jetzt vermutlich wie ein Ampelmännchen. Wieso fühle ich mich in seiner Gegenwart ständig wie ein pubertierender Teenager? Das. Ist. Absolut. Uncool!

»Mache ich dich nervös? Hiermit?« Sein Zeigefinger streift nun extra langsam über die Kanten der Verpackung, während mich der Blick seiner grünen Augen eisern festhält.

Ich schlucke. *Raymond Albert Williams, treibe es nicht zu weit!*

»Weißt du was? Linda hat recht!« Ich nehme ihm die Kondome aus der Hand und stopfe sie in meine Hosentasche. »Man kann nie wissen, wem man begegnet, nicht wahr?«

»Du sagst es, Mann!«, stimmt mir Jonas zu und ergreift selbst ein Erdbeergummi. »Das behalte ich. Man weiß ja nie«, wiederholt er meine Worte, fixiert dabei allerdings meine Schwester, deren Augen verräterisch glänzen.

»Und wehe, du denkst dabei nicht an mich«, antwortet sie, während Jonas laut lacht.

»Würde mir nicht im Traum einfallen. Bist du jetzt fertig mit deinem Matsch-Frühstück?« Die Frage war an mich gerichtet und ich leere eilig den Rest der nicht mehr essbaren Cornflakes in die Spüle.

»Ich bin bereit.« Ich hebe Dylan auf und drücke ihm einen Kuss auf beide Wangen. »Pass mir auf deine Mama auf, sonst stellt sie nur Blödsinn an.«

Als ich Linda umarmen will, spüre ich, wie sie mir ein weiteres Kondom in die hintere Hosentasche schiebt. »Du wirst sie brauchen, da bin ich mir sicher«, flüstert sie und kneift mir im Anschluss in den Hintern.

»Ach, und Jungs?«, wendet sie sich an Jonas und Ray. »Heute beginnen für ihn die ersten Thanksgiving-Ferien, und es wäre schon schade, wenn er sie nicht ausgiebig feiern könnte, oder?«

Ich wiederhole mich nur ungern, aber manchmal kann ich sie nicht ausstehen. Ich sollte sie in Zukunft nur noch »Mama Linda« nennen. Ich ignoriere das Lachen der anderen, drehe mich zu Rob und winke ihm zu. »Schönes Wochenende!«

Dann schnappe ich mir die gepackte Reisetasche und nicke den Jungs zu.

»Bin soweit.«

Jonas klatscht begeistert in die Hände und hüpft den Gang entlang. »Auf gehts nach San Luis Obispo!«

O Gott! Ich hoffe, ich werde den Trip überleben!

Kapitel Dreizehn

RAY

Es herrscht eine seltsame Stille im Auto, als ich auf den Bayshore Freeway auffahre. Jonas hat neben mir den Kopf ans Fenster gelehnt und scheint in Gedanken versunken zu sein und Ellie wirkt ebenfalls abwesend. Jedes Mal, wenn ich in den Rückspiegel blicke, erkenne ich, wie er auf der Unterlippe herumkaut, als wäre er nervös. Ich kann es ihm nicht übelnehmen, dabei kennt er meine Familie noch nicht einmal. Tja, das wird sich in etwas über drei Stunden ändern und ich würde lügen, wenn ich behauptete, mich darauf zu freuen.

»Sag mal, Ellie«, unterbricht Jonas nach einiger Zeit das Schweigen. »Darf ich dich was fragen?«

Ich sehe ein breites Grinsen im Rückspiegel, das erneut die Grübchen in seinen Wangen hervortreten lässt.

»Linda ist nicht meine Freundin«, antwortet Ellie die nicht gestellte Frage.

Jonas kichert leise. »Zu offensichtlich, was?«

Anstelle einer Antwort lacht Ellie vergnügt und meine Mundwinkel verziehen sich ganz automatisch zu einem Grinsen. Trotzdem würde es mich interessieren, wie Linda zu ihm steht. Ist sie seine beste Freundin? Oder etwa auch eine Alibi-Freundin? Ich habe den Bandmitgliedern von seiner Sexualität erzählt und weiß gar nicht, ob er sich öffentlich geoutet hat!

Fuck! Hoffentlich erwähnt Jonas jetzt nichts in dieser Richtung!

»Und wie nahe steht ihr beiden euch?«, fragt zum Glück Jonas das, was auch mich brennend interessiert.

»So nahe, wie es nur möglich ist«, antwortet Ellie. Und als Jonas und ich uns ratlos ansehen, lacht Ellie laut auf. »Wir waren etwa neun Monate zusammen in einem Bauch, also …«

»Sie ist deine Zwillingsschwester?«, unterbreche ich ihn. Plötzlich fällt mir sein wütendes Gesicht wieder ein, als ich bei einem Konzert absichtlich mit ihr geflirtet habe. Ich hatte gehofft, ihm die Freundin auszuspannen, dabei war es seine Schwester! Das erklärt, wieso er trotzdem nicht begeistert darüber war.

»Jupp.«

»Und der ältere Herr ist der Vater des Babys?«

Ich betrachte Jonas im Seitenprofil. Er spielt mit den Enden seiner Dreadlocks, kaut auf seinem Lippenpiercing herum und blickt dabei aus dem Fenster. Diese Linda scheint ihn ja wirklich fasziniert zu haben.

»Du meinst Rob? Gott! Nein! Er könnte unser Dad sein. Nein, er ist unser Mitbewohner.«

»Klingt nach einer interessanten WG«, stelle ich fest.

»Ja, sie ist außergewöhnlich. Aber perfekt«, fügt er hinzu und wirkt aufrichtig glücklich.

»Und wo ist der Vater des Kindes?«, fragt Jonas weiter.

»Hat sich verdünnisiert, sobald sie ihm von der Schwangerschaft erzählt hat.«

Jonas knallt neben mir die Faust auf die Armaturen und ich habe einen Moment lang Angst, dass die Airbags losgehen. Was ist denn mit dem los?

»Wieso meinen die Männer eigentlich immer, dass sie sich ihrer Verantwortung entziehen können? Das ist doch verdammter Bullshit! Als träge die Frau allein Schuld an einer Schwangerschaft. Das ist so zum Kotzen!«

Ellie und ich werfen uns fragende Blicke im Rückspiegel zu und lauschen Jonas' Schimpftirade auf alle Männer, die sich nicht um ihre Kinder kümmern. So ganz langsam kommt mir eine Erinnerung in den Kopf und ich glaube, zu wissen, warum er so wütend ist. Vor ein paar Monaten hat er mir erzählt, er sei auf der Suche nach seinem leiblichen Vater, den er noch nie gesehen hat. Daher kann ich den unerwarteten Gefühlsausbruch irgendwie nachvollziehen. Auch wenn er, gerade aus Jonas' Mund, sehr seltsam klingt.

»Immerhin hat der Kleine hier einen Onkel an seiner Seite«, versuche ich die Stimmung wieder etwas zu lockern und erkenne das breite Grinsen im Rückspiegel.

»Er hat den besten, den es gibt.«

Lange Zeit herrscht absolute Stille im Auto, mit

Ausnahme der Motorengeräusche des V-8-Motors meines Camaros und den Wischgeräuschen des Scheibenwischers, denn es regnet mal wieder. Irgendwie werde ich das Gefühl nicht los, dass sich das Wetter meinem Gemütszustand angepasst hat, denn es regnet bereits seit Wochen und selbst in den Nachrichten diskutieren sie regelmäßig über das seltsame Wetterphänomen. Oh, wie ich mich darauf freue, ein ganzes Wochenende bei strömendem Regen bei meinen Eltern festzusitzen! Ich vermisse das Penthouse und San Fran jetzt schon.

»Sag mal«, unterbricht Jonas meine Gedanken. »Wie weit bist du denn mit dem neuen Song?«

Noch so ein Thema, das mir auf die Nerven geht. Nein, eigentlich bereitet es mir regelmäßig Übelkeit. Peters Ultimatum endet in genau zwei Wochen. Bis dahin soll ich ihm einen neuen, ultraangesagten Song präsentieren. Und ich hab noch nicht einmal eine Idee. Meine Antwort ist daher nicht mehr als ein verzweifelt klingendes Grummeln, aber Jonas hat es verstanden und antwortet mit demselben Grunzlaut.

»Scheiße!«, fügt er anschließend hinzu. »Aber das bedeutet nicht, dass wir – solltest du es verkacken – wieder etwas von Alb-…«

»Ich scheitere nicht!«, unterbreche ich ihn schnell und versuche, ihn mit Blicken auf Ellie aufmerksam zu machen. Immerhin weiß mein Ghostwriter nichts von Oma Alberta und ihren Songs und das soll auch so bleiben.

Doch Jonas stöhnt genervt. »Ach, komm schon, Ray. So blöd ist er nicht. Das weiß er bestimmt längst.

Und eines sage ich dir – ich werde mich weigern, solltest du versagen!«

»Redet ihr über mich?«, mischt sich jetzt Ellie ein und ich würde Jonas gern mit Blicken zum Schweigen bringen - nur leider bin ich erfolglos.

»Eigentlich sprechen wir über unseren letzten Song *Wonderlove*. Wie findest du ihn denn? Ich nehme mal an, du kennst ihn.«

Jonas lehnt sich auf die Seite und grinst provozierend. Dieser Idiot! Im Rückspiegel sehe ich, wie Ellies Gesicht rote Flecken bekommt, während er gleichzeitig auf der Unterlippe herumkaut. Wenn ich raten dürfte, würde ich behaupten, er glaubt sehr wohl noch daran, dass der Song von mir ist.

»Jetzt zier dich nicht, Mann, raus mit der Sprache!«, fordert Jonas weiter. »Wir beißen auch nicht, stimmt's, Ray?«, fragt er und knufft mir so fest in die Seite, dass mir beinahe das Lenkrad entglitten wäre.

»Ich glaube, dass mir der Song ab einer gewissen Promille-Grenze ganz gut gefällt«, antwortet er schließlich schulterzuckend und grinst mich im Spiegel an. »Oder mit einer guten Portion Baumharz-Qualm aus den Rockys«, fügt er hinzu und ich pruste los.

Ich kann gar nicht mehr aufhören zu lachen. Jonas, der natürlich keine Ahnung hat, worauf sich Ellies Antwort bezogen hat, blickt verwirrt von mir zu Ellie und schüttelt den Kopf. Doch dann grinst er breit und streckt eine Ghettofaust nach hinten.

»Alles klar, Mann. Dann stell dich schon mal auf haufenweise Promille und Baum... Was-weiß-ich-Qualm heute Abend ein. Ich werde dich erst in Ruhe lassen, wenn du *Wonderlove* lauthals und mit ganzem Herzen mitsingst!«

»Jupp! Und wir werden dich begleiten«, füge ich hinzu und fange sofort an, das grässliche Lied extra schräg zu singen.

Ellie verzieht das Gesicht, während Jonas eine zweite Stimme dazu dichtet und genauso schief mit trällert. Ich schätze, niemand würde uns jetzt abnehmen, dass wir beide Berufsmusiker sind.

Es dauert nicht lange, bis wir Albertas Song zu dritt grölen und ich erkenne im Rückspiegel, wie sich Ellie abschnallt und auf der Rückbank zu tanzen beginnt. Er kniet auf den Ledersitzen, visiert mich im Spiegel an, legt den Kopf in den Nacken, leckt sich über die Lippen und singt danach: »You Are My wonder-wonder-wonder Love«.

Wenn ich nicht wüsste, wie sehr Ellie diesen Song hasst, würde ich ihm glatt jede einzelne Zeile glauben. Und ich ignoriere das seltsame Herzklopfen, das ich gerade empfinde.

»Ey, cooler Move! Den müssen wir uns für den nächsten Auftritt merken, oder Ray?«

»Definitiv«, antworte ich und weiß selbst nicht, warum meine Stimme so belegt klingt. Was ich allerdings weiß, ist, dass ich eine Abkühlung brauche. Und Abstand. Warum auch immer. Als hätte ich plötzlich ein Problem damit zu flirten. Es ist ja nicht so, dass noch nie zuvor männliche Fans mit mir geflirtet hätten. Als wäre Ellie der erste Kerl, der ziemlich offensichtlich auf mich abfährt. Ist er nicht. Und ich habe immer schon gerne geflirtet, völlig egal, welches Geschlecht mein Gegenüber hatte. Das gehört zum

Job. Und es macht mir Spaß. Dachte ich zumindest. Warum sind also meine Hände schweißnass? Ich will gar nicht darüber nachdenken. Wirklich nicht.

Gott sei Dank sehe ich im selben Moment eine Ausfahrt zu einem Parkplatz, der zu einem Diner gehört. Perfekt!

»Kaffee?«, frage ich daher in die Runde und lenke meinen geliebten Camaro auf die Abfahrt.

Kapitel Vierzehn

ELIAH

Das ist also Rays Elternhaus.

Irgendwie habe ich etwas völlig anderes erwartet. Eine Luxusvilla mit Springbrunnen im Garten und etwa hundert Angestellten. So etwas in der Art. Das hätte zumindest zu seiner Mutter gepasst. Rein optisch gesehen natürlich.

Aber das hier … Ich könnte mich glatt wohlfühlen.

»Schön, dich wiederzusehen, Ellie!« Mrs Williams nimmt mich in den Arm und küsst mich auf beide Wangen. Dabei ignoriert sie die Tatsache, dass es immer noch in Strömen regnet und meine Kleidung triefend nass am Körper klebt. »Wirklich, ich bin dir zutiefst dankbar, dass du dir die Zeit genommen hast, meinen Sohn zu begleiten. Es bedeutet mir sehr viel, dass er gekommen ist.«

Die Begrüßung zwischen Mutter und Sohn vor wenigen Augenblicken lief weniger enthusiastisch ab und ich beobachte, wie Ray mit mürrischer Miene die Reisetaschen aus dem Kofferraum hievt. Sein Gemütszustand hat sich allerdings bereits nach der kurzen Pause auf dem Parkplatz geändert und ich frage mich immer noch, was dort geschehen ist. Vielleicht sind sie, trotz ihrer dunklen Sonnenbrillen und Baseballmützen, aufgefallen und mussten sich mit aufdringlichen Fans abmühen? Oder mein allzu deutlicher und definitiv ironisch gemeinter »I Want you, Wonderlove«-Tanz hat ihm Angst gemacht, keine Ahnung.

Doch seit er den dunkelblau lackierten Sportwagen über eine Schotterpiste zu diesem Strandhaus gelenkt hat, ist Rays Stimmung völlig im Keller.

»Ich danke Ihnen, Misses Williams, dass ich hier sein darf«, antworte ich etwas verspätet und richte meine Aufmerksamkeit im Anschluss wieder auf das Haus vor mir.

Es ist keine Villa, sondern ein schlichtes Strandhaus mit einer ausladenden Veranda und leicht schiefen, mintgrünen Fensterläden. Wenige Meter daneben erkenne ich im Schutz einiger Bäume ein weißes, großes Festzelt, das vermutlich für die morgige Geburtstagsfeier aufgestellt wurde. Hinter dem Haus befindet sich direkt der Strand – ein weitläufiger, langer Sandstrand und ich höre schon von hier das laute Rauschen der Wellen. Ob Ray Surfer ist?

»Ach papperlapapp. Das ist doch das Mindeste, das ich tun kann.« Mrs Williams kichert leise und klopft mir freundschaftlich auf die Schulter. »Nun, komm, folge mir ins Haus, bevor du dich noch erkältest. Ray, willst du nicht auf uns warten?«

Ray, der inzwischen mit allen drei Reisetaschen bepackt die Veranda erreicht hat, dreht sich um und zuckt mit den Schultern. »Er ist dein Gast, nicht meiner, oder?«

Okay, das ist schräg. Ich hätte vorhin im Auto nicht tanzen dürfen. Schlecht gelaunt ist definitiv ein zu harmloser Begriff für seine Stimmung. Allerdings scheint es Rays Mom nicht sonderlich zu wundern. Sie seufzt leise und bedeutet mir mit einem Nicken, ihr zu folgen.

Jonas legt mir einen Arm um die Schultern und schenkt mir ein aufmunterndes Lächeln. »Das hat nichts mit dir zu tun, Mann. Ray und seine Mom … Schwieriges Thema.«

Ja, das habe ich auch schon erkannt. Und wenn ich mich an das Gespräch kurz vor der Pressekonferenz erinnere, muss irgendein ›Fehler‹ seiner Mom schuld daran sein. Allerdings sieht Ray nicht so aus, als wollte er mir freiwillig davon erzählen. Aber das würde ich vermutlich auch nicht, immerhin schreibe ich ein Buch über sein Leben. Mit einem gedehnten Seufzen folge ich Jonas und Mrs Williams ins Haus.

Kurze Zeit später sitze ich in frischen, trockenen Klamotten auf einem Sofa, halte eine Flasche Bier in den Händen und beobachte das wilde Treiben um mich herum. Rays Mutter hat offensichtlich schon heute die Hälfte ihrer umfangreichen Verwandtschaft eingeladen. Direkt neben mir versinkt Rays Grandpa in den Tiefen des Sofas und kaut dabei unentwegt auf einem Stück Tabak, während er sich inzwischen bereits zum zehnten Mal bei mir vorgestellt hat. Drei Tanten, die ich beim besten Willen nicht unterscheiden kann, schwirren laut kichernd durch das in rustikalen Farben gehaltene Wohnzimmer und tragen dabei allerhand Häppchen, Kuchen oder sonstige Dinge für die morgige Feier herum.

Rays Dad sitzt mir gegenüber in einem Korbschaukelstuhl und liest Zeitung. Er hat mich und Jonas mit einem stummen Nicken begrüßt und sich seitdem nicht mehr gerührt. Irgendwie erinnert mich diese leicht mürrische Art an Ray und wenn ich ihn genau betrachte, hat er auch optisch einige Ähnlichkeiten mit seinem Sohn. Die gerade Nase, das markante Kinn, außerdem könnte ich schwören, dass ich vorhin durch die Brillengläser grüne Iriden erkannt habe.

Jonas ist im Übrigen verschwunden, seit er zwei von Rays Cousinen entdeckt hat, die trotz der kühlen Temperaturen draußen in hautengen Minikleidern an ihm vorbeistolzierten und ihn vermutlich schon von früheren Festivitäten kannten. Denn besagter Schlagzeuger hat beide überschwänglich begrüßt und geküsst, bevor er mit ihnen händchenhaltend abgehauen ist.

Von Ray selbst habe ich seit unserer Ankunft nichts mehr gesehen. Ich habe absolut keinen Schimmer, wo er steckt und was zum Teufel ich hier eigentlich verloren habe. Ja, man könnte sagen, dass ich mich fehl am Platz fühle – extrem fehl.

»Meine Güte, Ellie! Musst du nicht arbeiten? Es tut mir unendlich leid für den Trubel hier, ich hatte mit Kassie, Klara und Edith erst am Abend gerechnet, aber aus irgendeinem Grund wollten ihre Töchter früher anreisen … Geht es dir gut? Brauchst du irgendetwas? Einen Computer oder Schreibmaterial?«

Rays Mom steht vor mir und wirkt sichtlich aufgebracht, während sie sich zum wiederholten Mal durch die rotgefärbten Haare streicht.

Ich muss ein Schmunzeln unterdrücken, denn genau diese Geste kenne ich von Ray. Mit genau demselben unsicheren Gesichtsausdruck. Er kann nicht leugnen, wer seine Eltern sind.

Ich schenke ihr ein Lächeln. »Mir würde Rays Anwesenheit schon genügen«, antworte ich ehrlich, was zu einem erneuten Seufzen ihrerseits führt.

»Himmel! Dieser Junge!«, schimpft sie. Dann sieht sie mich kopfschüttelnd an und stemmt die Hände in die Hüften. »So wie ich ihn kenne, wird er niemals freiwillig zu dir kommen. Ich bin mir ziemlich sicher, dass er sich in sein Zimmer zurückgezogen hat.« Sie deutet mit einem Kopfnicken in die Richtung der Stufen nach oben. »Los, geh zu ihm. Den Gang entlang, die erste Tür auf der linken Seite. Und viel Erfolg«, fügt sie anschließend mit einem liebevollen Lächeln hinzu.

Trotz ihrer Aufforderung fühle ich mich unsicher. Ich kann doch nicht einfach in Rays Zimmer spazieren und somit in seine Privatsphäre eindringen, oder?

Andererseits hat er mir in San Fran auch sein Schlafzimmer gezeigt und er wirkte nicht so, als würde es ihn stören.

Seufzend stelle ich die leere Bierflasche auf dem kleinen Tischchen vor dem Sofa ab und will mich gerade erheben, als ich mal wieder die alte, kratzige Stimme von Rays Grandpa höre.

»Guten Tag, sind Sie der Versicherungsmakler? Ich muss mich unbedingt mit Ihnen unterhalten.

Meine Frau hat Neunzehnhundertvierundsechzig eine Lebensversicherung abgeschlossen …«

Eine von Rays Tanten hat mir wenige Vorstellungsrunden zuvor mitgeteilt, dass besagte Frau bereits vor zehn Jahren verstorben ist, aber dass der alte Mann diese Tatsache immer wieder vergisst. Ich sollte nicht weiter darauf eingehen, da ihn das ansonsten emotional sehr mitnimmt. Es ist eine grauenvolle Vorstellung, täglich aufs Neue festzustellen, dass die Liebe seines Lebens nicht mehr lebt. Als würde sie jeden Tag sterben. Daher schenke ich Rays Grandpa ein höfliches Lächeln, stelle ich mich zum elften Mal als Freund von Ray vor und suche im Anschluss dessen Zimmer. Es ist eine knarzige Treppe, und sobald ich das obere Stockwerk erreicht habe, empfinde ich ein Gefühl von Ruhe.

Der Lärm von unten ist zwar immer noch wahrzunehmen, allerdings gedämpft. Dafür höre ich nun das zarte Anschlagen von Gitarrensaiten. Je näher ich Rays Zimmer komme, desto deutlicher kann ich sie hören – eine wunderschöne, melancholische Melodie.

Ich bleibe direkt vor der Tür stehen und schließe die Augen. Summt er etwa dazu?

O mein Gott! Das klingt wahnsinnig gut. Und traurig, oder nein, eher verzweifelt. Diese Melodie lässt mich direkt in Rays Seele blicken und ich will definitiv mehr davon sehen!

So leise wie möglich öffne ich die Zimmertür und befinde mich kurz darauf im Zimmer eines musikbegeisterten Teenagers. Plakate von diversen Rockbands hängen überall an den Wänden, während sich in den

Regalen unordentlich gestapelte Schallplatten, Bücher und vereinzelte Pokale wiederfinden.

Allerdings bleibt mein Blick an diesem muskulösen Körper haften, der auf einem maroden Holzbett sitzt und vornübergebeugt eine Gitarre hält. Einzelne Strähnen verdecken Rays Gesicht, dennoch erkenne ich, dass er die Augen geschlossen hält, während er mit schmerzverzerrter Miene eine Melodie summt und sich dabei selbst auf der Gitarre begleitet.

Ein Schauer wandert über meinen Körper und es ist gut möglich, dass ich gerade eine einzelne Träne fort zwinkere. Er ist gut. Richtig gut!

Und das ist definitiv kein Vergleich zu *Wonderlove*. Nicht mal im Ansatz.

Nachdem der letzte Akkord verklungen ist, entschlüpft mir ein gedehntes Seufzen.

Doch das hätte ich nicht tun dürfen, denn Ray springt mit einem Satz vom Bett und knallt dabei mit dem Kopf an das Schrägdach, während die Gitarre laut krachend zu Boden fällt.

»Ahhh! Scheiße! Ellie! Bist du verrückt?!«, schreit er und fasst sich an den Hinterkopf. »Was tust du hier?«

»Arbeiten?«, antworte ich leise. »Das sollte ich zumindest, denkst du nicht?«

Ray grummelt irgendetwas Unverständliches und greift nach einem Glas, das auf dem Nachtkästchen steht. Es ist mit einer dunkelbraunen Flüssigkeit gefüllt und der Flasche Bourbon nach zu urteilen, die neben ihm auf dem Fußboden steht, hält Ray diesen Ausflug nach Hause wohl nur mit reichlich Alkohol aus.

»Willst du auch einen?«, fragt er, weil er meinen Blick falsch deutet.

»Danke, ich bevorzuge Tequila.«

Ray kommt einen Schritt auf mich zu und – holla die Waldfee! – das ist eine üble Fahne! War die Flasche etwa voll?

»Pur oder mit Salz und Zitrone?«, fragt er und mustert mich dabei intensiv.

Gott! Das Superstargen hat wieder zugeschlagen. Anders kann ich es mir nicht erklären, wieso ich mir jetzt vorstelle, Salz und Zitrone von seinem nackten Oberkörper zu lecken. Ich muss auf andere Gedanken kommen. Und zwar schleunigst!

»Diese Melodie eben war der absolute Hammer«, sage ich und ignoriere die seltsame Frage.

Ray seufzt und schenkt sich nach. »Das wird Peter anders sehen, schätze ich«, erklärt er und trinkt weiter. »Zu traurig, zu ernst, zu wenig Sunset Music.«

Langsam dämmert mir etwas und ich könnte mich ohrfeigen, weil ich erst jetzt draufkomme. »*Wonderlove* ist nicht von dir, oder?«

Ray lacht tonlos und betrachtet mich abschätzig. »Dazu werde ich dir keine Antwort geben, Ghostwriter Ellie Waye.«

Er muss gar nicht antworten, diesmal verstehe ich ihn auch ohne Worte. Ich weiß nur nicht, wieso er allen diese Lüge auftischt. Ob er dazu gezwungen wird? Denn im Moment wirkt Ray alles andere als glücklich. Er dreht das Glas in den Händen und blickt geradewegs durch mich hindurch. Als wäre ich gar nicht anwesend. Und ganz langsam wird mir bewusst, dass dieser Ray, so wie er gerade vor mir sitzt, zum ersten Mal echt scheint. Durch und durch. Der Anblick tut mir in der Seele weh.

»Spielst du es noch einmal? Für mich?«

Rays Blick wandert langsam nach oben und er mustert mich eine Zeit lang. »Nur für dich?«, wiederholt er, wobei seine Stimme belegt klingt.

Ich schenke ihm ein schüchternes Lächeln und zucke mit den Schultern. »Bitte?«

»Okay«, antwortet er schließlich und ergreift die Gitarre. Aber bevor er zu spielen beginnt, blickt er mich noch einmal mit ernster Miene an und ich sehe das Grün seiner Iriden gefährlich aufblitzen. »Nur zur Info: Ich spiele es nicht für den Ghostwriter, sondern für dich, kapiert?«

Ich schlucke und nicke. Denn ich weiß genau, was er damit meint. Das hier macht er nicht für seinen oder für meinen Job, sondern einzig und allein für mich. Und mein wild pochendes Herz weiß gerade nicht, was es davon halten soll.

Doch all die Gedanken verpuffen, sobald die ersten Töne erklingen.

Ray schließt die Augen und versinkt förmlich in einer anderen Welt. Eine Welt, in der nur die Musik existiert. Er summt wie schon zuvor eine tieftraurige, verzweifelte Melodie und mit einem Mal sehe ich Bilder vor meinem geistigen Auge. Ich sehe einen Ray, eingesperrt in einem Spiegel, der nicht herauskommt, egal, wie kräftig er gegen die Scheibe hämmert. Ich sehe Blitzlichtgewitter und kreischende Fans, die sich um den Spiegel versammeln. Und ich sehe eine schwarze Wolke, die ihn einhüllt, bis nichts mehr von ihm übrig ist. Ich höre Rays Angst, die Wut und die Verzweiflung, machtlos zu sein.

Plötzlich endet die Musik abrupt und Rays belegte Stimme lässt mich aufschrecken. »Sag mal, weinst du etwa?«

»Ich? Was? Äh … nein … Nein! … vielleicht ein bisschen«, antworte ich leise und wische mir verlegen übers Gesicht. Verdammt. Das ist jetzt schon das wievielte Mal, dass ich bei Rays Musik zu heulen anfange? Gott! Das kann doch nicht wahr sein! Was ist nur los mit mir?

Aber dann spüre ich Rays Finger an meiner Wange, der eine einzelne Träne auffängt, und das Lächeln, das er mir schenkt, wandert direkt in mein Herz.

»Danke«, sagt er.

Hä? Wofür? Dafür, dass ich heulend an seinem Bett stehe, weil er mir die Melodie für einen möglichen neuen Song vorspielt? *Ja bitte, gern geschehen, kann ich wiederholen. Ziemlich sicher sogar.* All das würde ich ihm gerne wie gewohnt schnippisch, an den Kopf werfen, doch stattdessen sehe ich ihn einfach nur an. Die wunderschönen grünen Augen, der leichte Bartschatten, das markante Kinn und die zerzausten Haare … Habe ich erwähnt, wie schön dieser Mann ist? Und ich müsste mich nur ein wenig vorbeugen, um diese wunderbaren, geschwungenen Lippen auf meinen zu fühlen.

Nein! Das ist eine blöde Idee, eine ganz, ganz blöde Idee!

»Äh … also … Wenn ich all die Informationen der letzten Stunde nicht für den Job verwenden kann, sollten wir uns möglicherweise an das Manuskript setzen, oder?«

Und schlagartig verändert sich die Stimmung im Zimmer, doch in diesem Fall bin ich extrem erleichtert. Ray räuspert sich, schenkt sich noch einmal ein Glas Bourbon ein und fährt sich im Anschluss durch die Haare.

»Stimmt. Hast du deinen Laptop dabei, oder soll ich einen Block holen?«

Kapitel Fünfzehn

RAY

Ich könnte behaupten, dass ich vor ein paar Stunden kurz davor war, meinen Ghostwriter Ellie Waye zu küssen. Könnte ich.

Aber dann müsste ich mich mit dem ›Warum‹ befassen. Ich müsste mich fragen, was genau an ihm anders ist als an all den Flirts und Groupies, mit denen ich mich in den letzten Jahren vergnügt habe. Klar, er ist keine Frau, wie der Großteil meiner Fans. Und kein Groupie. Zweiteres finde ich verdammt angenehm. Und Ersteres? Ist das denn wichtig? Wieso stört mich das überhaupt nicht? Sollte es das nicht?

Verdammt! Jetzt denke ich doch darüber nach! Ich brauche noch einen Drink. Und frische Luft. Ich fühle mich genauso wie immer, wenn ich nach Hause komme - ich fühle mich, als würde ich ersticken.

»Raymond-Schatz, was setzt du denn für eine Leidensmiene auf? Ist es denn so schlimm, zu Hause zu sein?«, höre ich Moms hohe Stimme und kneife die Augen zusammen.

»Ja, Raymond-Schatz, als würdest du dein Luxus-Penthouse in San Fran vermissen«, fügt Mary, meine Cousine, mit ironischem Unterton hinzu. Sie sitzt auf Jonas' Schoß und spielt mit dessen Dreadlocks herum, während sie ihr Dekolleté dabei sicher nur rein zufällig in sein Gesicht presst. Aber Jonas scheint es zu gefallen. Es ist ja nicht das erste Mal, dass er sich mit meinen Cousinen vergnügt … Allerdings sollte Mary wissen, wie sehr ich meinen Namen hasse.

»Nenn mich noch einmal so und du bist tot!«

»Dann hör du auf, so zu schauen, als würde die Welt untergehen! Mann, das zieht verdammt runter!«, entgegnet sie und rollt mit den Augen.

Ich weiß, dass Mary glaubt, mein Leben wäre das reinste Schlaraffenland, seitdem ich den Bandcontest gewonnen habe. Das meint im Übrigen der Großteil meiner Familie. Die einzige Ausnahme ist Dad, aber der beteiligt sich so gut wie nie an irgendwelchen Gesprächen, daher kann ich nicht einschätzen, was er wirklich über mich und meine Karriere denkt.

Im Gegensatz zum Rest. Denn alle anderen erinnern mich regelmäßig daran, wie glücklich ich mich schätzen sollte, jemanden wie Peter an meiner Seite zu haben. Was er für unsere Band auf die Beine stellt, und wie berühmt wir einzig und allein durch ihn geworden sind, all das sei ein Geschenk Gottes. Da Mom noch nie die Klappe halten konnte, wissen seit heute auch alle Anwesenden, dass in Kürze eine Biografie von mir erscheinen wird und Ellie der Ghostwriter des Harper-Collins-Verlagshauses ist.

Sie alle erklären mir ständig, wie ich zu fühlen habe.

Nur dass sie keine Ahnung haben, wie beschissen ich mich in Wahrheit fühle.

»Mensch, Ray! Im Ernst. Lach doch mal«, höre ich zum hundertsten Mal, diesmal von Tante Kassie.

Ich höre ein Rauschen in den Ohren. Immer lauter und lauter. Mein Herzschlag fühlt sich an, als würde ich einen Marathon laufen – auf die unangenehme Art und Weise. Mir ist heiß und kalt und Übelkeit steigt in mir auf.

»So schwer ist das doch nicht, oder?«, meint ein anderer und das Rauschen wird aggressiver. Ich sehe Sterne vor den Augen blitzen und zwinkere dagegen an. Gleichzeitig verschwimmt mein Blick und es dreht sich alles.

Können sie nicht einfach die Klappe halten?

»Sollen wir dir eine Hilfestellung im Lächeln geben, Cousin?« Ein allgemeines Kichern wandert durch den Raum.

»Ich muss hier raus!«, keuche ich und dränge mich an meiner Verwandtschaft vorbei. Ich ignoriere Moms Fragen und ihre Aufforderung, einen Regenschirm mitzunehmen. Ich ignoriere die dummen Kommentare meiner Cousinen und ihr Gekicher und ich blende Dads besorgte Miene aus, mit der er mich mustert.

Ich weiß nur eins – wenn ich nicht sofort frische Luft bekomme, drehe ich durch. Nachdem ich die Tür zur Terrasse aufgerissen habe, springe ich über die Veranda und dann die Stufen hinunter zum Strand. Regen peitscht mir ins Gesicht und ich fühle einen eiskalten Schauer, als der Wind durch meine Haare fährt.

Erst direkt vor den Schaumkronen der Gischt bleibe ich stehen und lasse mich in den nassen Sand fallen.

Dann schließe ich die Augen und schreie mir die Seele aus dem Leib. Tränen laufen über meine Wangen und ich weine wie schon lange nicht mehr. Ich lege den Kopf auf die Knie und spüre, wie mein Körper mit jedem Schluchzen bebt.

Fuck! Wann habe ich zuletzt geweint?

Ich fühle mich schrecklich. Erbärmlich.

Weil ich glücklich sein sollte und es verdammt noch mal nicht bin.

Weil jeder denkt, er würde mich kennen und doch nur diesen verfluchten Ray, den Musiker, in mir sieht.

Weil niemand weiß, wie Peter wirklich ist und was er von uns verlangt.

Weil ich keine einzige Sekunde in meinem Leben einfach nur ich selbst sein darf, nicht einmal zu Hause.

Weil ich aussteigen will und es keine Möglichkeit dazu gibt.

Mein Leben ist eine einzige Katastrophe.

Ich kann nicht mehr!

Ich will nicht mehr!

Ich fühle mich so allein. So schrecklich einsam.

Plötzlich spüre ich den kräftigen Griff zweier Hände auf meinen Schultern und augenblicklich durchflutet mich Wärme. Ich muss nicht aufblicken, um zu wissen, wer hinter mir kniet und mich festhält. Eine leise Stimme in meinem Hinterkopf erklärt mir, dass ich diese Umarmung nicht zulassen sollte, da wir

Geschäftspartner sind. Doch ich ignoriere sie und drehe mich stattdessen leicht zur Seite, um den Kopf an Ellies Brust zu legen. Ich heule wie ein Baby, das ist mir durchaus bewusst, und ich bin ihm verdammt dankbar dafür, dass er kein einziges Wort spricht. Er legt sein Kinn auf meinem Kopf ab und schlingt die Arme um meinen Körper. Er ist einfach nur da.

Für mich.

Nicht für den Musiker.

Nur für mich.

Das tut so verdammt gut.

Ich spüre Ellies Herzschlag direkt an meinem Ohr, fühle seine Wärme und zum ersten Mal seit langer Zeit habe ich den Eindruck, dass mich jemand versteht. Ganz ohne Worte.

Nach einer gefühlten Ewigkeit versiegen die Tränen und ich richte mich auf. Gemeinsam mit Ellie sitze ich mit angewinkelten Knien im nassen Sand und schaue aufs Meer hinaus. Es ist dunkel, beinahe grau, und die Wellen wirken bedrohlich. Ich erinnere mich an eine Zeit, in der ich genau dort auf dem Board stand und mich von der Kraft des Wassers treiben ließ. Was habe ich es geliebt, zu surfen. Doch jetzt kann ich nicht einmal mehr sagen, wann ich zuletzt ein Surfbrett in den Händen gehalten habe.

»Danke«, sage ich irgendwann und meine Stimme klingt immer noch belegt und krächzend.

Ellies Grübchen erscheinen und er lächelt und nickt mir zu.

Innerlich wappne ich mich damit, gleich mit haufenweise Fragen bombardiert zu werden, und ich überlege, was und wie ich darauf antworten soll.

Immerhin ist er ein Ghostwriter, der meine Lebensge-
schichte aufschreibt. Und das Letzte, das ich will, ist,
dass die ganze Welt von meinen verzweifelten Zusam-
menbrüchen lesen kann. Trotzdem werde ich ihm
diesen Anfall erklären müssen.

Allerdings stellt Ellie keine Fragen dazu.

Stattdessen grinst er breit, wackelt mit den Augenbrauen und deutet aufs Meer hinaus.

»Bock, schwimmen zu gehen?«

Kapitel Sechzehn

ELIAH

»Das meinst du nicht ernst.«

Rays Miene wirkt etwas verblüfft. Keine Ahnung, was er erwartet hat, das ich sage, aber der Vorschlag, schwimmen zu gehen, war es wohl nicht.

»Das Wasser ist arschkalt! Und es regnet.«

»Wenn du jetzt noch hinzufügst, dass es bald dunkel wird und ich mir sicherlich einen Schnupfen holen werde, nenne ich dich in Zukunft nur noch Mama, hast du mich verstanden?«, entgegne ich und knöpfe mein triefend nasses Hemd auf. Wieso habe ich mich vorhin noch mal umgezogen? Wenn das so weitergeht, besitze ich bis spätestens morgen Früh keine trockenen Sachen mehr. Aber egal, jetzt ist es sowieso schon zu spät, da kann ich auch gleich ganz ins Wasser springen. Außerdem werde ich das Gefühl nicht los, dass Ray eine Ablenkung benötigt. Irgendetwas, das nichts mit Musik oder Arbeit zu tun hat.

Irgendetwas, das ihn auf andere Gedanken bringt, wenn auch nur für einen Moment.

»Du bist verrückt.«

Ray sitzt immer noch im Sand und sieht mir dabei zu, wie ich mich ausziehe.

»Ja, ein bisschen. Aber hey – das ist mein erster Striptease im Regen, im nassen Sand, mit völlig nassen Klamotten. Du kannst dich geehrt fühlen«, antworte ich scherzend und versuche, möglichst sexy aus der Jeans zu steigen. Leider funktioniert das nicht, denn sie klebt triefend an meinen Beinen und ich stolpere über den Strand und schaffe es im allerletzten Moment, nicht der Länge nach im Sand zu landen. *Yeah, Ellie.* Sexy kann ich. Nicht.

Dafür lacht Ray schallend. Immerhin etwas.

Als ich nur noch eine ebenfalls nasse Shorts trage, drehe ich mich zu Ray. »Was ist denn jetzt? Kommst du mit, oder was?«

»Du bist vollkommen verrückt«, wiederholt Ray, doch es klingt wie ein Knurren, was mir augenblicklich einen Schauer bereitet. Oder ich friere einfach, wäre auch möglich. Ich beobachte, wie sich Ray langsam erhebt und das Shirt über den Kopf zieht.

Mann! Bei ihm sieht das definitiv sexy aus. Trotz Regen. Und Kälte. Und klebrig nassem Sand. Wie macht er das nur? Ich fühle mich wie in einem dieser Männerparfum-Werbespots.

»Wenn ich nächste Woche krank bin, singst du meine Soloparts bei den Auftritten«, meint er und knöpft seine Hose auf.

Ich kann nicht anders und grinse ihn breit an. »Klar, Mami«, antworte ich und beginne, rückwärts in

Richtung Meer zu tanzen, wobei ich erneut trällere. »You Are My Wonder, Wonder, Wonder-Looove!«

Plötzlich rauscht er direkt an mir vorbei, um mit einem eleganten Kopfsprung direkt in den Wellen zu versinken.

»Erster!«, schreit er, dicht gefolgt von: »Fuck! Ist das arschkalt! Ahhh!«

Ich folge Ray ins Meer, allerdings nicht ganz so enthusiastisch. Und wenn ich ehrlich bin, wäre ich vermutlich spätestens im knietiefen Wasser umgekehrt, denn ›arschkalt‹ beschreibt die Temperatur nicht einmal ansatzweise! Aber Ray schwimmt und taucht vor mir, und die Blöße, wieder umzukehren, gebe ich mir garantiert nicht.

Also Augen zu und durch. Ich halte den Atem an und lasse mich in die nächste Welle hineinfallen. Es fühlt sich an, als würden eisige Nadeln in meinen Körper stechen – und zwar überall.

»Gott! Himmel! Verfluchte Scheiße! Huhh! Ahhh!« Meine Zähne klappern und ich kann kaum meine Bewegungen kontrollieren, dennoch kämpfe ich mich mutig in Rays Richtung, der lautschallend lacht – schon wieder.

Direkt vor ihm bleibe ich stehen und betrachte ihn, der bis zur Brust im Meer steht und sich das Wasser aus dem Gesicht und aus den Haaren streift. Alter Falter! Das ist definitiv Parfum-Werbung. Und ich wäre der Erste, der es kaufen würde. So was von. Die gesamte Palette!

»Woran denkst du gerade?«, fragt Ray und mustert mich aufmerksam.

»An Parfum«, antworte ich ehrlich und ernte einen

verwirrten Blick. »Eigentlich an die Werbung und an die verdammt heißen Typen, die darin vorkommen.«

Ray kommt noch näher und bleibt erst stehen, als sich unsere Nasenspitzen fast berühren. »Du denkst also an andere Typen, während ich hier vor dir stehe?« Seine Stimme klingt mehr wie ein Raunen und ich schlucke.

Wie kann es sein, dass mir in diesem arschkalten Wasser plötzlich heiß wird? »Ich habe nie gesagt, dass ich an andere Typen denke«, antworte ich mit belegter Stimme.

Auf einmal spüre ich Rays Lippen auf meinen und seine eiskalten Finger an meiner Wange. Gott!

Mir ist heiß. Mir ist kalt. Und mein Herz fühlt sich an, als würde es jeden Augenblick aus meiner Brust springen! Ich fühle Rays stählernen Körper dicht an meinen gepresst und höre ein dunkles, forderndes Stöhnen. Kam der Laut von mir oder von ihm? Keine Ahnung … Egal …

Als ich den Mund nur einen Spalt öffne, um Luft zu schnappen, spüre ich Rays Zunge, die beinahe schüchtern über meine Lippen fährt. Heilige Scheiße!

Ich will mehr! Ich will viel mehr! Ich will alles! Völlig automatisch schlinge ich die Arme um ihn und presse die Hüften an seine. Als ich spüre, dass er genauso hart ist wie ich, keuche ich auf. Träume ich etwa? Das kann nicht real sein. Niemals! Oder? *Oder?!*

Plötzlich höre ich ein lautes Rauschen und eine riesige Welle bricht direkt über unseren Köpfen zusammen. Ich verliere den Halt, tauche unter und schlucke Wasser. Doch es ist genau der Moment, den ich gebraucht habe. Denn auf einmal erinnere ich mich … an die Tatsache, dass Ray heute ziemlich viel Whiskey getrunken hat und definitiv nicht nüchtern ist. Ich erinnere mich daran, dass ich ihn vor wenigen Minuten verzweifelt am Strand aufgefunden habe und er völlig durch den Wind und ganz sicher nicht bei Sinnen ist. Und ich denke an die Tatsache, dass er es spätestens morgen bereuen würde, wenn ich nicht einen Schlussstrich ziehe. Immerhin ist er hetero.

»Alles okay? Hast du Wasser geschluckt?«, fragt er mich und ich huste einfach noch mal. Das ist leichter, als ihm sofort zu antworten, denn der Kloß in meinem Hals fühlt sich schrecklich an.

»Alles gut. Aber ich denke, wir sollten zurückgehen. Sonst holen wir uns doch noch eine Erkältung.«

Ray spritzt eine Ladung Wasser in mein Gesicht und grinst. »Wer klingt jetzt wie eine Mama?«

Ja, die Spitze habe ich verdient. Außerdem ist es gut, wenn wir trotzdem weiterhin scherzen können. Als Freunde. Oder gute Geschäftspartner. Das muss ich jetzt nur irgendwie meinem klopfenden Herzen und meinem besten Stück verklickern. In beiden Fällen ist das eiskalte Wasser genau das Richtige für mich und ich tauche noch einmal unter. Wir sind Freunde – nichts weiter. Und das wird sich ganz sicher nicht ändern.

»Alles okay, Ellie?«, fragt Ray erneut und ich nicke schwach, während ich ihm an den Strand zu unseren nassen Sachen folge.

»Ich … Also … Das hier …«, beginne ich und beiße mir auf die Lippen. Ich habe keinen Schimmer, wie ich das jetzt formulieren soll. Muss ich aber nicht, denn Ray übernimmt das für mich.

»Ich verstehe«, sagt er, während ich erleichtert ausatme. Gott sei Dank! Vielleicht haben ihn die Welle und der Schwall kaltes Wasser genauso zur Vernunft gebracht. »Muscle-Man, richtig?«, fragt er weiter.

»Was?« Wer? Wovon spricht er? Doch Ray fährt sich übers Gesicht, schüttelt die Wassertropfen ab, und schenkt mir ein trauriges Lächeln. »Tut mir leid. Ich habe nicht dran gedacht, dass du … vergeben bist«, fügt er mit einem gedehnten Seufzen hinzu. »Kommt nicht wieder vor, versprochen.«

Er spricht von Cole! Verflucht! An ihn habe ich ja noch gar nicht gedacht. Er weiß nicht einmal, dass ich dieses Wochenende bei Rays Eltern zu Hause bin! Zusammen mit Ray, den ich eben geküsst habe. Hallo, Schuldgefühl. O Gott! Ich fühle mich schrecklich.

»Ellie! Kommst du mit, oder was ist los?«

Rays Ruf weht über den Strand zu mir herüber. Er hat fast die Veranda des Hauses erreicht und ich stehe immer noch neben meinen Klamotten und schlottere vor Kälte.

Ein letztes Mal drehe ich mich zum Wasser und lasse den Kuss Revue passieren. Wann habe ich zuletzt so viel Leidenschaft verspürt? So viel Gefühl? Wie soll ich den Kuss nur jemals wieder vergessen?

O Ray. Was hast du mir nur angetan?

»Ellie?«, schreit er noch mal und ich winke ihm zu.

Ich komme ja schon. Nur leider muss ich wohl oder übel einen Teil meines Herzens hier am Strand lassen.

Kapitel Siebzehn

RAY

»Happy Birthday, Dad.«

Ich drücke ihm etwas unbeholfen die Hand und reiche ihm anschließend eine Flasche hochwertigen Scotch. Dad murmelt ein Wort des Dankes und betrachtet das Geschenk mit interessierter Miene.

»Ist das dafür, dass du gestern die halbe Flasche meines Lieblings-Bourbon ausgetrunken hast?«

Ich schlucke und räuspere mich. Ja, es ist gut möglich, dass ich gestern Abend nach dem katastrophalen Ausrutscher am Strand noch den Rest der halbvollen Flasche getrunken habe. Dies war mein Versuch, zu vergessen, was geschehen ist. Leider vergeblich.

Ich kann weder vergessen, wie Ellie für mich da war, als ich am Boden zerstört war, noch kann ich den Kuss vergessen. Gott! Den Kuss will ich nicht einmal vergessen, denn er war … absolut wundervoll. Atemberaubend. Perfekt. Auch wenn ich überhaupt keinen Schimmer habe, was diese Gefühle für mich bedeuten. Immerhin ist Ellie keine Frau. Nein, er ist definitiv keine Frau. Das habe ich gestern nur zu intensiv gespürt. Trotz des eisigen Wassers.

Nur wieso juckt mich das nicht? Wieso klopft stattdessen mein Herz wie kurz nach einem Marathon, nur wenn ich an den Kuss denke? Ausgerechnet bei Ellie?

Leider dachte ich kein einziges Mal daran, dass Ellie mit Cole zusammen ist. Mit dem größten Arsch, der mir je begegnet ist. Allein der Gedanke an ihn löst einen Brechreiz und schlechte Laune in mir aus. Was findet Ellie nur an ihm? Abgesehen vom ultradurchtrainierten Körper.

»Alles in Ordnung, Raymond?« Dads dunkle Stimme reißt mich aus meinen Gedanken und holt mich zurück in die Gegenwart.

»Ja, sorry. Alles gut. Und was den Bourbon betrifft … Tut mir leid.«

Dad seufzt gedehnt und legt mir eine Hand auf die Schulter. »Darf ich mir etwas anderes von dir wünschen? Zur Feier des Tages?«

Mein Dad wünscht sich was? Und dann auch noch von mir? Was ist denn mit ihm los?

»Ja, klar«, antworte ich schnell und bin echt gespannt, was jetzt kommt.

Dad kratzt sich am Hinterkopf und deutet auf mich und auf Jonas, der auf unserem Sofa liegt und immer noch schläft – trotz des Lärms um ihn herum.

»Ich wünsche mir, dass du und dein Kollege heute das Fest musikalisch begleitet.«

Ich glaube, ich habe mich verhört. Bitte was? Das

letzte Mal, als Dad sich einen Song von mir gewünscht hat, ist sicherlich mehr als zehn Jahre her. Und selbst damals hat er im Anschluss keine Miene verzogen oder irgendetwas dazu gesagt.

»Ich weiß, ich weiß. Ein Drummer und eine Gitarre sind nicht gerade die besten Voraussetzungen für Musik, und ich habe auch nicht mehr als ein einzelnes Mikrofon und ein paar Lautsprecher besorgt.«

Ja, und hätte er mir diesen Wunsch etwas früher mitgeteilt, hätte ich die komplette, hochwertige Technik mitbringen können. Und den Rest der Band.

Dad seufzt und lächelt einen kurzen Augenblick. »Es würde mir wirklich eine große Freude bereiten.«

Ich schlucke. »Ehrlich?«

Dad legt beide Hände auf meine Schultern und sieht mich eindringlich an. »Die einzige Bedingung ist – ich will nichts von *Ray and the Kings* hören. Wäre das möglich?«

Theoretisch sollte sich so eine Bitte wie ein Schlag in die Magengrube anfühlen, denn es bedeutet, dass Dad meine Band und unsere Lieder nicht ausstehen kann. Dass er meine Karriere mit Füßen tritt und absolut nicht stolz auf mich ist. Auf mich und auf das, was aus mir geworden ist.

Praktisch fange ich an zu lachen und kann gar nicht mehr aufhören. Ich lache so laut, dass ich irgendwann hinter mir Jonas' genervtes Schnauben höre, dicht gefolgt von: »Verflucht Ray! Halt die Schnauze!«

Erst dann atme ich ein paar Mal tief durch und nicke Dad zu. »Ich glaube, das kriegen wir hin.«

~

Kurze Zeit später stehe ich auf einer wackligen, behelfsmäßigen Bühne in einem Hundert-Mann-Zelt und stimme meine Gitarre. Jonas baut währenddessen ein ausgeliehenes Schlagzeug aus der Nachbarschaft auf und schlägt immer wieder die einzelnen Toms an, nur um daraufhin den Kopf zu schütteln.

»O Gott! Die Teile klingen verdammt mies! Und dann die Snare …« Er schlägt auf die kleine Trommel, die direkt vor der großen Basstrommel aufgebaut ist, und schüttelt sich im Anschluss, als würde er Schmerzen leiden.

Jonas' Gehör ist nahezu perfekt. Vor ihm wusste ich nicht einmal, dass man die einzelnen Trommeln stimmen kann und dass sie tatsächlich jeweils einen anderen Klang erzeugen. Ehrlich gesagt höre ich auch bis heute nicht allzu große Unterschiede dabei und als Jonas zum wiederholten Mal auf die Snare Drum schlägt, zucke ich mit den Schultern. Ich würde behaupten, es klingt wie immer. Doch das sage ich lieber nicht, denn ich weiß, was darauf folgen würde – eine ellenlange Erklärung der einzelnen Trommeln, deren Felle, die Zusammenstellung, und so weiter. Völlig langweilig und unwichtig – meiner Meinung nach.

»Es ist eine Geburtstagsparty, Mann«, antworte ich daher. »Und der Großteil der Gäste ist komplett unmusikalisch. Wen juckt's?«

Jonas seufzt und bindet sich die Dreadlocks zusammen. »Und was genau sollen wir spielen? Hast du einen Plan erstellt?«

Ich grinse und reiche ihm mein Handy. Mithilfe einer App für Musiker habe ich tatsächlich heute Vormittag eine Liste mit sämtlichen Liedern heruntergeladen, die Dad früher immer gehört hat. Rockklassiker, Oldies und ein paar Songs von Elvis Presley. Offensichtlich liest Jonas gerade Letzteres, denn er reißt die Augen auf und starrt mich irritiert an.

»Nicht dein Ernst? *Can't Help falling in Love.?!*«

»Mein Dad liebt Elvis!«

Jonas stöhnt. »Ich überlebe die Feier nicht. Mary, bring mir Wein! Nein, Bier! Und Schnaps, am besten die ganze Flasche! Mein Kollege ist gerade im schleimig-kitschigen Romantikhimmel gelandet!«

»Fick dich, Mann!«

Jonas grinst breit. »Muss ich nicht. Das übernehmen deine beiden Cousinen für mich.«

Während ich genervt mit den Augen rolle, lacht er laut auf und wartet, bis ich das Band der Gitarre angelegt habe. Dann nicke ich ihm zu.

»Bereit?«

Jonas schlägt die Schlagzeugsticks aufeinander, um den Takt anzugeben.

Kurz darauf spielen wir zu zweit *Summer of 69* von Bryan Adams und ich habe so viel Spaß wie schon lange nicht mehr. Die Hälfte der geladenen Gäste grölt lauthals mit und ich tanze und hüpfe über die kleine Bühne. Es ist keine Choreographie, kein sexistischer Tanz, um irgendwelche Fans zu beeindrucken. Es ist einfach mein ureigener Impuls, die Musik zu genießen, die wir zu zweit erzeugen.

Und nach dem dritten oder vierten Song kommt mir der Gedanke, ob Dads Geburtstagswunsch möglicherweise mit einem Hintergedanken erfolgte. Denn im Augenblick fühlt es sich so an, als würde ich mir meinen eigenen Traum erfüllen. Vielleicht kennt mich Dad besser, als ich es ihm je zugetraut habe.

Kapitel Achtzehn

ELIAH

Mir ist so heiß und mein letztes verbliebenes, einst trockenes Hemd klebt schon wieder feucht auf meiner Haut. Durch den Regen, der immer noch auf das Zelt prasselt, herrscht hier drinnen eine fast schon tropische Atmosphäre. Außerdem habe ich in den letzten Stunden mit Tante Kassie, Tante Edith und mit Rays Mom getanzt, ebenso mit seinen Cousinen und zu guter Letzt mit dem wunderbaren Grandpa. Dieser hat mir im Übrigen erklärt, dass jeder anständige Mann zumindest den Walzer beherrschen muss, wenn er einer Frau den Hof machen will. Ich habe es mir verkniffen, zu erwähnen, dass ich lieber Männern den Hof mache, und mir stattdessen von ihm die Tanz-schritte zeigen lassen. Ich glaube zwar nicht, dass ich den Tanz wirklich begriffen habe, zumal er mich dazwischen wieder ein paarmal mit dem Versiche-rungsmakler verwechselt hat, aber ich kann definitiv behaupten, dass ich Spaß hatte. Richtig viel Spaß. Außerdem entwickle ich mich doch noch zu einem Fan von Ray Williams.

Ob ihm überhaupt bewusst ist, wie ansteckend seine Lebensfreude auf dieser kleinen Bühne ist? Ob er merkt, wie seine Stimme das gesamte Festzelt erfüllt und jedes Herz berührt?

»Ich frage das ja echt ungern, aber was hast du mit Ray angestellt?«

Jonas stellt sich mit einem Plastikbecher Bier neben mich und deutet auf seinen lachenden Bandkollegen, der inmitten seiner Verwandtschaft steht und einfach glücklich wirkt. Als sein Blick meinen streift und er mir ein Lächeln zuwirft, wird mir schlagartig heiß.

»Ich? Wieso denn ich?«, frage ich unschuldig und versuche, die Bilder von gestern auszublenden. Ich will mich nicht an den Kuss erinnern. Ich darf das nicht. Er war einmalig. Ein Ausrutscher. Unter Alkoholeinfluss.

Jonas zuckt mit den Schultern. »Na, als er gestern abgehauen ist, sah er so aus, als wollte er gleich von der nächsten Brücke springen. Und als ihr beide dann später wieder gekommen seid …« Er macht eine bedeutungsschwangere Pause und nickt in Rays Richtung, der nun auf uns zukommt. »Ganz zu schweigen von seiner heutigen Laune.«

Aber das liegt doch nicht an mir, sondern an der Musik. Das kann nicht an mir liegen, denn das würde ja bedeuten … Nein. Sicher nicht.

»Außerdem will er gleich *Falling in Love* von Elvis spielen! Wenn das nichts mit dir zu tun hat«, fügt Jonas so laut hinzu, dass auch Ray es hört.

Ich verschlucke mich am Bier und lache lauthals los.

»Was erzählst du da wieder für einen Mist, Mann?«, mischt sich Ray ein, während ich immer noch damit beschäftigt bin, Tränen aus meinen Augenwinkeln zu wischen.

»Ich wünschte, es wäre Mist! Im Ernst, du kannst meinetwegen auf tausend rosaroten Wolken fliegen, weil ihr beide euch gefunden habt, aber Elvis? *Elvis?* Das geht zu weit. Viel zu weit!«

Bitte was? Wir zwei haben uns gefunden? Diese Worte aus Jonas' Mund lösen ein klitzekleines Riesenfeuerwerk in mir aus. Aber das entspricht gar nicht der Wahrheit, oder? Ray ist nicht verliebt, niemals. Gott! Ich darf mir meine Gefühle nicht anmerken lassen! Auf keinen Fall!

»Irgendwie muss ich Jonas zustimmen«, antworte ich daher und höre selbst, wie hölzern mein Lachen klingt. »Müsste ich einen Lovesong auswählen, würde ich sogar *Wonderlove* bevorzugen. *Falling in Love* ist schon sehr … speziell.«

»Das ist Dads Lieblingssong«, knurrt Ray. »Außerdem bin ich nicht schwul.«

Autsch. Das tut weh. Obwohl ich es wusste. »Und Ellie ist vergeben«, fügt er hinzu.

Doppel-Autsch. Verfluchter Mist! Wieso vergesse ich das in seiner Anwesenheit ständig? Ich liebe Cole. Cole, Cole, Cole! Das sollte doch nicht so schwer sein! Und es sollte sich nicht so falsch anfühlen, oder? Was ist nur los mit mir?

»Raymond, Liebling! Ich bin ja so stolz auf dich!

Du weißt gar nicht, welche Freude du deinem Vater bereitest.«

Schlagartig ändert sich die Stimmung neben mir und Rays Miene versteinert. »Ich tu das für Dad, nicht für dich«, erklärt er und dreht seiner Mutter demonstrativ den Rücken zu.

Rays Mom presst die Lippen aufeinander und lässt uns wieder alleine.

»Was zur Hölle …?«, frage ich, aber Jonas schüttelt nur den Kopf.

»Das willst du nicht wissen. Frag lieber nicht.«

»Sie hat mit Peter gevögelt«, beantwortet allerdings Ray die nicht gestellte Frage und ja – Jonas hatte recht. So etwas will man nicht wissen, definitiv nicht. Sie hat *was?*

Jetzt hasse ich den Manager noch ein kleines bisschen mehr. Was für ein Vollidiot! Und Rays Mom? Es muss ihr doch bewusst gewesen sein, was das für ihren Sohn bedeutet! Gott, allmählich verstehe ich seine Reaktionen ihr gegenüber. Hut ab, dass er überhaupt noch mit ihr spricht.

Ray trinkt aus einem Becher und sieht mich im Anschluss mit einem durchdringenden Blick an. »Hat es meinem Ghostwriter die Sprache verschlagen?«

»Dein Ghostwriter sammelt im Moment viel zu viele unbrauchbare Informationen.«

Ray hebt die Schultern an und grinst. »Ich sagte ja bereits, dass es eine schlechte Idee war, mich hierher zu begleiten.«

Ja, stimmt, er hat mich vorgewarnt. Und langsam verstehe ich warum. Ich bin mir zwar ziemlich sicher, dass all diese Informationen – vom Zusammenbruch am Strand bis hin zur Affäre seiner Mutter – die Verkaufszahlen des Buchs auf die Bestsellerliste katapultieren würden. Doch so ein Arsch bin ich nicht. Ich werde Rays Leben nicht in aller Öffentlichkeit durch den Dreck ziehen. Aber ich muss ja nicht die Wahrheit schreiben. Daher grinse ich vielsagend und neige mich näher zu ihm.

»Dann müssen wir eben doch noch ein Wochenende in den Rockys buchen. Inklusive Eintopf, Patchworkdecke und Kaninchen.«

Während Rays Gesichtszüge entgleiten, höre ich gedämpfte Würgegeräusche von Jonas, dicht gefolgt von: »Can't help, falling in love with youuu.«

Es gibt gewisse schrecklich-kitschige Liebeslieder, die keiner mag, aber die doch jeder kennt – und zwar Zeile für Zeile. Dieser Song gehört für mich dazu und zu meiner Schande kenne ich ihn in- und auswendig. Daher strecke ich nun den Arm nach Ray aus und singe gemeinsam mit Jonas die erste Strophe. Ich bete Ray förmlich an, der vor mir steht und nur den Kopf schüttelt.

»Ihr seid beide Vollpfosten, wisst ihr das?«, meint er irgendwann und klopft Jonas auf die Schulter. »Los, auf die Bühne, Elvis!« Dann dreht er sich zu mir, ergreift meine Hand und verschlingt die Finger mit meinen. »Take my Hand, take My whole life too. For I can't help falling in love with you.«

Ich weiß, er meint die Worte nicht ernst, denn er grinst kurz danach frech und lässt mich allein zurück. Aber Rays Stimme klingt einfach grandios. Dunkel, gefühlvoll und gleichzeitig kräftig. Und es fühlt sich an, als hätte er mir soeben eine Liebeserklärung gemacht.

Es fühlt sich so an, als hätte sein Herz gesungen. Als hätte er sich tatsächlich in mich verliebt.

Gott!

Ich bin verloren.

Ich bin so was von verloren.

Kapitel Neunzehn

RAY

Nachdem ich die letzte Reisetasche im Kofferraum verstaut habe, schlage ich stöhnend die Klappe zu und drehe mich um. Ich entdecke Ellie, der barfuß am Strand entlangläuft und merke, wie sich ganz automatisch meine Mundwinkel nach oben ziehen. Heute regnet es ausnahmsweise einmal nicht und die Sonne spitzelt zumindest vereinzelt aus der Wolkenschicht hervor. Das Meer wirkt fast türkis und bildet einen starken Kontrast zum hellblauen und grauen Himmel. Es sieht wunderschön aus und ich erinnere mich an Tage meiner Kindheit, die ich genau dort am Strand verbracht habe. Es sind schöne Erinnerungen. Friedliche Erinnerungen.

»Danke, Junge«, reißt mich plötzlich die Stimme meines Vaters aus meinen Gedanken. Er hat die Hände in den Hosentaschen vergraben und betrachtet mich mit ernster Miene. »Ich weiß, dass es nicht einfach war, hierher zu kommen.« Er deutet mit einem

Nicken zum Haus, dort, wo Mom auf der Veranda steht und sich mit Jonas unterhält. »Ich weiß, dass du ihr das nicht verzeihen kannst. Und ich akzeptiere es.« Er räuspert sich und hebt die Schultern an. »Ich habe ihr vergeben. Das solltest du wissen.«

Mein Innerstes ballt sich zusammen, denn ich sehe erneut Peter und Mom vor mir, in der Bandgarderobe, nackt, laut und stöhnend. Nein. Ich kann ihr das nicht verzeihen. Ich werde es Peter nie verzeihen. Und ich verstehe Dad nicht, wie er es schafft. Vielleicht weil er die beiden nicht gesehen hat. Weil er nur ihre Version kennt, nachdem sie es ihm unter Tränen erklärt hat. Und ich weiß bis heute nicht, ob Mom es ihm erzählt hätte, wenn ich es nicht von ihr verlangt hätte. Trotzdem verstehe ich Dad nicht. Sie hat ihn betrogen! Mit meinem Wichser von Manager!

Dad räuspert sich noch einmal. »Aber das wollte ich eigentlich gar nicht sagen. Ich … Ich hatte das Gefühl, dass ich dich gestern seit langem wieder richtig gesehen habe.«

Und ich weiß absolut nicht, was er mir damit sagen will. Wieso druckst er so herum? Was will er von mir?

»Nein, das war falsch ausgedrückt«, korrigiert er sich, nachdem er meinen Gesichtsausdruck genau richtig interpretiert hat. »Ich glaube, du warst gestern zum ersten Mal wieder du selbst. All die Male davor kam es mir so vor, als würde ich dich nicht kennen, als wärst du jemand anderes. Aber gestern … gestern nicht.« Er schnieft leise und erst jetzt erkenne ich, dass seine Augen verdächtig schimmern. Dad weint doch nicht etwa? Oder doch? »Ich habe dich vermisst, Ray.«

Und ich habe dich vermisst, Dad, sehr sogar. Das sage ich nicht, denn ein fetter Kloß hindert mich daran. Dennoch meine ich es ernst. Ich habe ihn vermisst. Ich habe das Gefühl vermisst, dass er für mich da ist, selbst wenn er selten spricht.

Dad räuspert sich zum gefühlt hundertsten Mal und klopft mir auf die Schulter. Dann deutet er zum Strand. »Dieser Mann tut dir gut. Ich hoffe, du versaust es nicht.« Die Worte waren wohl als Abschied gemeint, denn er lässt mich stehen und geht zurück ins Haus.

Und ich? Fühle mich völlig perplex. Sprachlos. Verwirrt.

Was meinte mein Dad damit? Was soll ich nicht versauen? Denkt er etwa …? Hat er uns gestern im Wasser gesehen? Aber ich bin doch gar nicht schwul. Oder? Mann! Was ist nur los mit mir?

Einem inneren Impuls folgend laufe ich an den Strand, um Ellie zu holen. Ich beobachte ihn dabei, wie er mit jedem Schritt die Zehen in den matschigen Sand bohrt und ihn anschließend in die Luft wirbelt. Die schwarze Jeans hat er hochgekrempelt, genauso wie den dunkelblauen Pullover, und ich erkenne die vielen Sommersprossen auf seinen Armen und Beinen. Ob Cole schon einmal jede Einzelne von ihnen geküsst hat? Ob er sie gezählt hat? Ich würde es tun, wenn ich er wäre. Angefangen bei den Füßen, über die Arme, ich würde die Sommersprossen an seinem Rücken küssen, die an der Brust, auf dem Bauch …

Fuck! Jetzt fange ich schon damit an, mich mit Cole zu vergleichen, und küsse gedanklich meinen Ghostwriter. Das geht gar nicht.

Zumal er Cole liebt. Trotzdem hat Ellie einen Freund an seiner Seite verdient, der zu ihm steht. Keinen Idioten, der in der Öffentlichkeit Frauen die Zunge in den Hals steckt.

Plötzlich kommt mir eine Idee.

»Müssen wir schon los?«, fragt Ellie, der mich entdeckt hat und sofort nach den schwarzen Sneakers und den diesmal orange-pinken Socken daneben greift. Diese Socken … Ich muss jedes Mal grinsen, wenn ich sie sehe.

»Was? Nein, wir haben noch Zeit. Ich wollte dir nur etwas vorschlagen.«

Ellie kommt auf mich zu und sieht mich abwartend an.

»Du wünschst dir doch, dass sich Cole für dich entscheidet, oder? Ohne Alibi-Freundin und ohne Versteckspiel, richtig?«

Ellies Miene wird ernst und nachdenklich, während er mit einem gedehnten, fragenden »Jaaaa?«, antwortet.

»Ich habe eine Idee, wie wir ihn aus der Reserve locken können«, beginne ich und grinse, als ich seinen verwirrten Gesichtsausdruck sehe. »Also pass auf: Ich glaube, Cole ist ein Typ, der erobern möchte. Du bist immer da. Völlig gefahrlos. Wieso sollte er sich allein für dich entscheiden, wenn er doch immer zu dir kommen kann, wann es ihm beliebt?«

Okay, dem Gesichtsausdruck zu folgen hat Ellie keinen Schimmer, worauf ich hinauswill. »Und er ist völlig ausgetickt, als du nur bei mir übernachtet hast. Was mir zeigt, dass er extrem eifersüchtig ist und dich für sich alleine beansprucht. Das geht aber nur, wenn er sich für dich entscheidet. Finde ich.«

Ellie schaut mich immer noch an, als wäre ich ein Alien. »Worauf willst du hinaus?«

»Ich werde dafür sorgen, dass er um dich kämpft.«

»Aha?«

»Lade mich und ihn zu dir nach Hause ein. Meinetwegen zufällig. Oder zu einem Fest, keine Ahnung. Hat irgendjemand aus deiner Familie in der nächsten Zeit Geburtstag?« Ich halte inne und gehe gedanklich den Kalender durch. Wir haben November, das bedeutet, wir feiern bald … »Thanksgiving! Das wäre doch perfekt.«

O Gott, Ellies Gesicht besteht aus einem einzigen Fragezeichen. Oder hundert Fragezeichen. Als ob das jetzt so schwer zu verstehen wäre.

»Du willst, dass ich dich an Thanksgiving zu mir nach Hause einlade?«

Ich schenke ihm ein vielsagendes Lächeln und fahre mir durch die Haare. »Ganz genau. Meine Familie weiß seit Jahren, dass sie an Thanksgiving nicht mit mir rechnen kann. Das bedeutet, ich habe an diesem Abend Zeit, zu tun, was immer mir beliebt. Und ich werde jede Gelegenheit dazu nutzen, um mit dir zu flirten. Direkt vor Cole.«

»Du willst WAS?«

Wieso klingt seine Stimme auf einmal so belegt? Und der Blick dieser Augen … Mir ist gar nicht aufgefallen, dass sie je nach Lichteinfall golden schimmern. O Mann! Konzentrier dich, Ray!

»Ich wette mit dir, dass ihn das rasend vor Eifersucht macht. Und dass ihn das zum Nachdenken anregen wird.«

»Aber …«, beginnt Ellie, doch ich lege ihm die Hand auf die Schulter.

»Und ich wette, dass er sich dann für dich entscheiden wird. Ausschließlich.«

Diese Nähe fühlt sich falsch an.

Falsch und gleichzeitig genau richtig.

Aber es sollte sich nicht so gut anfühlen. Oder?

Ellies Blick wandert direkt in mein Herz und er kommt noch einen Schritt näher. Ich fühle die Hitze seines Körpers und erinnere mich an den Geschmack seiner Lippen, dieser leidenschaftlichen Zunge. Ich erinnere mich an den nackten Oberkörper, der sich an meinen gepresst hat – muskulös und hart, genauso wie sein … Fuck! Ellies bestes Stück ist das Letzte, an das ich jetzt denken sollte.

»Wieso willst du das für mich tun?«, fragt er mit heiserer Stimme.

Ich atme tief durch und versuche, all die Bilder von gestern und vorgestern zu vertreiben. »Weil du einen Partner verdient hast, der zu dir steht. Und weil ich dir etwas schulde. Ich war betrunken. Und der Kuss … ich hätte niemals«, stottere ich und könnte mir selbst auf die Zunge beißen. Als ob ich ihn nur geküsst habe, weil ich Bourbon getrunken habe.

Okay, möglicherweise habe ich ihn nur geküsst, weil ich angetrunken war. Denn ich bezweifle, dass ich nüchtern diesen Schritt gewagt hätte. All die tausend Gedanken, die nun in meinem Kopf schwirren, hätten mich ziemlich sicher davon abgehalten. Aber ich bereue es nicht. Niemals. Selbst wenn ich keinen Schimmer habe, was das für mich bedeutet. Was er mir bedeutet. Dennoch ist die Ausrede einfacher als alles andere.

Ellie nickt und kaut auf seiner Unterlippe herum. »Verstehe. In Ordnung«, sagt er schließlich und dreht sich zur Seite. Ich spüre deutlich den entstandenen Abstand zwischen uns. »Einen Versuch ist es wert. Wer weiß, vielleicht klappt es ja?«, antwortet er, doch das Lächeln, das er mir schenkt, wirkt irgendwie komisch. »Sollen wir fahren?«

Kapitel Zwanzig

ELIAH

»Mann, ich sagte, du sollst mit ihm schlafen! Nicht, du sollst dich in ihn verlieben!«

Das sind Lindas erste Worte an mich, nachdem ich die Reisetasche in der Küche auf den Boden gepfeffert habe. Ich kam noch gar nicht dazu, ihr von unserem Kuss zu erzählen, geschweige denn von all den anderen, magischen Momenten zwischen uns. Ein Blick auf meine verzweifelte Erscheinung hat offensichtlich gereicht, um die eine, beschissene Tatsache festzustellen: Ich habe mich in Ray Williams verliebt.

Scheiße!

Scheiße, scheiße, scheiße!

»Dir ist schon bewusst, dass das niemals gut ausgehen würde, oder?«

Jupp. Das ist mir mehr als schmerzlich bewusst. Leider.

»Mann, Ellie. Komm her.« Schon spüre ich Lindas Arme um meinen Körper und ich presse meine Kiefer fest zusammen, um die aufsteigenden Tränen zurückzudrängen. Ich werde nicht heulen. Nicht schon wieder. Gott, ich bin so armselig! Erst Cole, der mich nur heimlich, bei uns zu Hause, lieben kann, und dann ausgerechnet Popstar Ray Williams? Mein Herz erlaubt sich einen verdammt schlechten Scherz. Genauso wie das Universum! Ich meine – wer hatte die beschissene Idee, dass Ray mir dabei helfen will, Cole zurückzugewinnen? Das ist verrückt! Und ich weiß jetzt schon, dass ich den kommenden Donnerstag niemals heil überstehen werde. Falls der Abend denn wirklich stattfindet. Vielleicht war es auch nur so daher gesagt, weil sich Ray für den Kuss im Nachhinein schämt. Das wäre sogar ziemlich wahrscheinlich. Allein bei diesem Gedanken spüre ich einen unerträglichen Schmerz im Herzen. Ray schämt sich dafür, mich geküsst zu haben.

Weil ich nicht das bin, wonach er sucht.

Weil ich nie die Person sein werde, die er begehrt.

Weil ich ein Mann bin. Und ein grottenschlechter Autor. Ein verzweifelter Typ, der sich an die Idee von Liebe klammert. So in etwa hat er mich doch beschrieben, als ich von Cole gesprochen habe, oder? Wahrscheinlich hat er recht, und ich bin einfach unfähig für die Liebe. Krank.

»Okay, weißt du was? In den folgenden Stunden ignorieren wir das Wochenende, das hinter dir liegt. Kein Wort über Ray, kein Wort über deine Arbeit, und kein Wort über Cole. Stattdessen gönnen wir uns einen richtig schönen Abend. So wie früher. Was sagst du?«

Ich bin kurz geneigt, nachzuhaken, wieso sie Cole erwähnt hat, verkneife mir dann aber die Frage, ob er in den letzten beiden Tagen hier aufgetaucht ist. In dem Fall hätte er mir sicherlich eine Nachricht geschrieben. Hat er aber nicht. Ich habe nicht ein einziges Lebenszeichen von ihm erhalten und allmählich frage ich mich, ob Rays Vermutung sich bewahrheitet. Fühlt sich Cole so sicher mit mir? Denkt er wirklich, es wäre okay, dass er nur alle drei Wochen auftaucht, um mit mir zu schlafen? Was bin ich für ihn? Der Mann, den er liebt oder nur eine schnelle Nummer für zwischendurch?

»Ellie!«

Ich schlucke und verdränge die Gedanken. Linda hat recht – ich brauche einen Abend ohne Cole und Ray. Und ohne meine verwirrenden Gefühle. Daher stimme ich ihr mit einem stummen Nicken zu.

Eine Stunde später sitzen wir zu dritt am Küchentisch, was sich verdammt seltsam anfühlt. Ich kann mich nicht daran erinnern, dieses Möbelstück jemals benutzt zu haben – mit Ausnahme von Rob natürlich. Der sitzt bei fast jeder Mahlzeit dort.

Doch jetzt stehen an allen vier Ecken diverse Platten mit Tortilla-Wraps, Soßen, Dips und Gemüse, die Rob in kürzester Zeit gezaubert hat, während in der Mitte unser steinaltes Monopoly liegt. Wir haben inzwischen die dritte Flasche Rotwein geöffnet und Rob ist dabei, Linda und mich in den Ruin zu treiben.

»Pennsylvania Avenue, das wären dann noch einmal dreihundertzwanzig Dollar, bitte!« Rob grinst breit und trommelt mit den Fingerspitzen auf der Tischplatte.

»Du machst mich fertig, alter Mann«, brumme ich

und reiche ihm das Geld. Wenn ich noch einmal auf eines seiner Felder komme, bin ich pleite.

»Alter, reicher Mann, wenn ich bitten darf.«

»Wiege dich nicht zu sehr in Sicherheit. Das Blatt kann sich schnell wenden. Warte ab, ich benötige nur eine Sechs …«

Natürlich würfelt Linda nicht die gewünschte Zahl und ich stoße grinsend mein Rotweinglas gegen ihres, während ich ihr dabei zusehe, wie sie – genau wie ich – an Rob zahlt.

Ein kurzes Vibrieren meines Handys lässt mich innehalten. Wer schreibt mir denn am Sonntagabend?

Ich weiß, dass ich Linda versprochen habe, heute Abend nichts zu tun, das mich an Ray oder Cole erinnern könnte. Aber theoretisch könnten mir ja genauso gut Lexi oder Gordon eine Nachricht geschickt haben. Natürlich nur rein theoretisch, da ich gestern Abend erst über eine Stunde mit Lexi per Videocall telefoniert habe und sie mir, nachdem ich ihr mein Herz ausgeschüttet habe, unter anderem von ihrem heutigen Bootsausflug und der darauffolgenden Inselparty erzählt hat. Aus diesem Grund bin ich mir sicher, dass die Nachricht nicht von meinen besten Freunden stammt. Trotzdem.

So unauffällig wie möglich hole ich das Smartphone aus der Hosentasche hervor und mein Herz macht einen Satz, als ich den Absender sehe.

Ray!

Hey, ich hoffe, du bist gut zu Hause angekommen. Wollte mich noch mal bei dir bedanken. Für alles. Bis die Tage. R.

Ich schlucke. Für alles? Wirklich alles?

Das würde ja bedeuten, dass … Nein. Sicherlich nicht. Trotzdem klopft mein Herz so dermaßen schnell, dass ich kaum Luft bekomme.

»Ellie! Mann!«, reißt mich Linda aus meinen Gedanken, während Rob unschuldig mit den Schultern zuckt.

»Wenn er nicht aufpasst, ist er selbst schuld. Ich behalte mein Geld nur zu gern.«

Ausgerechnet jetzt ist Rob auf meinem Feld gelandet. Auf einem meiner wenigen Felder! Das war ja so klar. Schon wieder brummt das Smartphone.

Ich werfe Linda einen entschuldigenden Blick zu. Dann gönne ich mir einen Schluck Wein und greife nach den Würfeln.

»Ha! Das wäre doch gelacht! Seht ihr? Ich komme schon noch. Und keine Sorge, Rob, ich bekomme das Geld zurück«, prahle ich und erkenne drei Fragezeichen in der nächsten Nachricht, die ich aus den Augenwinkeln lese. Ist klar, dass Ray meine Antwort nicht verstanden hat. Ich antworte:

Dann widme ich mich wieder dem Spiel. Denn ich will mich definitiv nicht mit Rays erster Nachricht auseinandersetzen. Ich will nicht über unseren Kuss nachdenken. Oder über seine weichen Lippen. Die Hand in meinen Haaren. *Danke für alles.* Was ist, wenn er diese Worte wirklich ernst meint?

Schon wieder vibriert es und ich ignoriere Lindas Knurren. Stattdessen lache ich laut auf.

> Mein erster Gedanke zu deiner Mail lautete, dass du wegen deines mickrigen Autorengehalts auf den Strich gehst und gerade hundertachtzig Dollar für einen Blowjob am St. James Place verpasst hast. Habe dann sicherheitshalber noch mal gegoogelt. Weiß nur nicht, ob ich jetzt beruhigter bin. Ich meine – Monopoly? Wie alt bist du? Achtzig?

Ich beiße mir auf die Innenseiten der Wangen, während ich antworte und hoffe, dass meine Ohren nicht so rot glühen, wie sie sich anfühlen.

> Also erstens macht Monopoly extrem viel Spaß, besonders mit reichlich Rotwein und den richtigen Leuten am Tisch. (Gefährlich wird es erst, wenn du mich beim Bingo-Spielen erwischt. Denn dann bin ich definitiv zu alt für die Welt!) Und zweitens: Ich bitte dich, hundertachtzig Dollar?! Mein Blowjob ist ganz sicher mehr Geld wert … ;)

Kann es sein, dass ich gerade mit dem Feuer spiele? Schon wieder? Und das, obwohl ich mich erst vor wenigen Stunden daran verbrannt habe? Ich bin so was von erbärmlich. Ich verfolge das Spiel nur noch mit halber Aufmerksamkeit und reagiere nicht einmal, als Linda zum x-ten Mal im Gefängnis landet. Stattdessen verschlucke ich mich an meiner eigenen Spucke, als ich Rays Antwort lese.

Okay, langsam wird es eng in meiner Jeans. Verflucht! Das ist gar nicht gut.

»Ellie, wenn du noch ein einziges Mal auf dieses verdammte Handy blickst, nehme ich dir als Strafe eines deiner Häuser weg!«

»Du sitzt im Gefängnis, Schwesterherz! Ziemlich schwer, von dort irgendetwas zu tun, oder?«, kontere ich, lege aber dennoch brav das Smartphone zur Seite. Ich wüsste sowieso nicht, was ich darauf antworten soll. Wenn ich die Antwort richtig interpretiere, stellt Ray sich gerade vor, wie ich ihm …

Stopp!

Andere Gedanken! Ich brauche sofort andere Gedanken!

»Ich stimme deiner Schwester zu. Es ist etwas befremdlich, dir während unseres Spiels dabei zuzusehen, wie du mit Cole … ganz sicher nicht jugendfreie Nachrichten hin- und herschreibst.«

»Ich schreibe nicht mit Cole.« Gott, ich könnte mir auf die Zunge beißen. Habe ich eben zugegeben, dass ich erstens nicht-jugendfreie Nachrichten schreibe und zweitens nicht einmal mit meinem Freund?

»Er schreibt mit Ray«, fügt Linda zu meinem

Leidwesen hinzu und Robs buschige graue Augenbrauen schießen augenblicklich nach oben. Er mustert mich eine Zeit lang und nickt anschließend.

»Das ist interessant.«

»O nein, das ist es absolut nicht, denn mein Bruderherz manövriert sich gerade vom Regen in die Traufe. Oder von Pest zu Cholera. Nenn es, wie du willst. Das, was hier abläuft, ist verdammt noch mal beschissen und du solltest es wissen!« Die letzten Worte galten mir und ich komme mir vor, als hätte Linda soeben einen Eimer voller Eiswasser über mir ausgeleert.

Aber diese Worte habe ich gebraucht. Denn ich erkenne die Wahrheit darin: Ray ist nicht gut für mich. Er wird mir das Herz brechen. Genau wie Cole. Und ich sollte es beenden, bevor ich mein Herz an ihn verloren habe. Wenn das überhaupt noch möglich ist.

Ich schüttle sämtliche Gedanken an Ray ab, werfe das Handy im hohen Bogen auf das Sofa schräg hinter mir und konzentriere mich auf das Spiel.

»In Ordnung, also aufgepasst, ich werde mir jetzt die letzte freie Straße holen«, erkläre ich, puste in die Würfel und versuche, das leise Vibrieren meines Smartphones zu ignorieren.

Kapitel Einundzwanzig

RAY

»Alter, was war das für ein krasser Riff? Kannst du den noch mal wiederholen?«

Ich sitze mit den Jungs im Proberaum und habe seit langem mal nicht das Gefühl, als würde ich im nächsten Augenblick ersticken. Stattdessen ist mein Kopf mit Musik erfüllt, die ich nur zu gern auf die Gitarre übertrage. Daher nicke ich Jonas lächelnd zu und wiederhole die Melodie, die mir eben in den Sinn gekommen ist. Es ist anders als alles, was ich bisher komponiert habe, etwas schräg, ein wenig verrückt und definitiv aggressiv, aber richtig genial. Jonas setzt mit dem Schlagzeug ein und hinterlegt die Musik mit einem flotten Rhythmus und es kribbelt in meinem Körper. Am liebsten würde ich aufstehen und sofort dazu tanzen. Auch Alec und Scott stimmen mit ein und es klingt verdammt geil.

Yeah! Endlich habe ich zumindest eine Idee, wie der neue Song klingen könnte, und ich hoffe, dass

Peter bereits hinter der Glaswand sitzt und zuhört. Das wird ihm gefallen. Da bin ich mir sicher.

»Wenn wir gewusst hätten, dass du einfach mal wieder nach Hause musst, um diese beschissene Blockade zu überwinden, hätten wir dich schon vor Monaten zu deiner Mami geschickt!«, witzelt Scott.

Doch mein Magen ballt sich bei diesen Worten schmerzhaft zusammen und die folgende Antwort knurre ich mehr, als das ich sie spreche: »Wenn du noch einmal meine Mom erwähnst, setzt es was, kapiert?«

Scott wirkt völlig unbeeindruckt und sieht mich abwartend an. »Bitte, nur zu – Muttersöhnchen.«

Ich gebe zu, wenn irgendjemand Mom erwähnt, kann ich nicht mehr klar denken. Mein Hirn setzt aus und ich sehe Sternchen, dennoch bekomme ich mit, wie die Gitarre achtlos zu Boden gleitet und ich auf Scott zustürme, um ihn zu verprügeln. Ich will ihm beide Fäuste in seine verflucht grinsende Fresse schleudern, er hat es nicht anders verdient! Doch dann spüre ich Jonas' Hand auf der Schulter.

»Lass gut sein, Mann. Er ist nur neidisch.«

Ich schließe die Augen und atme tief durch. Jonas hat recht. Scott ist ein Idiot. Und er war schon immer eifersüchtig. Auf meine Stellung in der Band. Sogar auf den beschissenen Namen der Band, den ich mir niemals ausgesucht hätte. Doch es ging auch hier, wie so oft, nie um unsere Meinung. Ich sollte mich deshalb nicht aus der Fassung bringen lassen. Nicht wegen Scott. Nicht, wenn mich seit Monaten endlich wieder die Muse geküsst hat.

Aus diesem Grund hebe ich die Gitarre auf,

stimme die Saiten durch und wende mich an die anderen.

»Lasst uns das noch mal wiederholen. In D-Dur, okay?«

Kurz darauf beginnen Jonas und ich zu spielen, während Alec uns auf dem Keyboard mit rhythmisch gespielten Akkorden begleitet. Als schließlich Scott mit etwas Verzögerung am Bass mit einstimmt, kann ich mein Grinsen nicht verkneifen. Ich glaube, wir haben ihn endlich gefunden – den neuen Song von *Ray and the Kings!*

Plötzlich summt die Sprechanlage und Peters Stimme donnert durch das Studio. »Ray! Schwing deinen verfluchten Arsch zu mir! Sofort!«

Die Jungs pfeifen und jubeln und Alec klopft mir auf die Schultern.

»Gratuliere, Mann. Sieht so aus, als hätten wir soeben Peters Zustimmung für den Song bekommen.«

Ich kann gar nicht mehr aufhören zu grinsen und verneige mich vor meinen Bandkollegen. Während ich rückwärts in Richtung Aufnahmeraum laufe, strecke ich die Hände aus und deute auf die Jungs. »Das wird heute Abend gefeiert. Und zwar richtig!«

Mit diesen Worten verlasse ich sie und gehe mit einem euphorischen Gefühl zu Peter. Unser Manager thront in seinem schwarzen Lederdrehstuhl und stiert mit grimmiger Miene auf sein Smartphone. Was mir sofort auffällt, ist, dass der Studioraum auf stumm geschaltet ist. Doch das beachte ich nicht weiter, setze mich ihm gegenüber verkehrt herum auf einen Büro-stuhl und rolle auf Peter zu.

»Der Song ist der Wahnsinn, oder?«, fange ich an.

Allerdings schweigt Peter. Stattdessen erhebt er sich, mustert mich fast schon abfällig und hält mir im Anschluss sein Handy vors Gesicht.

»Kannst du mir das bitte mal erklären?«, fragt er. Seine Stimme klingt gefährlich eisig.

Ich richte mich auf und betrachte das Display.

Plötzlich wird mir speiübel.

Es zeigt ein Foto.

Von mir und Ellie. Am Strand.

Als er mich in den Arm genommen hat. Mein Kopf lehnt an seiner Brust, und unsere Hände liegen aufeinander. Auf mich wirkt es wie eine schlichte, freundschaftliche Umarmung, dennoch lese ich darunter in fetten Lettern die Worte:

Ist Ray Williams etwa schwul?

Gefolgt von einem kleingedruckten Text über mich und mein Leben und der Vermutung, dass ich schon immer nur auf Männer abfahre. Inklusive Berichten von angeblichen Groupies, mit denen ich geschlafen habe, die den Verdacht bestätigen, indem sie erklärten, dass ich mich beim Sex teilnahmslos benommen hätte.

Was für ein Bullshit! Ich schlafe mit niemandem teilnahmslos!

»Ich verlange eine Erklärung, Ray!«, fordert Peter und ich betrachte die eisblauen Augen, die mich aggressiv mustern.

»Er hat mich umarmt, Mann. Was gibt es da zu erklären?«

»Ist dieser«, beginnt Peter und deutet dabei mit angewiderter Miene auf Ellie. »Dieser Kerl hier eine Schwuchtel? Ja oder nein?«

Dieses Wort! Es läuft mir eiskalt über den Rücken und ich muss mich stark konzentrieren, um die geballten Fäuste bei mir zu lassen.

»Ich werde die Frage nicht beantworten, weil es keine verdammte Rolle spielt.«

Peter schlägt mir das Handy aus den Händen. »Und ob das eine Rolle spielt!«, brüllt er und bohrt den Zeigefinger in meine Brust. »Hast du eine Ahnung, wie viele tausend Dollar es mich gekostet hat, die Bildrechte zu kaufen? Damit sie nicht in Umlauf geraten?« Er schüttelt den Kopf und seufzt, als hätte er eine Heldentat begangen. Mir ist immer noch speiübel. »Hast du eine Ahnung, was es für deine Karriere bedeuten würde, wenn herauskommt, dass du schwul bist?«

»Ich bin nicht …«

Peter redet sich in Rage und ich habe keine Chance, irgendetwas einzuwenden. »Verdammt noch mal, Ray! Selbst wenn wir hier in Kalifornien leben – du bist ein internationaler Star. Nicht überall werden Regenbogenflaggen zu sämtlichen Festivals geschwenkt! Du kannst es dir nicht leisten, mit solchen – Hinterladern – gesehen zu werden.« Ich glaube, Peter ist es gar nicht bewusst, wie verletzend seine Worte sind. Und mir wird gerade klar, dass mein Manager noch schlimmer ist, als ich dachte. Was für ein Arschloch! Und ausgerechnet ihm habe ich meine Seele verkauft.

Er hält inne und schenkt mir ein väterliches Lächeln. Ich könnte kotzen.

»Im Ernst, Ray. Du kannst mir glauben, mir persönlich ist es völlig egal, wen du in deiner Freizeit vögelst.« Er lacht kurz auf. »Selbst wenn du auf Tiere abfahren solltest – juckt mich nicht. Solange es privat bleibt.«

»Stellst du gerade Sex zwischen Männern mit perversen, abartigen Vorlieben zu *Tieren* auf eine Stufe? Ist das dein *Ernst?!* Und das wegen einer lächerlichen Umarmung?«

Peter hebt abwehrend die Arme in die Luft und lächelt noch immer dieses verflucht schleimige Protzlächeln. »Ruhig Blut, mein Freund. Wie gesagt, ich verurteile dich nicht. Tu, was du willst. Aber nicht in der Öffentlichkeit. Die Kosten werde ich dir übrigens in Rechnung stellen«, fährt er fort.

»Ich habe ihn *umarmt*!« Oder er mich – wenn man es genau nimmt.

»Ja, und zwar zum letzten Mal außerhalb deiner vier Wände. Haben wir uns verstanden? Es wird keine weiteren intimen Fotos von dir und diesem Ghostwriter geben, ansonsten werde ich rechtliche Schritte gegen dich einleiten. Und glaub mir, das willst du nicht.«

Peters Worte fühlen sich schlimmer an als jede Ohrfeige. Wie ein Faustschlag ins Gesicht. Ich fühle mich sprachlos. Mundtot gemacht. Durch meinen eigenen Manager.

»Übrigens klang die Musik eben gar nicht so übel. Ein bisschen mehr Bumms und wir könnten Albertas neuen Text dazu einbauen. Gut gemacht, Ray. Also los, gleich noch mal!«

Genau die Worte habe ich jetzt noch gebraucht.

Ich atme tief und zittrig durch und schlucke. Dann sehe ich Peter in die Augen. »Fick dich, Mann!« Anschließend stürme ich aus dem Zimmer.

Natürlich begrüßen mich meine Bandkollegen johlend, immerhin denken sie, dass ich soeben die Zusage für unseren neuen Song bekommen habe.

Tja, weit gefehlt.

Ich ignoriere sie alle, schnappe meine Jacke und verschwinde. Denn eines weiß ich sicher, ich werde heute garantiert nichts mehr tun, worin Peter involviert ist.

Als es zum fünften Mal an der Haustür klingelt, drücke ich murrend den Türöffner des Aufzugs.

Wer immer es gewagt hat, mir heute unter die Augen zu treten, wird es in wenigen Sekunden zutiefst bereuen.

Das ›Pling‹ des Aufzugs ertönt und ich stöhne, als ich Jonas darin erkenne. Ich weiß auch nicht, wieso ich innerlich damit gerechnet habe, Ellie zu sehen.

Ellie, der sich nach meiner bescheuerten Nachricht gestern Abend nicht mehr gemeldet hat. Weil ich zu weit gegangen bin. Weil ich zu ehrlich war.

Fuck! Ich war wirklich zu ehrlich. Und verdammt hart, allein bei der Vorstellung, Ellies Mund an meinem … Ich will jetzt nicht daran denken. Absolut nicht.

»Was ist los, Mann?«, fragt Jonas und bringt mich damit zurück in die Gegenwart. Zurück in dieses beschissene Leben.

Ich drehe mich um, ohne ihn zu beachten. »Verzieh dich!«

»Ganz sicher nicht.«

Jonas folgt mir in die Küche und ich spüre förmlich seinen bohrenden Blick, während ich meine Schränke nach Alkohol durchsuche. Denn genau das brauche ich jetzt. Ich muss mich ausschalten, einfach vergessen, wer ich bin. Nur leider finde ich nichts außer einem ungekühlten Bier. Scheiße!

»Alter! Was ist passiert?«

Jonas setzt sich auf die Arbeitsplatte der Küche und mustert mich mit besorgter Miene, doch als ich weiterhin schweige, zuckt er mit den Schultern. »Gut, dann eben nicht. Ich hab Hunger und bestelle uns was beim Asiaten, okay? Außerdem habe ich Bock auf eine Runde F1. Fahr schon mal den Fernseher und die PS5 hoch.«

O nein, das werde ich ganz sicher nicht. Daher stelle ich mich breitbeinig vor Jonas. »Ich werde nicht mit dir reden! Und jetzt hau ab!« Ohne zu überlegen, stoße ich ihn von der Küchenzeile. Er stolpert einige Schritte nach hinten, fängt sich aber schnell wieder und sieht mich auffordernd an. Er stellt sich in Kampfstellung und ballt die Hände zu Fäusten. »Also gut, los – hau drauf! Komm schon, worauf wartest du? Denkst du ernsthaft, du hättest eine Chance gegen mich?«, reizt er mich und plötzlich höre ich im Kopf dieselben Worte aus Ellies Mund. Genau das hat er kurz vor der Pressekonferenz zu mir gesagt. Leider genügt die Erinnerung, um mein Fass zum Überlaufen zu bringen, und ich stürme auf Jonas zu. Ich ramme die Faust in seine Brust, ringe mit ihm, bis wir beide auf dem Boden liegen. Jonas teilt genauso aus und ich keuche auf, als ein Hieb direkt in meinem Magen landet. Autsch! Ich habe vergessen, dass er jahrelang Kampfsport betrieben hat.

Kurze Zeit später sitzen wir beide – völlig fertig und ausgepowert – mit Controllern in den Händen nebeneinander auf dem Sofa und liefern uns ein Kopf-an-Kopf-Rennen. Jonas überholt mich mit seinem Mc Larren und ich fahre kurz darauf gegen die Bande und gehe in Flammen auf.

Während Jonas grölt und lacht, sacke ich zusammen. Dieser Arsch weiß verflucht gut, wie er mich zum Reden bringen kann. Denn ehe ich mich versehe, beginne ich zu erzählen.

»Ich muss eine Vertragsstrafe von dreitausend Dollar bezahlen, weil ein Foto aufgetaucht ist, auf dem Ellie mich umarmt.«

Jonas hält den Blick auf den Bildschirm gerichtet, doch ich merke, wie er die Luft anhält.

»Nur eine Umarmung?«, fragt er und ich nicke grummelnd.

»Dann hast du wohl Glück gehabt, nicht wahr?« Jonas lacht, als hätte er einen Witz gerissen, doch ich fühle mich schon wieder geohrfeigt. Offensichtlich bemerkt er meine Reaktion, beziehungsweise die fehlende Reaktion, denn er hält inne und ich erkenne ein schiefes Lächeln. »Mann, es war nicht zu übersehen, wie es am Wochenende zwischen euch beiden geknistert hat. Und ich will nicht wissen, was sonst noch alles gelaufen ist. Außer einer Umarmung«, fügt er zwinkernd hinzu.

Augenblicklich denke ich an unseren Kuss und ich schließe die Augen und lasse das Gesicht in die Handflächen sinken.

Eine Zeit lang herrscht bis auf das Motorengeräusch im Hintergrund absolute Stille. Doch irgendwann höre ich Jonas' leise Stimme.

»Hast du ein Problem damit, schwul oder bi zu sein?«, fragt er mich.

»Ich bin nicht …! Also … Ich habe keine Ahnung, was ich bin. Gott!«

Es ist das erste Mal, dass ich diese Gefühle offen formuliere, und es fühlt sich einerseits schmerzhaft, andererseits erleichternd an. Vor allem, weil Jonas mich offensichtlich nicht dafür verurteilt. Er beobachtet mich schweigend und ich versuche, meine Gedanken irgendwie zu erklären.

»Es hat nie eine Rolle gespielt, weißt du? Peter wollte, dass ich mit Frauen flirte, also tat ich es. Ich hatte Spaß und gut. Aber Ellie …« Ich sehe ihn förmlich vor mir, sein Lachen, seine Unfähigkeit, Möbel stehen zu lassen, ohne sie anzurempeln, gleichzeitig die Ruhe und Ausgeglichenheit, die er ausstrahlt. Die Art, wie er mich ansieht, wenn er mir zuhört. »Ich habe das Gefühl, dass er *mich* sieht, verstehst du? Mich, einfach nur mich.«

»Und dass er ein Mann ist, ist …?«

»Das ist unwichtig«, beantworte ich Jonas' Frage und beiße mir auf die Zunge. Denn ich denke an Ellies nackten Oberkörper, die vielen Sommersprossen, die muskulöse Brust, die langen, trainierten Beine, und … »Also nein, nicht wirklich unwichtig«, korrigiere ich mich und suche nach den passenden Worten. »Das ist nicht ausschlaggebend. Falls das jetzt irgendwie verständlich klingt.« Ich verstehe mich nämlich selbst nicht.

Jonas allerdings lacht laut auf. »Ja, ich verstehe dich sogar recht gut. Du hast dich in den Menschen verliebt. Und es spielt keine Rolle, welches Geschlecht er hat, oder?«

Ich schlucke und mir wird schlagartig heiß. Habe ich mich in ihn verliebt? In Ellie Waye, den Ghostwriter?

Ich denke an all die Frauen, mit denen ich in den letzten Jahren geschlafen habe. Ich fand sie durchaus attraktiv, keine Frage. Augenblicklich sehe ich das ein oder andere Lächeln vor mir, bezaubernde Augen und ich höre den Klang einzelner Stimmen. Ich habe mit keiner der Frauen teilnahmslos geschlafen – wie die Presse es behauptete. Definitiv nicht. Aber fand ich sie aufgrund ihres weiblichen Geschlechts attraktiv? Keine Ahnung. Und Ellie? Wenn ich allein an sein Lächeln denke, kann ich kaum atmen. Dieses Gefühl kenne ich nicht. Absolut nicht.

Jonas klopft mir auf die Schulter und lacht leise. »So etwas nennt man pansexuell, Alter. Willkommen im einundzwanzigsten Jahrhundert!«

Okay, ich habe offensichtlich eine Bildungslücke. Und lebe hinterm Mond.

Ich bin also pansexuell.

Und ich habe mich verliebt.

In meinen Ghostwriter.

Und was bedeutet das jetzt für mich?

Rein gar nichts. Denn leider werde ich es niemandem erzählen dürfen.

Schon gar nicht Ellie.

Ich stöhne genervt auf und sehe zu Jonas herüber. »Ich hasse mein Leben.«

Kapitel Zweiundzwanzig

ELIAH

Irgendetwas muss passiert sein. Anders kann ich mir diese seltsame Stimmung gerade nicht erklären.

Na gut, Rays vorletzte Nachricht war ziemlich deutlich und ganz sicher nicht jugendfrei. Möglicherweise ist das der Grund, wieso er mir im Moment nicht mal in die Augen sieht. Tja, manche Dinge schreiben sich leicht und man merkt viel zu spät, dass man übers Ziel hinausgeschossen ist. Vermutlich hat er Angst, dass ich ihm bei der nächsten Gelegenheit die Hosen runterziehen werde, um seine Worte in die Tat umzusetzen. Obwohl, wenn es danach ginge, was ich will … ja, er hätte zurecht Angst. Denn diese Nachricht hat mir eine schlaflose Nacht bereitet. Trotz Lindas Mahnungen, ihn zu vergessen, konnte ich nicht damit aufhören, die Zeilen immer wieder zu lesen.

»Ellie?! Die Frage war an dich gerichtet, wärst du so nett, und beantwortest sie dem Herrn?«

Ich zucke zusammen und sehe zu meiner Mom.

Ihr Blick ist ein einziges Warnsignal. »Was? Oh, äh …« Ich versuche, etwas gekünstelt zu lachen, und nicke im Anschluss. »Natürlich. Wären Sie so freundlich und konkretisieren Ihre Frage?«

Peter, Rays Manager, sieht mich einen Augenblick lang mit herablassender Miene an und atmet tief durch. »Was genau ist an der Frage, wie viel Zeit du noch benötigst, zu wenig konkret?«, fragt er betont langsam, als hätte er es mit einem Vollidioten zu tun. Im Moment kann ich es ihm nicht einmal verübeln. Aber ich werde ihm definitiv nicht in den Arsch kriechen. Und mich schon gar nicht entschuldigen.

»Sie ist insofern nicht konkret, da ich nicht weiß, ob Sie von der Rohfassung, von meiner eigenen Überarbeitung oder von den zwei bis drei Durchgängen Lektorat und Korrektorat sprechen.« *Ha! Eins zu null für mich, Peter Vollidiot!*

Er kneift die Augen zusammen und funkelt mich mit finsterer Miene an. Ich frage mich, ob er mich nicht ausstehen kann oder ob er alle Menschen so herablassend behandelt.

»Rohfassung«, lautet die knappe Antwort.

Ich schenke ihm ein Lächeln. »Die werde ich vermutlich in den nächsten zwei Wochen beenden.«

»Noch zwei Wochen? Was zur Hölle schreibst du alles auf?«

»Alles, was wichtig ist«, antworte ich und zeige ihm immer noch ein professionelles Lächeln. *Ja, ich schreibe alles auf — all den Mist, den du von Ray und seinen Kollegen verlangst, alle Lügen über Sonnenuntergänge und Duette, und zusätzlich eine zweite Version mit der Wahrheit, du Arsch!*

Was man nicht alles so denken kann, während man das Gegenüber höflich weiter anlächelt.

»Ich warne dich, Junge! Ich verlange höchst professionelle Arbeit!«

Noch bevor ich auf die unverschämte Drohung reagieren kann, greift Mom ein und legt Peter liebevoll einen Arm auf die Schulter. »Seien Sie unbesorgt, Mister Brown, dieser Mann mag zwar jung sein, doch wir bei Harper Collins wissen, dass er einer der Besten und ideal für den Job geeignet ist. Was halten Sie davon, wenn meine Sekretärin Ihnen unser hausinternes Café zeigt? Trinken Sie einen Cappuccino, essen Sie ein Stück Kuchen. Ich richte Ihnen auch die verschiedenen Papierdrucke her, und Sie entscheiden in aller Ruhe, welche Form für die Biografie infrage kommt. In der Zwischenzeit können Ellie und Ray die weiteren Kapitel planen und im Anschluss führe ich Sie alle durch unsere Verlagsräume.«

Habe ich gerade richtig gehört? Meine Mom behauptet vor Peter und Ray, ich sei einer der besten Autoren? Ich glaube, ich träume. Sie hat sich noch nie zu meinen Arbeiten geäußert. Noch nie! Nicht einmal zu Schulaufsätzen.

Selbst Peters Miene hellt sich während Moms Rede auf und kurze Zeit später hat er einen Arm um ihre Schulter gelegt.

»Das klingt sehr verlockend. Wollen Sie mich nicht ins Café begleiten?«, fragt er mit schnurrender Stimme. Mir wird schlecht. Gott! Und Ray musste mit ansehen, wie er und seine Mom … *Kotz! Würg!* Ich hasse diesen Manager jede Sekunde ein Stück mehr.

Zum Glück ist meine Mom tough. Sie betrachtet

mit hoch erhobenen Haupt Peters Finger auf ihrer Schulter und hebt die Augenbraue an. Dann schiebt sie die Hand fort, als würde es sich um eine fiese Spinne handeln, und lächelt matt. »Nein. Aber vertrauen Sie mir, unser Café wird Ihnen dennoch sehr viel Freude bereiten.« Kurz darauf erscheint auf ihren Fingerzeig Macy, Moms Sekretärin, und begleitet Peter nach draußen.

Sobald die Tür hinter den beiden ins Schloss gefallen ist, stöhnt Mom auf.

»Den wären wir dann hoffentlich eine Zeit lang los. Was für ein …« Sie scheint erst in diesem Augenblick Ray wahrzunehmen, denn sie reißt erschrocken die Augen auf und verzieht die Mundwinkel zu einem halbherzigen Grinsen. »Tut mir leid, Mister Williams. Ich hoffe, es ist in Ordnung, dass ich Ihren Manager fortgeschickt habe. Es ist nur so, bei Männern wie ihm bekomme ich regelmäßig das Übelkeits-Syndrom und in so einem Fall fällt es mir wahrhaft schwer, mein Temperament zu zügeln beziehungsweise den Mund zu halten.«

Ray blickt kurz zu mir und anschließend zurück zu Mom. Dann lacht er so laut und herzlich, dass ich miteinstimmen muss.

»Übelkeits-Syndrom?«, fragt er. Mom zuckt mit den Schultern.

»Ich mag keine Männer, die denken, ihnen gehöre die Welt. Die immer noch glauben, dass eine ordentliche Frau vor dem Herd stehen sollte, da sie keinerlei Ahnung von Business hat.« Sie hebt abwehrend die Hände. »Damit will ich nicht behaupten, dass er kein guter Manager ist. Bitte verstehen Sie mich nicht falsch. Gut möglich, dass er der Beste seines Faches ist.«

Ray presst die Lippen aufeinander und ich schüttle den Kopf. »Ich glaube, du hast uns allen einen Gefallen getan.«

Sie klatscht in die Hände, wobei ihre goldenen Armbändchen leise klirren. »Wenn das so ist, sollten wir mit der Arbeit beginnen. Ellie, starte den Computer und Sie, Ray, können schon mal Platz nehmen. Ich organisiere uns noch schnell Kaffee und Kekse. Das wäre ja gelacht, wenn wir das nur im Café bekommen würden.« Als sie an mir vorbeikommt, bleibt sie kurz stehen und zerzaust mir das Haar. »Bilde dir nur nicht zu viel auf meine Worte ein, Ellie. Ich habe deinen Blick schon wahrgenommen. Du bist gut, aber du könntest besser sein.«

Daraufhin lässt sie Ray und mich allein in ihrem Büro und die Stimmung ändert sich schlagartig. Bei mir, weil ich über Moms Worte nachdenke und mich genauso fühle wie immer, wenn ich mit ihr arbeite: Ungenügend. Ich bin nie gut genug. Sie wird meine Leistungen nie anerkennen.

Warum Ray sich plötzlich anders verhält, kann ich allerdings nicht beurteilen. Er trommelt unruhig mit den Fingerspitzen auf Moms Schreibtisch herum und wackelt gleichzeitig mit beiden Beinen. Fehlt nur, dass er einen Kugelschreiber an- und ausklickt. Ahhh! Ich werde noch wahnsinnig.

»Hör auf! Mann, du machst mich nervös.«

Ray hält inne und schielt zu mir herüber. Dann lächelt er und ich sehe, wie das Grün seiner Augen aufblitzt. »Ich mache dich nervös? Inwiefern?«

Ich glaube, das hat er jetzt falsch verstanden.

»Na ja, nicht auf die Hundertachtzig-Dollar-St.-James-Place-Art«, antworte ich, bezugnehmend auf die letzte Nachricht, die er mir geschickt hat, und ich höre kurz darauf sein dunkles, warmes Lachen, das direkt in mein Herz wandert. Allerdings schweigen wir uns im Anschluss weiter an. Es ist diese kribbelnde, nervöse Art von Schweigen. Die Stille, bei der jeder Muskel angespannt ist, in der Erwartung, dass gleich etwas Großartiges geschehen wird. Dabei sitzen wir bestimmt zwei Meter voneinander entfernt und sehen uns nur an.

Trotzdem wird mir heiß und ich kann kaum atmen. Ja, jetzt fühle ich definitiv die Art St.-James-Place–Nervosität. Denn ich würde ihn gern küssen. Ihm die Klamotten vom Leib reißen und ihn genau hier auf diesem Schreibtisch …

»So, da wäre ich wieder. Ich habe leider vergessen, Sie zu fragen, wie Sie Ihren Kaffee trinken, daher habe ich Kaffeeweißer und Zucker mitgebracht.«

Die Stimme meiner Mom lässt mich aufschrecken und springe von meinem Stuhl auf. Was total dämlich ist, da ich nichts getan habe. Dafür spüre ich jetzt Moms fragenden Blick auf mir und sehe im Augenwinkel, wie sich Ray nervös durch die Haare fährt.

»Alles gut, ich bin bei Kaffee nicht wählerisch«, antwortet Ray mit belegter Stimme und ich verkneife mir ein Grinsen. Lügner! Er trinkt normalerweise nur Cappuccino, mit der doppelten Bohnenstärke und mit einer ganz speziellen Espressobohnen-Sorte. Zumindest hat er das in all den Tagen getan, in denen wir uns getroffen haben.

Doch Mom stellt uns jeweils eine Tasse Kaffee auf den Schreibtisch und betrachtet den noch schwarzen Bildschirm vor uns.

»Äh … Ja, wir wollten nicht ohne dich anfangen«, stottere ich und schalte schleunigst den Computer an. »Lasst uns arbeiten.«

~

»Muss ich mir Sorgen machen?«, fragt mich Mom einige Stunden später, während sie mir gegenübersitzt und konzentriert den Bildschirm betrachtet. Wir wählen momentan geeignete Fotos von Ray aus, die zu den verschiedenen Kapiteln passen könnten. Mit dabei sind Kinderfotos, Babybilder, Fotos seiner Teenagerzeit und Aufnahmen aus der Zeit des Castings. Alle Bilder wurden von Rays Management ausgewählt, ohne dass Ray Einfluss darauf nehmen konnte, was Ray mir mit einem mürrischen Blick und einem Schulterzucken erklärt hat. Zudem ist für diese Woche ein weiteres Shooting angesagt, das Ray in verschiedenen Lebenssituationen darstellen soll: Am Strand, im Wald, auf der Suche nach Inspiration für neue Songs, und sogar auf einem Schrottplatz – weiß der Geier warum. Ich habe nur kurz das Tagesprogramm gelesen und mir wurde schon schwindelig dabei. Und wieder frage ich mich, wie Ray das alles aushält. Es muss doch ein schreckliches Gefühl sein, ständig wie eine Marionette von einem Ort zum nächsten geschubst zu werden, um nur das zu tun, was andere verlangen.

»Ellie?«

»Was?«, frage ich und deute mit dem Finger auf

ein Foto von Ray, wie er auf der Bühne der Great American Music Hall steht, und gemeinsam mit Alec in Richtung Publikum in die Luft springt. »Das Bild hier ist der Hammer! Das nehmen wir für das Bandkapitel als Doppelseite, was denkst du?«

Allerdings betrachtet Mom nicht das Foto, sondern mich. Ihre Lesebrille ist weit auf die Nasenspitze heruntergerutscht und ihr Blick wirkt skeptisch, während sie die stark geschminkten Augen zusammenkneift.

»Was läuft da zwischen euch?«

Eigentlich ist es zwecklos, den Ahnungslosen zu spielen, da ich bereits jetzt meine roten Ohren glühen spüre. Dennoch zucke ich mit den Schultern und bemühe mich um einen fragenden Ausdruck. »Wovon sprichst du?«

»Eliah Waye. Denkst du wirklich, ich würde nicht merken, wie du ihn ansiehst? Also kläre mich bitte auf, bevor ich am Ende Schwierigkeiten mit seinem Management bekomme: Schlaft ihr miteinander?«

»Gott, Mom!« Ich erleide einen Hustenanfall und öffne die oberen Knöpfe meines Hemdes, als würde ich somit mehr Luft bekommen. Mom interpretiert die Geste jedoch falsch, denn sie sieht mich erschrocken an.

»Weiß dieser Peter etwa Bescheid? Ist das der Grund dafür, wieso er dich wie Dreck behandelt?«

Immerhin ist es ihr aufgefallen, aber … »Was? Nein! Er … Ich …« Wie ich solche Gespräche hasse. Besonders mit meiner Mutter. »Wir schlafen nicht miteinander«, bekomme ich dann doch noch heraus. Aber ihrem Blick zufolge glaubt Mom mir nicht.

Plötzlich spüre ich Wut in mir aufsteigen. Auf Peter, auf Mom und auf diese gesamte Situation. »Aber weißt du was, Mom?«, frage ich und merke, dass ich laut werde. »Selbst wenn – was wäre dabei? Muss ich mich wirklich vor dir rechtfertigen, mit wem ich schlafe? Denkst du etwa, ich würde deshalb schlechter schreiben?«

Mom richtet ihre Brille und sieht mich durchdringend mit ihren himmelblauen Augen an – derselbe Blick, mit dem mich Linda oft genug ansieht, bevor sie mich wegen Kleinigkeiten zur Sau macht. Mom antwortet mit ruhiger, aber deutlicher Stimme. »Ich glaube, dass dieser Peter Brown ein homophobes Arschloch ist und sowohl Ray als auch dir – und somit unserem Verlag – die Hölle heiß machen wird, sollte herauskommen, dass ihr beide …«

»Da läuft nichts!«, unterbreche ich sie und schlucke das kleine Wörtchen »leider« hinunter. Immerhin entspricht das der Wahrheit. Also fast. Abgesehen von diesem einen, wunderschönen Kuss. Oder den St.-James-Place-Nachrichten. Und dem Knistern, das ich jedes Mal fühle, wenn er in meine Nähe kommt. Denn irgendwo, tief in mir, weiß ich, dass es die Wahrheit ist – zwischen uns wird nichts laufen. Ray Williams wird sich niemals in mich verlieben!

Plötzlich spüre ich Moms feingliedrige Finger an der Wange und ich erkenne ein mitfühlendes Lächeln – eine Seltenheit.

»Was ist denn aus dir und diesem … Connor geworden?«, fragt sie und schon zerplatzt die schöne

Blase, in der ich das Gefühl hatte, sie würde sich tatsächlich für mich interessieren.

»Cole, Mom. Er heißt Cole.«

Mom winkt ab, als wäre dieser kleine Fehler unbedeutend und sieht mich abwartend an. Ich seufze.

»Es ist kompliziert«, antworte ich und versuche, die Tatsache zu ignorieren, dass Cole sich seit seinem fordernden Kuss neulich bei mir zu Hause nicht mehr gemeldet hat. Vermutlich spannt ihn Katie zu sehr ein.

»Ach Liebling, du hast einfach ein zu großes Herz. Daran wirst du noch zugrunde gehen.« Sie hebt die Schultern an und deutet auf sich selbst. »Siehst du, aus diesem Grund bleibe ich alleine. Ich schlafe, mit wem ich will, wann ich will, und wie ich will, und lasse das Herz genau dort, wo es ist. Gut verschlossen in meiner Brust. Das Leben ist auf diese Weise so viel einfacher, glaube mir.«

Ich starre stur geradeaus ins Nirgendwo. Das. Will. Niemand. Hören! Ich bezweifle, dass es auf dieser Welt auch nur einen Menschen gibt, der sich für das Sexualverhalten seiner Eltern interessiert. Wie soll ich jemals diese Bilder aus meinem Kopf bekommen?

»Außerdem kann man sich so auf die wirklich wichtigen Dinge konzentrieren«, fügt sie hinzu, als würde sie meine abwesende Haltung nicht interessieren, und deutet auf den Bildschirm. »Hierauf zum Beispiel. Im Ernst, Ellie. Der Text ist zwar gut geschrieben, aber irgendwie … langweilig. Ich meine, welches Mädchen wünscht sich denn heute noch ein Duett im Sonnenuntergang?«

Tja, laut Peter Brown etwa die Hälfte der Weltbevölkerung. Einen Augenblick lang überlege ich, Mom mein zweites Dokument zu zeigen. Einfach, um ihr zu beweisen, dass ich sehr wohl spannend und dramatisch schreiben kann. Doch ich bringe es nicht übers Herz. Es würde sich wie ein Verrat gegenüber Ray anfühlen. Ray, der selbst gar nicht weiß, was ich da geschrieben habe.

Nein, ich kann ihr das nicht zeigen. Selbst wenn sie bis in alle Ewigkeit denkt, ich wäre der Zweite-Klasse-Autor, für den sie mich sowieso hält.

»So hat er es mir erzählt«, antworte ich daher etwas verzögert.

Mom kaut auf ihrer kirschroten Unterlippe herum und seufzt. »Langweiliges Leben. Aber was soll's. Übrigens: Hat dir Macy schon den Thanksgiving-Termin mitgeteilt?«, wechselt sie das Thema und ich halte die Luft an.

Thanksgiving! Der Tag, an dem Ray und Cole bei mir zu Hause auftauchen. Das ist in zwei Tagen. Hilfe! Wie soll ich das nur überleben? Und was zur Hölle will Mom andeuten?

»Äh, nein?«

»Sie hat nichts gesagt? Wozu hat man eine Sekretä-rin, wenn man doch alles selbst erledigen muss? Verflucht!«, schimpft sie und sieht mich im Anschluss ernst an. »Sieben Uhr, bei mir zu Hause. Mit Linda und meinem Liebling Dylan natürlich.«

Ich atme gedehnt aus. Zum einen, weil ich sehr wohl gemerkt habe, wie schlimm es für Mom ist, dass sie mich persönlich zu Thanksgiving einladen muss. Zum anderen … »Äh, also das ist so … Wir haben an Thanksgiving schon ein paar Leute zu uns nach Hause eingeladen. Und so, wie ich Rob kenne, kümmert er sich längst um das Menü.« Das würde er sicherlich, wenn ich ihm gesagt hätte, dass wir dieses Jahr Besuch bekommen.

Wir waren noch nie diese typisch amerikanische Thanksgivingfamilie. Was auch erklärt, warum ich Moms Einladung äußerst seltsam finde.

Ihre Mundwinkel zucken leicht, doch ich kann nicht beurteilen, ob das ein Lachen oder eine verärgerte Miene darstellen soll. Dann hebt sie die Schultern an und winkt ab.

»Dann komme ich eben zu euch. Aber sieben Uhr! Vorher kann ich nicht. Und jetzt solltest du gehen, mein Pilatestrainer kommt in zehn Minuten.«

Ich sitze völlig erstarrt vor Mom und wiederhole ihre Worte im Geiste.

Thanksgiving zu Hause. Mit Mom? Nein, korrigiere – mit Cole, Ray und MOM?

Das ist gar nicht gut. Absolut nicht.

Scheiße! Scheiße! Scheiße!

»Ellie?! Ich habe gleich einen Termin!« Mom fuchtelt mit den Händen vor meinem Gesicht herum und ich atme tief durch.

Klar. Pilatestrainer. Oder was auch immer er mit ihr trainieren will.

Ich zwinge mich zu einem kurzen Lächeln und nicke ihr verkrampft zu. Als ich aufstehe und zur Tür eile, sehe ich hinter der Glastür ihres Büros einen durchtrainierten, bestimmt zwanzig Jahre jüngeren Kerl in Yogahosen, der Mom durch die Scheibe hindurch ein verführerisches Lächeln zuwirft, und ich beiße mir auf die Zunge.

»Sieben Uhr, bei uns. Freue mich. Viel Spaß

beim … Training.«

Mit diesen Worten verlasse ich sie, ignoriere ihr herzliches Lachen, mit dem sie den Trainer empfängt und versuche, den Knoten in meinem Herzen irgendwie zu lösen.

Eine Thanksgiving-Feier zusammen mit Mom, meinem Ex und dem Mann, in den ich mich verliebt habe. Der mich nicht liebt.

Gott! Das kann nicht gut enden.

Kapitel Dreiundzwanzig

RAY

»Sehr schön, Ray. Und jetzt zeig mir dein Verführergesicht. Na los! Ahhh, da geht doch noch ein bisschen mehr, oder? Perfekt. Sieh direkt in die Kamera! Ja, o ja! Das ist heiß!«

Nein, *mir* ist heiß. Und zwar schon gut zwei Stunden lang. Die Scheinwerfer blenden seit geraumer Zeit meine Augen, ich kann kaum noch blinzeln und das verdammte Öl klebt unangenehm am Körper. Natürlich soll es so aussehen, als wäre ich direkt aus der Dusche gekommen, die Wassertropfen perlen quasi an dem glänzenden Oberkörper ab. Leider ist das Ding hinter mir eine Attrappe, denn ich würde zu gern richtig duschen und das ganze Zeug von mir runter waschen.

Ein flüchtiger Blick auf die Uhr am anderen Ende des Fotostudios zeigt mir leider die ernüchternde Wahrheit. Sie lautet, dass es nicht mal Zeit für die Mittagspause ist. Danach folgen Außenaufnahmen am

Strand, auf einem Schrottplatz und im Wald. Ich habe längst aufgehört, zu fragen, aus welchem Grund ich für eine Biografie Fotos von mir auf einem Schrottplatz benötige. Peter meinte, solche Bilder wollen die Damen sehen. Das seien Fotos, die sie sich an ihre Zimmerwände pinnen. Leider hat es überhaupt keinen Zweck, ihn darüber aufzuklären, in welchem Jahrhundert wir leben und dass die Zeit der Poster längst zu Ende ist.

»Ray, Schatz? Wo sind nur deine Gedanken? Dieser Blick ist alles, nur nicht sexy.«

Tja, beim Gedanken an Peter fällt es mir recht schwer, sexy auszusehen. Ich lenke meine Aufmerksamkeit zurück auf Rodrigues, den Fotografen. Er hält die Kamera mit dem überdimensionalen Objektiv darauf in seine Hüfte gestemmt und schüttelt missbilligend den Kopf, wobei die schulterlangen, mit leuchtend grünen Extensions versehenen Haare wie in einer Werbung hin und herschwingen. Ich liebe diesen Fotografen. Abgesehen davon, dass er, rein optisch gesehen, eigentlich vor die Kamera gehört, ist er ein absoluter Profi seines Fachs. Ich habe schon mit einigen Fotografen zusammengearbeitet – Rodrigues ist der Beste. Doch nun seufzt er und legt sein Werkzeug zur Seite.

»Okay, Schätzchen. Was bedrückt dich?«

»Was?«

»Du siehst traurig aus. Und obwohl ich diesen melancholischen Blick liebe, passt er hier definitiv nicht ins Setting. Raus mit der Sprache: Was ist los?«

Ich schlucke. Was mich bedrückt? Ich schätze mal alles. Mein Leben. Die Tatsache, dass mir noch eine

Woche bleibt, um einen passenden Songtext für meine Melodie zu schreiben, damit ich Albertas beschissenen Text verbrennen kann.

Mich bedrückt Peter, der seit dem Bild von Ellie und mir jeden Tag Updates meines Tagesablaufs bekommen will – inklusive Fotos.

Oder dass morgen Abend die Thanksgiving-Party steigt und ich verdammt noch mal nicht weiß, wie ich es anstellen soll, Ellie mit Cole zu verkuppeln, ohne selbst dabei draufzugehen.

Außerdem bedrücken mich meine eigenen Gefühle für Ellie, die ich niemals zulassen darf. Aber das alles sage ich nicht. Natürlich nicht.

»Nichts. Ich bin etwas müde«, antworte ich stattdessen.

Ich habe keine Ahnung, ob Rodrigues diese Lüge erkennt, denn er mustert mich eine Zeit lang und nickt schließlich.

»Na gut, dann machen wir eine kurze Pause. Ich hole dir einen Cappuccino. Aber wehe, du fasst dieses wunderschön gestylte Sixpack – diesen Tempel! – an!« Er deutet auf meinen nackten Oberkörper, leckt sich dabei über die Lippen und ich grinse breit. Es ist nicht das erste Mal, dass er mich anhimmelt, aber das ist okay. Ich weiß, wie er es meint. »Sonst müssen wir noch mal in die Maske«, fügt er hinzu und dreht sich um. »Betty, schmeiß die Kaffeemaschine an! Und kannst du mir einen Donut bringen? Mit der veganen Vanillefüllung bitte! Und … Halloooo, wer bist du denn? «

Die letzten Worte schnurrt er beinahe und als ich dem Blick des Fotografen folge, sehe ich Ellie im

Türrahmen des Studios stehen. Stimmt ja, ich habe ihn eingeladen, damit er weiter brauchbare Informationen sammeln kann. Zumindest lautete so meine offizielle Formulierung. Ehrlich gesagt wollte ich einfach nur Zeit mit ihm verbringen und ich weiß jetzt schon, dass mir die restlichen Stunden wesentlich mehr Freude bereiten werden.

Ellie schenkt Rodrigues ein breites Lächeln und deutet im Anschluss auf mich.

Nachdem ich den Cappuccino brav ausgelöffelt habe, wie Rodrigues es mir befohlen hat, damit ich ja nicht mein Make-up ruiniere, stehe ich nun zum gefühlt hundertsten Mal vor der Duschkabine und streiche mir die vermeintlichen Wassertropfen aus den Haaren. Nur sitzt diesmal Ellie direkt neben Rodrigues. Und allein seine Anwesenheit erinnert mich an die Worte, die er in Obispo zu mir sagte. Ich erinnere mich an den Blick der goldbraunen Augen, als er von den Männern aus der Parfumwerbung sprach. Und mich damit meinte. All die anderen Leute, die noch im Studio herumlaufen, um für die perfekten Lichtverhältnisse, Wind, und so weiter zu sorgen, blende ich aus. Ich konzentriere mich nur noch auf ihn.

»Jaaaa! Gott, Jaa, das ist es! Ray, Ray! Ray! Ist er nicht göttlich? Sieht er nicht hinreißend aus?! Das ist Sex pur!« Rodrigues jubelt und kneift Ellie in die Seite und selbst aus dieser Entfernung erkenne ich die Grübchen in den rötlichen Wangen, als er lächelt. »Du stimmst mir zu, nicht wahr? Du weißt, wovon ich spreche?«, fragt Rodrigues weiter, während er dazwischen immer wieder Fotos schießt.

Plötzlich betrachte ich ihn genauer. Er zwinkert

Ellie zu, der ihm im gleichen Augenblick ein verführerisches Lächeln schenkt. Flirtet mein Fotograf etwa gerade mit Ellie? Und das vor mir?

Ich bin so perplex, dass ich Ellies Antwort überhöre, doch Rodrigues' Reaktion gefällt mir noch weniger.

»O ja, ich wusste, dass du mich verstehst. Gott, was würde ich dafür geben, dieses schwarz-graue Outfit auszutauschen. Ein bisschen mehr Farbe, etwas Grün, ein wenig Glitzer. Du könntest so heiß aussehen.«

Mir wird schlecht. Außerdem sieht Ellie in dunklen Klamotten genau richtig aus. Glitzer? Das geht gar nicht. Und – Hallo?! Das hier ist *mein* Shooting!

»Du findest, ich *könnte* heiß aussehen? Das ist verdammt schade«, kontert Ellie und ich verkneife mir ein zufriedenes Grinsen. »Dabei dachte ich immer, es kommt auf die inneren Werte an.«

Rodrigues legt die Kamera zur Seite und neigt sich ganz nah zu ihm. »Glaube mir, Schätzchen. Ich könnte mit ein paar wenigen Handgriffen genau diese inneren Werte so hervorkitzeln, dass selbst unser Sexgott hier drüben vor Neid erblassen würde. Du hast dieses gewisse Etwas.« Er streift mit dem Zeigefinger Ellies Gesicht entlang und zwinkert ihm dabei vielsagend zu.

Okay. Ich weiß ja, dass Rodrigues immer mit allen Personen flirtet, die in seiner Nähe sind, aber das hier muss aufhören! Und zwar sofort. Deshalb stehe ich auf und gehe auf die beiden zu.

»Das würde ich gerne sehen«, mische ich mich mit meinem typischen, professionellen Lächeln ein und deute auf Ellie, der augenblicklich erbleicht.

»Was?«, fragt er und ich neige andeutungsweise den Kopf in die Richtung der Duschattrappe.

»Mich vor der Kamera? Vergiss es!«

Doch Rodrigues hat offensichtlich Feuer gefangen und klatscht begeistert in die Hände.

Allerdings funkelt mich Ellie weiterhin an, als hätte ich ihn gerade zum Nachsitzen verdonnert. »Nur über meine Leiche.«

»Du solltest dir das Angebot gut überlegen, Liebling. Vertrau mir. Normalerweise fotografiere ich nur die High Society von Kalifornien. Und mein Terminkalender ist für die kommenden drei Jahre ausgebucht. Ausnahmen mache ich nur für ganz besondere Leckerbissen.«

Ich hoffe, niemand hört das Knurren, das ich gerade von mir gebe. Ellie ist kein Leckerbissen, den man sich einfach nehmen kann! Er ist mein Ghostwriter! Und mein … Mein … Mein Was-weiß-ich!

»Wir müssten jedoch unsere Mittagspause dafür opfern, Ray-Liebling. Wäre das in Ordnung?«

Ellies Gesichtsfarbe wechselt von bleich zu dunkelrot und der Blick, den er mir und Rodrigues zuwirft, wirkt mehr als nur gefährlich. Wütend. Energiegeladen. Und er kommt gerade direkt auf mich zu.

Ich könnte schwören, dass er kurz davor ist, mir eine reinzuhauen. Warum mir trotz dieses Blickes der Atem stockt, kann ich nicht erklären. Ich schlucke und presse die Lippen aufeinander, um irgendwie dieses Kribbeln in mir zu vertreiben.

»Ich werde garantiert nichts Grünes tragen. Und kein Glitzer. Kapiert?«

War das gerade eine Zustimmung? Offensichtlich

schon, den Rodrigues klatscht erneut in die Hände und kommandiert im Anschluss seine Crew herum, die passenden Utensilien für Ellie zu besorgen.

»Das wirst du mir noch büßen, du Arsch!«, zischt Ellie mit wütender Miene.

Ich schenke ihm ein breites Grinsen und zucke hilflos mit den Schultern. »Erstens ist es eine ideale Möglichkeit, in meine Rolle hineinzufühlen, findest du nicht? Und zweitens ist Rodrigues wirklich der Beste vom Fach. Die Chance sollte sich niemand entgehen lassen.«

Und drittens kann ich es kaum erwarten, dich vor der Kamera zu sehen. Denn davon könnte ich mir vermutlich wirklich ein Poster an die Wand hängen. Ins Schlafzimmer. Direkt über meinem Bett.

Mist! Ich bin so was von am Arsch.

Kapitel Vierundzwanzig

ELIAH

Ich hasse ihn.

Ich hasse ihn wirklich. Aus ganzem Herzen.

Außerdem ist mir heiß. Und der verdammte Pinsel kitzelt auf der Nase. Wieso brauche ich überhaupt so viel von diesem – was auch immer das für ein Puder ist – im Gesicht? Hat dieser Starfotograf nicht eben noch gemeint, ich wäre natürlich wunderschön? Mit Natur haben die fünf Kilo Make-up nichts mehr zu tun.

Zumindest werde ich meine Kleidung anlassen. Nach einigen hitzigen Diskussionen einigten wir uns darauf, dass ich das dunkle Hemd aufgeknöpft tragen darf. Denn nachdem Rodrigues die unzähligen Sommersprossen entdeckt hat, sprang er kreischend auf, bezeichnete mich zum wiederholten Mal als wahre Naturschönheit und fragte mich, ob ich Interesse an einer Modelkarriere hätte.

Äh. Nein.

Sicher nicht.

»Du siehst so aus, als wärst du beim Zahnarzt, der dir drei Zähne gleichzeitig aufbohrt«, höre ich Rays amüsierte Stimme, der an meiner linken Seite erscheint.

Ich rümpfe die Nase, um das blöde Kitzeln zu vertreiben. Inzwischen ist eine andere Dame dabei, mir eine halbe Tube Gel ins Haar zu schmieren, und ich seufze genervt.

»Ob du's glaubst oder nicht: Ich würde gerade jeden Zahnarzttermin vorziehen.«

Rays dunkles Lachen erfüllt den Raum. »Tja, und jetzt stell dir vor, genau diese Prozedur vor jedem verdammten Auftritt durchzustehen.«

»Augen auf bei der Berufswahl, würde ich da sagen. Ahh! Das reicht doch langsam, oder?«

Bevor die Stylistin mir eine weitere Handvoll Gel in die Haare schmiert, stehe ich auf und betrachte mich im Spiegel.

Krass! Ich hätte gedacht, dass ich mich nicht wiedererkennen würde. Dass ich wie ein Papagei aussehe, der in den Farbtopf gefallen ist.

Stattdessen sehe ich fast natürlich aus. Meine Wangenknochen sind betonter, die Haare zerzaust, als käme ich aus der Dusche – das hätte ich zwar auch ohne Haargel geschafft, aber ich muss zugeben, dass es mir gefällt. Irgendwie.

»Oh. Mein. Gott. Du siehst göttlich aus, Schatz! Und wehe, du langst dir ins Gesicht! Hände weg, und zwar sofort!«

Bevor mir der Fotograf noch auf die Finger klopft, lasse ich schnell die Hand sinken und fange im Spiegel Rays Blick ein. Er wirkt dunkel und gefährlich. Ich kann mir nicht erklären, wieso ich auf einmal meinen eigenen Herzschlag so überdeutlich wahrnehme.

»Na los, worauf wartest du? Wir haben nicht ewig Zeit. Ich habe das Setting ein wenig abgeändert. Setze dich auf diesen Barhocker, die Knie ganz angewinkelt. Nein, nein! Nicht so!«

Rodrigues eilt mir nach, dreht den schwarzen Hocker auf die Seite und winkelt meine Beine an. An seiner Mimik erkenne ich, dass er gerade dabei ist, in der Kunst seiner eigenen Welt zu versinken. Genau wie Ray, wenn er eine Gitarre hält. Ich bin nur noch das Element, das er perfekt in Szene setzen muss. Selbst als er seine Hände auf meine Oberschenkel legt, um sie in den richtigen Winkel zu bewegen, spüre ich, dass das nichts mehr mit dem Flirten von vorhin zu tun hat. Und ich begreife allmählich, was Ray damit gemeint hat, als er sagte, er sei der Beste.

Inzwischen kniet er zwischen meinen Beinen und betrachtet mich mit konzentrierter Miene. Dann schüttelt er den Kopf.

»Nein, das Hemd wirft Schatten auf die Sommersprossen. Das sieht aus dieser Perspektive nicht gut aus. Kannst du es ausziehen? Oder … Nein, bleib so, wie du bist! Ich hole die Kamera. Dann knöpfst du es auf. Warte hier, Schätzchen! Nicht bewegen, hast du verstanden?«

Ich wage es kaum zu atmen, und sehe ihm nach, wie er eilig ans andere Ende des Studios springt und ein neues Objektiv auf die Kamera schraubt. Neben ihm sitzt Ray, doch als ich ihn ansehe, erstarre ich.

Er wirkt wütend. Richtig wütend.

Obwohl er die Hände in den verschränkten Armen

versteckt hält, sehe ich die geballten Fäuste. Gleichzeitig wackelt er wieder nervös mit beiden Beinen hin und her. Er sieht so aus, als stünde er kurz davor, auf jemanden einzudreschen. Nur warum?

Hat er etwa eine Mail von Peter bekommen, die ihm die Laune verdorben hat? Ist irgendetwas mit seiner Mom? Oder mit der Band?

»So, da wäre ich wieder, mein Hübscher. Sieh zu mir, ja? Okay. Und wenn ich es dir sage, stehst du auf, knöpfst das Hemd auf und wirfst es im Anschluss hinter dich. Dabei bleibt dein Blick auf mich gerichtet, verstanden?«

Ich folge Rodrigues' Anweisungen und versuche, alles richtig zu machen. Kamerablick, langsame Bewegungen, aufstehen, bloß nicht stolpern. Nicht hinfallen. In die Kamera sehen, an Ray denken, Hemd aufknöpfen. Weiter an Ray denken.

»Ja! Genau diesen Blick will ich einfangen! Ellie Waye! Du bist ein Naturtalent! Und die Sommersprossen! Jaaa, lass das Hemd einfach fallen. Perfekt! Und jetzt komm auf mich zu. Arme nach oben, verschränke sie über dem Kopf, zeig mir deinen Bizeps! Yeah, Baby!«

Hilfe! Ich kann nicht mehr. Ganz im Ernst, ich hätte nie, niemals gedacht, dass es so anstrengend sein kann, ein paar Fotos zu knipsen. Aber es ist verdammt hart. Für mich zumindest. Und wieder frage ich mich, wie das Ray nur schafft. All diese Termine, der ganze Druck, überall perfekt zu wirken, nur weil man Musik machen möchte?

Seitdem Rodrigues Fotos von mir auf einem Bett mit schwarzen Satinlaken macht, läuft Ray wie ein wild aufgescheuchtes Tier im Studio herum. Keine Ahnung, welche Laus ihm über die Leber gelaufen ist, aber ich kann mich kaum noch auf Rodrigues und vor allem auf die Kamera konzentrieren. Geschweige denn darauf, irgendwie verführerisch zu wirken.

Doch bevor ich Ray drauf ansprechen kann, steht er selbst vor uns und knurrt: »Seid ihr jetzt fertig? Immerhin haben wir noch das Außenshooting vor uns und ich möchte heute noch Feierabend machen.«

Ray ist stinksauer. Das haben wohl alle kapiert. Nur warum?

Rodrigues lässt die Kamera sinken und seufzt. »Ach Liebling, ich weiß, du kannst mit der Ästhetik eines Mannes nicht viel anfangen, aber das hier«, er deutet auf mich und seufzt erneut, »ist die pure Schönheit. Es bedeutet Leidenschaft, Sehnsucht, Liebe. Dein Ghostwriter hat so viel Talent. Die Bilder sehen sogar ohne Nachbearbeitung einfach atemberaubend aus. Sieh her.«

Er scrollt auf dem kleinen Bildschirm der Kamera herum, zeigt Ray die letzten gefühlt hundert Fotos von mir und ich betrachte währenddessen seine Mimik. Er hat die Unterlippe eingezogen und ich sehe, wie er darauf herumkaut. Sein Blick flattert von der Kamera zu mir herüber und ich erkenne noch immer Wut darin.

»Das hier. Das ist ein Traum, oder?«, fragt der Fotograf weiter, doch Ray zuckt nur mit den Schultern.

»Ein halbnackter Kerl, der sich auf einem Laken räkelt. Was soll ich dazu sagen?«, meint er mit gelangweilter Miene, und ich fühle mich, als hätte er mir die noch immer geballte Faust direkt in den Magen gerammt.

Es war klar, dass ihm das nicht gefallen wird. Er steht auf Frauen. Blonde Frauen, mittelgroße Brüste, schlanke Taille, lange Haare – wenn man seinem Instagram-Account Glauben schenken darf. Verflucht! Wieso vergesse ich das jedes Mal aufs Neue?

»Banause«, antwortet Rodrigues beleidigt, doch ich erhebe mich aus dem Bett und hole das Hemd, das neben mir auf dem Boden liegt. Dabei bemühe ich mich, Rays Blick auszuweichen. Er soll nicht sehen, wie sehr mich diese Worte getroffen haben. Sie hätten mich gar nicht erst treffen dürfen. Mann!

»Ray hat recht. Ich halte euch nur auf. Ich kenne ja seinen Terminkalender«, sage ich und knöpfe das Hemd zu. Dann schenke ich dem Fotografen ein ehrliches Lächeln. »Ich danke dir für das Shooting. Ich hätte zwar niemals gedacht, dass ich das sagen werde, aber es hat mir wirklich Spaß gemacht.«

Rodrigues strahlt mich an und küsst mich auf beide Wangen. »Die Freude lag ganz meinerseits. Wir können das von mir aus liebend gern wiederholen. Gerne auch im privaten Umfeld, mit einem Gläschen Wein«, antwortet er und zieht mich noch näher an sich. »Außerdem brenne ich darauf, zu erfahren, wie du es geschafft hast, Ray Williams eifersüchtig zu machen. Denn das, Liebling, habe ich noch nie erlebt«, flüstert er in mein Ohr und zwinkert mir anschließend zu. Mir entgleisen die Gesichtszüge.

Ray ist …?

Nein.

Allerdings wirkt er im Moment so, als wollte er den

Fotografen aufspießen. Aber das würde ja bedeuten, dass …

»Wir sehen uns, Ellie«, unterbricht Ray meine Gedanken und wendet sich sofort ab. Als wäre ich unwichtig. Nicht seiner würdig. Augenblicklich verebbt das Kribbeln in meinem Bauch und ich schlucke.

Nein, Rodrigues mag ein guter Fotograf sein, doch seine Menschenkenntnis ist unterirdisch. Ray ist nicht eifersüchtig. Ganz sicher nicht. Er hat nur keinen Bock darauf, noch mehr Zeit zu verschwenden. Wegen mir. Und lächerlichen Fotos von mir.

»Viel Spaß noch«, rufe ich in die Runde und verlasse das Studio. Immerhin habe ich jetzt ein paar Stunden freie Zeit, um die restlichen Kapitel zu schreiben. Ohne Ray. Ohne Herzklopfen. Und ohne falsche Hoffnungen.

Kapitel Fünfundzwanzig

RAY

Ich will das ganze Theater absagen. Im Ernst. Ich kann das nicht. Allein wenn ich daran denke, in weniger als einer Stunde zusammen mit dem Idioten Cole an einem Tisch zu sitzen und zu versuchen, ihn in Ellies Arme zu spielen, wird mir schlecht. Nein, nicht schlecht. Ich würde ihm am liebsten jetzt schon die Faust ins Gesicht rammen und ihm jeden einzelnen weiß polierten Zahn ausschlagen.

Wieso habe ich Ellie das nur angeboten? Ich bin ein Masochist. Das ist die einzige vernünftige Antwort, die mir dazu einfällt.

Zum gefühlt tausendsten Mal hole ich mein Handy hervor und scrolle durch die Fotos, die Rodrigues mir geschickt hat. Ich musste ihm versprechen, sie an Ellie weiterzuleiten, und irgendwann werde ich das bestimmt tun. Doch jetzt will ich sie einfach nur ansehen.

Anhimmeln. Als wäre ich ein pubertierender,

verliebter Teenager. Der gerade kapiert hat, dass er sowohl Frauen als auch Männer anziehend findet. Zumindest diesen einen Mann. O ja, definitiv diesen einen Mann.

Ellie, ein Bein abgewinkelt, auf dem schwarzglänzenden Stoff im Bett, die Arme hinter dem Kopf verschränkt und dazu dieser Blick …

Ellie, die Ellenbogen auf die Knie abgestützt, den Kopf schiefgelegt und dieses schüchterne Lächeln dazu …

Ellie, der das Hemd aufknöpft.

Ellie, der an der Gürtelschnalle der Jeans herumspielt und sich gleichzeitig auf die Unterlippe beißt. Ich bin verloren.

Natürlich hatte Rodrigues recht. Ellie ist, zum Ersten, ein wahres Naturtalent, und, zum Zweiten, wahnsinnig attraktiv. Unglaublich attraktiv. Aber er ist mehr als das. Viel mehr.

Er ist herzlich, gefühlvoll, bringt mich immer wieder zum Lachen, aber er lässt mich auch weinen, ohne dass ich mich schlecht dabei fühle. Er hört mir zu. Einfach so, ohne etwas zu erwarten. Er hält mich fest. Er ist einfach er selbst und gibt mir das Gefühl, dass ich es auch sein darf – einfach nur ich selbst. Als wäre ich genug. Als wäre ich es wert.

Noch einmal betrachte ich das Foto von Ellie auf dem Bett und ich spüre die Enge in meiner Jeans. Ich schwöre, wenn Rodrigues nur ein einziges, weiteres Foto von ihm gemacht hätte, hätte ich die Beherrschung verloren. Ich stand kurz davor, das gesamte Team aus seinem eigenen Studio zu verbannen, um den Anblick alleine zu genießen. Ich schätze, ihm war nicht bewusst, was er mir damit angetan hat. Wenn ich ehrlich bin, war es mir bis zu diesem Zeitpunkt nicht einmal selbst bewusst, was dieser Anblick in mir auslösen würde. Ich meine, hätte mir jemand vor ein paar Wochen erklärt, dass ich auf einen Mann abfahren würde, ich hätte ihm laut ins Gesicht gelacht. Und jetzt? Jetzt bin ich nicht nur scharf auf ihn, sondern habe mich verdammt noch mal verliebt. In ihn. Ellie Waye. Den Mann, der sich grundsätzlich am ersten Schluck Kaffee verbrennt. Der gegen sämtliche Möbel stößt und sogar von einer XXL-Sofalandschaft herunterfällt. Der jeden einzelnen Tag mit offenen Armen empfängt, als wäre er etwas Besonderes. Der sich vermutlich noch nie für irgendjemanden verstellt hat. Der einfach ist, wie er ist. Absolut perfekt.

Nur leider liebt Ellie Cole. Diesen verfluchten Bodybuilder mit Armen wie Baumstämme. Ich will gar nicht wissen, wie stählern sein Körper ist und wie Ellie und er … Nein!

Ich stecke das Smartphone in die Gesäßtasche und betrachte mich kurz im Spiegel. Dann knöpfe ich das Hemd zu, fahre mir noch mal durch die Haare, um meine Frisur zu richten, und nicke mir selbst zu.

Ich will, dass er glücklich ist. Punkt.

Denn Ellie hat es verdient, glücklich zu sein. Selbst wenn dieser Wichser Cole sein Glück bedeutet. Ich werde es akzeptieren.

Also los. Auf in den Kampf! Auf ein fröhliches Thanksgiving! Ich werde das schon überleben. Irgendwie.

Vielleicht.

Kurze Zeit später stehe ich an Ellies Haustür und halte den Motorradhelm in den Händen. Von meinem letzten und einzigen Besuch bei ihm zu Hause weiß ich noch, wie schwer es war, einen Parkplatz zu finden, daher habe ich den Camaro gegen meine heiß geliebte Yamaha ausgetauscht, die jetzt direkt vor dem Haus steht.

Als der Türöffner summt, atme ich tief durch. Gott, bin ich nervös! Die Lederjacke klebt förmlich auf dem Hemd, das ich darunter trage.

»Hey, Ray, schön, dich zu sehen. Komm rein und fühl dich wie zu Hause«, flötet Linda zur Begrüßung. Sie hält ihren Sohn auf dem Arm, der amüsiert quietscht und mich im Anschluss mit einer Spuckeblase begrüßt.

»Hey, kleiner Mann«, sage ich und räuspere mich, während ich mich gerade rechtzeitig zurückhalte, ihm durch die Haare zu fahren. Ich kann mir nicht vorstellen, dass irgendein Baby gern von wildfremden Menschen berührt werden möchte. Dann reiche ich Linda eine Flasche hochwertigen Gin, den ich im letzten Moment besorgt habe. Ich schätze mal, Alkohol können wir an diesem Abend alle gebrauchen.

»Danke sehr. Die Garderobe ist gleich hier drüben, du findest bestimmt einen Platz. Und den Weg in die Wohnküche kennst du ja. Ellie, dein Besuch ist da!« Mit diesen Worten dreht sich Linda schwungvoll um und tänzelt zurück in die Küche, wo bereits lauter, wummernder Bass, gemischt mit Küchengeräuschen zu hören sind.

Ich laufe dagegen wie in Zeitlupe zur Garderobe und ziehe die Lederjacke aus. Mein Herz hämmert mindestens genauso laut wie der Bass aus den Musikboxen und ich kann mich nicht daran erinnern, wann ich zuletzt so schwitzige Hände hatte. Nicht einmal unser größter Auftritt in der Capital One Arena hat mich so nervös gemacht.

Ein Räuspern direkt hinter mir lässt mich zusammenfahren.

»Hast du Angst vor mir?« Ellie lacht leise und seine Augen glitzern amüsiert. Trotzdem habe ich Schwierigkeiten, ihm zu antworten. Er sieht atemberaubend aus! Er steht vor mir und trägt ein weißes Hemd mit schwarzen Punkten, dazu eine schwarze, ausgefranste Jeans, die mir an den Knien die Sicht auf seine durchscheinende helle Haut ermöglicht. Und natürlich trägt er wieder bunte Socken – diesmal sind sie voller Blumen mit Gesichtern drauf, als wären sie high. Abgefahren. Schräg.

Das erinnert mich an ein weiteres Geschenk und ich drehe mich noch mal zur Garderobe, um ein kleines Päckchen aus der Jackentasche hervorzuholen.

»Hier, für dich. Als Dankeschön für die Einladung, sozusagen.«

Ich mache einen Schritt auf ihn zu, weil ich ihn umarmen will, und halte dann aber direkt vor ihm inne. Ich glaube, wenn ich ihn jetzt in den Arm nehme, werde ich ihn nie wieder loslassen. Und das ist an diesem Abend absolut kontraproduktiv. Daher reiche ich ihm völlig unpersönlich die Hand und fahre mir im Anschluss durch die Haare – einfach, damit meine Hände irgendetwas anderes zu tun haben.

Ellie grinst verschmitzt, sodass ich wieder diese Grübchen sehe. »Na ja, genau genommen hast du dich ja selbst eingeladen. Aber danke. Geschenke nehme ich immer gerne an.« Mit einem einzigen Riss öffnet er das Päckchen. Dann lacht er laut auf.

»Einhornsocken?«

Ich zucke mit den Schultern und grinse ihn an. »Na ja, ich dachte, sie würden hervorragend zu deinem Einhorntanga passen.« Immerhin kann ich mich noch zu gut daran erinnern, wie er damals mit seiner Gürtelschnalle gespielt hat und mir besagten Tanga zeigen wollte, beziehungsweise so getan hat, als würde er so etwas tragen. »Zuerst wollte ich dir ja einen Einhorntanga besorgen, aber als ich mir die Teile im Internet genauer angesehen habe …« Ich halte inne und verziehe das Gesicht vor Grauen. »So was darf man seinem Schwanz nicht antun. Nie. Niemals.«

Ellies lautes, vergnügtes Lachen wandert direkt in mein Herz und als er mir eine Hand auf die Schulter legt, muss ich schlucken, weil mein Mund plötzlich staubtrocken ist.

»Die Socken sind absolut perfekt, danke sehr. Ich liebe sie jetzt schon. Trotz des fehlenden Tangas.«

Ich kann nicht antworten, denn dazu versagt mir die Stimme. Stattdessen starre ich einige Atemzüge lang in Ellies Gesicht. Diese goldbraunen Iriden, die so liebevoll glänzen, die rötlichen Wangen und die vollen Lippen, von denen ich genau weiß, wie weich sie sich anfühlen und wie sie schmecken …

»Ich glaube, wir sollten in die Küche zu den anderen gehen«, unterbricht Ellie schließlich die knisternde Stille zwischen und ich atme tief durch.

»Ja, klar. Sorry«, krächze ich und folge ihm.

Doch kurz vor der Küchentür bleibt er erneut

stehen und beißt sich auf die Unterlippe. »Wegen heute Abend … Das, was du vorhast … Du musst das nicht tun, Ray«, stottert Ellie und ich schenke ihm ein Lächeln, das selbst mir weh tut, so falsch ist es.

Ich will das auch nicht tun, das kannst du mir glauben. Wenn es nach mir ginge, würde ich Cole mit einem schwungvollen Arschtritt aus dem Haus befördern. Aber es geht nicht nach mir. Ellies Meinung ist es, die zählt. Einzig und allein seine.

»Für einen Rückzieher ist es jetzt zu spät, oder? Außerdem akzeptiere ich deine Wahl, okay?« Ellie presst die Lippen aufeinander und betrachtet mich mit skeptischer Miene. Ohne zu überlegen, streife ich seine Wange mit einem Finger. »Und glaube mir, ich werde einen Riesenspaß haben, den ganzen Abend mit dir zu flirten.« Auch wenn ich jetzt schon weiß, wie sehr es im Nachhinein schmerzen wird. Ja, ich bin ein verfluchter Masochist.

Ellie atmet tief durch. »Okay. Na, dann, auf einen schönen Abend!« Erst dann öffnet er die Tür in die Wohnküche und ich versuche, den eiskalten Klumpen in meinem Magen und im Herzen zu ignorieren, als ich Cole am Tischende entdecke. Showtime! Zeit, Ellies Herzenswunsch zu erfüllen.

Kapitel Sechsundzwanzig

ELIAH

Ich brauche mehr Alkohol! Und zwar sofort! Ein Glück, dass Ray Gin mitgebracht hat, denn so kann ich ihn zum einen aus der Speisekammer holen, wo ihn Linda vorhin abgestellt hat, und zum anderen für einen kurzen Augenblick unsere Wohnküche verlassen. Durchatmen.

Es war eine beschissene Idee, Ray und Cole gleichzeitig einzuladen. Ganz zu schweigen von Mom, die in ihrem teuren Hosenanzug, der aufwendigen Frisur und den frisch manikürten Fingernägeln neben Rob völlig fehl am Platz wirkt. Und das, obwohl Rob sein einziges Hemd angezogen hat, nur eben kein überteuertes Designerhemd.

»Kannst du mir das Ganze bitte erklären?«, unterbricht Linda meine Gedanken, während ich in der Speisekammer auf dem Boden sitze und einfach nur atme. Doch wie es aussieht, ist die erhoffte Ruhe zu

Ende. Linda trommelt mit den Fingernägeln gegen den Türstock und sieht mich abwartend an.

»Was willst du wissen? Warum Mom hier ist? Ich musste sie einladen.«

»Vergiss Mom! Ich spreche von Ray, verdammt! Was macht er hier?«

Ich schlucke und versuche mich an einem Lächeln. »Essen?«

Lindas Blick hätte mich getötet, wenn er könnte. »Ellie!«, knurrt sie und ich ergebe mich seufzend.

»Er meinte, wenn Cole sieht, dass andere Männer auf mich abfahren, würde er endlich Stellung beziehen.«

Und genau das macht Ray seit geschlagenen zwei Stunden. Er berührt, natürlich nur rein zufällig, meine Finger, streift über meine Jeans. Er macht mir Komplimente, die allesamt zweideutig sind – und das vor Cole und vor Mom! Und er sucht ständig meinen Blick, nur um mir dann ein Lächeln zu schenken, das direkt in mein Herz wandert. Gleichzeitig spüre ich Coles innere Anspannung und den Ärger, der in ihm brodelt. Denn immerhin sitzen Ray und Mom am Tisch – beides Personen, die - rein offiziell – nichts von unserer Beziehung wissen. Was bedeutet, dass er mir nicht einmal die Salatschüssel gereicht hat, als ich ihn darum gebeten habe. Und ich fühle mich so zerrissen wie nie zuvor in meinem Leben. Mal im Ernst – wie ist es möglich, dass man kaum atmen kann, weil der gesamte Körper nur durch eine flüchtige Berührung eines anderen kribbelt, und sich gleichzeitig hunde- elend und schuldig fühlt, gerade weil man so heftig darauf reagiert? Ich sollte das nicht wollen. Ich sollte Ray nicht so sehr wollen.

Linda betrachtet mich eine Zeit lang schweigend. Dann legt sie den Kopf schief. »Ist es denn das, was du willst? Cole?«, fragt sie mit flüsternder Stimme, obwohl ich Ray und Rob laut aus der Wohnküche lachen höre.

Mein Herz krampft sich allein durch Lindas Frage schmerzhaft zusammen. Was soll ich ihr darauf nur antworten?

Linda setzt sich neben mich auf den Boden und schraubt die Ginflasche auf. Dann trinkt sie einen Schluck und reicht mir die Flasche. »In deiner Haut will ich nicht stecken, Bruderherz. Cheers.«

Ja. Danke. Hab dich auch lieb.

Zumindest schmeckt der Gin, obwohl mir Tequila ja lieber wäre.

»Wo bleibt der Gin?«

Coles Stimme dröhnt durch die Wohnung, dicht gefolgt von Dylans Schreien, der wenige Minuten zuvor eingeschlafen ist.

Linda reißt mir knurrend die Flasche aus der Hand und trinkt einen weiteren Schluck, bevor sie aufsteht. »Also wenn ich du wäre, wüsste ich, wem ich einen Arschtritt verpassen würde. Im hohen Bogen hinaus auf die Straße! Und wenn er noch einmal brüllt, tu ich es!«, fügt sie hinzu, als Cole nach mir ruft.

Ich erhebe mich stöhnend. »Du musst ihn gar nicht rauswerfen. Er wollte sowieso in einer Stunde gehen. Katie und ihre Eltern warten.« Das hat Cole mir zumindest am Telefon erklärt. Er hat ihr eine Lüge aufgetischt, dass er bis halb neun arbeiten müsste, aber danach muss er bei ihren Eltern aufkreuzen, um das Bild des perfekten Paares nicht zu gefährden. Immerhin feiern wir Thanksgiving, den Tag der Dankbarkeit, den Tag der Freunde, der Familie. Ach, was für ein Scheißtag!

Ich sollte wirklich zurück zu den anderen. Zurück zu Ray, zu seinen grünen Augen. Zu diesem Lächeln, das mich so berührt, obwohl es nicht einmal echt ist. Zurück zu der Stimme, die so tief und so melodiös ist.

»Ellie?« Ja, genau diese Stimme meine ich.

O Mist! Ich sitze immer noch in der unbeleuchteten Speisekammer und halte den Gin in den Händen. Doch diesmal lehnt Ray im Türrahmen und mustert mich interessiert.

»Alles in Ordnung?«

»Was? Ja! Ja, alles gut. Ich wollte nur … vorkosten.« Ich stehe hastig auf, um an ihm vorbeizukommen, doch Ray stellt sich in den Türrahmen und sieht mir in die Augen. Gott! Dieses wunderschöne Grün. Ich könnte darin versinken.

»Soll ich aufhören?« Seine Stimme klingt besorgt und ich schlucke.

Aufhören womit? Damit, mir jede Sekunde einen neuen Schauer über den Rücken zu jagen, nur weil du mich am kleinen Finger berührst? Damit, mir all die Dinge zu sagen, die ich schon immer hören wollte? *Nein, Ray! Du sollst nicht aufhören. Nie wieder! Wenn du es nur ehrlich meinen würdest.*

All diese Antworten knalle ich ihm gedanklich an den Kopf. Doch in der Realität schenke ich ihm ein gequältes Lächeln und nicke.

»Ich denke, es wäre das Beste.« Denn das

entspricht der Wahrheit. Völlig egal, wie sehr die Worte gerade schmerzen: Er muss damit aufhören.

Noch immer steht er direkt vor mir und ich kann sein Aftershave riechen. Er riecht so verdammt gut! Und sicher nicht nach Moos.

»Stimmt. Das wäre es wohl«, antwortet Ray. Allerdings macht er keine Anstalten, zurück zu den anderen zu gehen, sondern überwindet den letzten Abstand zwischen uns, sodass sich unsere Nasen fast berühren. »Ich sollte das hier nicht so wollen«, flüstert er, während er mit dem Daumen meine Unterlippe berührt. Was zur …? »Leider war ich noch nie allzu vernünftig«, fügt er hinzu und verschließt anschließend meinen Mund mit seinem. Zumindest will er das tun, doch ein Räuspern lässt uns beide auseinanderfahren.

Linda steht vor uns und mustert uns mit ausdrucksloser Miene und verschränkten Armen.

»Wenn man Männer in die Speisekammer schickt, um etwas zu holen«, sagt sie mit überdeutlicher Stimme, während mich der Blick ihrer hellblauen Augen wie ein leuchtendes Signal warnt. »Ich sagte: linker Schrank, Mitte! Das ist doch wirklich nicht so schwer!« Sie schiebt sich energisch zwischen Ray und mir hindurch und schnappt sich mit schnellen Handgriffen die Flasche Gin, die ich immer noch in den Händen halte. Anschließend schwenkt sie sie vor meinem Gesicht. »Hier ist sie, siehst du? Und jetzt komm! Nicht, dass Dylan noch mal aufwacht.«

Erst als sie mit der Flasche zurück in die Küche tänzelt, kapiere ich ihr Theater. Cole steht im Flur und fixiert mich mit einer Miene, die ich nicht deuten kann.

Ray fährt sich zum tausendsten Mal durch die Haare und folgt Linda so unauffällig wie möglich in die Wohnküche, doch ich bleibe stehen und warte darauf, dass Cole etwas sagt.

»Was läuft hier eigentlich?«, fragt er, nachdem Ray die Tür hinter sich geschlossen hat und wir allein im Gang sind.

Ich bemühe mich um ein unschuldiges, fragendes Gesicht, doch Cole kommt auf mich zu, packt mich am Arm und presst mich an die Wand.

»Ich weiß genau, dass dieser Möchtegernsänger nicht schwul ist, also frage ich es noch mal: Was läuft hier?«

Ich schlucke und atme zittrig durch. »Was macht dich so sicher, dass er nicht schwul ist? Sieht man es ihm etwa an? Genau wie man es dir ansieht?«

Cole verzieht das Gesicht und kommt meinem gefährlich nahe, genauso nahe wie Ray wenige Augenblicke zuvor, allerdings verspüre ich nicht das geringste Prickeln zwischen uns.

»Wenn es so wäre, würde er sicherlich nicht dich auswählen, oder? Sieh ihn dir an, Ellie. Der Typ ist ein verfluchter Rockstar, jemand, der Gott und die Welt im Bett haben kann. Und du … Du bist *Mittelmaß*. Ein Träumer, ein mittelloser Autor und Student, der vom großen Durchbruch mit irgendeiner Fantasyscheiße träumt.« Cole zuckt mit den Schultern und mustert mich abschätzig, während ich gegen Tränen ankämpfe, die sich in meinen Augenwinkeln sammeln.

Mittelmaß. Fantasyscheiße. Träumer. Ich bin einfach nur Dreck für ihn. Dreck, den man benutzen und herumschubsen kann, wenn einem danach ist.

»Ich denke, du solltest jetzt gehen«, bringe ich mit krächzender und bebender Stimme hervor. Doch Cole schüttelt den Kopf und lacht leise.

»Du hast es immer noch nicht kapiert, oder? Nicht ich bin es, der dich verarscht. Dieser Ray verarscht dich! Ihn solltest du rauswerfen!«

Erst jetzt betrachtet er mein Gesicht und erkennt die Tränen, die über meine Wangen laufen. Plötzlich drängt er sich erneut an mich, ich fühle die große Handfläche an der Wange, rieche Coles Atem, während er liebevoll die Tränen fortwischt.

»Babe, schhhhh, nicht weinen. Du hast mich falsch verstanden. Du kennst mich doch … Ich bin schnell eifersüchtig, und dieser *Mann* macht mich wahnsinnig. Ich hab das alles nicht so gemeint, das weißt du doch. Ich liebe dich, Babe! Es liegt an ihm, einzig und allein an ihm! Wirf ihn raus und alles ist wieder wie früher, okay? Vielleicht überlege ich mir sogar, Katie mitzuteilen, dass ich ein paar Überstunden machen muss? Na, wie klingt das?« Er wackelt vielsagend mit den Augenbrauen, während seine Hand an mir heruntergleitet und mir anschließend in den Hintern kneift.

Überstunden? *Überstunden?!* Das klingt verdammt beschissen. Mir wird schlecht und ich kann mir im Moment nicht einmal erklären, wieso ich Cole irgendwann anziehend gefunden habe.

Mit dem letzten bisschen Würde, das mir noch geblieben ist, schiebe ich seine Hand beiseite und sehe ihn ausdruckslos an.

»Geh. Jetzt.«

Und ohne auf eine weitere Reaktion zu warten,

verlasse ich den Gang und verschwinde in meinem Zimmer.

Cole mag recht haben mit dem, was er über Ray gesagt hat. Denn ja, nichts davon ist ernst gemeint, völlig egal, wie sehr ich mir das Gegenteil einrede. Dennoch hat mir Ray die Augen geöffnet. Denn das, was zwischen Cole und mir läuft, ist krank. Toxisch. Und es hat rein gar nichts mit Liebe zu tun. Wenn ich das weiter hinnehme, gehe ich kaputt. Richtig kaputt.

Ich höre gedämpft das Krachen der Haustür und lasse mich seufzend auf das Bett fallen. Thanksgiving kann mir gestohlen bleiben. Genauso wie der Rest meiner Familie. Oder Ray.

Du bist Mittelmaß, ein Träumer. Schon wieder spüre ich Tränen in mir aufsteigen und verziehe das Gesicht. Cole sprach die Worte so abwertend, so gehässig.

Ja verdammt, ich bin Mittelmaß! Und ein Träumer. Und möglicherweise ein Autor, der nie einen Bestseller schreiben wird. Mittellos und unbedeutend. Aber ist das wirklich so schlimm?

Ach, Mist! Verfluchte Tränen!

Ich will nicht heulen. Und vor allem will ich nicht, dass mich irgendjemand in diesem Zustand sieht.

Daher ziehe ich mir die Decke über den Kopf und hole das Handy und die Kopfhörer heraus. Und erst als irgendein Heavy-Metal-Mist in höchster Lautstärke meine Trommelfelle vibrieren lässt, schließe ich die Augen und atme tief durch.

Genau das brauche ich jetzt. Jetzt und den Rest des Wochenendes.

Kapitel Siebenundzwanzig

RAY

»Sind Cole und Ellie …?«, frage ich und habe keine Ahnung, wie ich es ausdrücken soll, ohne vor rasender Eifersucht zu vergehen.

Genau das war doch mein Plan! Ich wollte Ellie helfen, wieder mit Cole zusammenzukommen. Und offensichtlich habe ich das Ziel erreicht. Nur dass sie nicht einmal bis zum Nachtisch warten konnten, um übereinander herzufallen … Es macht mich wahnsinnig, dass er nicht einmal gewartet hat, bis ich abgehauen bin. Ich will das nicht miterleben. Nicht noch mal!

»Wenn ich mich nicht irre, habe ich vor wenigen Minuten die Haustüre gehört«, beantwortet Ellies Mom meine Frage, ohne von ihrem Smartphone aufzublicken. Dieses Gerät hält sie heute schon den gesamten Abend in den Händen und hat es selbst während der grandiosen Vorspeise, die aus einem Krabbencocktail bestand, oder des traditionellen Hauptgangs nur kurz beiseitegelegt. Mit Ausnahme der ersten halben Stunde, denn da war ihr Enkel noch wach, den sie mit Küssen überhäuft hat. Ehrlich gesagt frage ich mich, wieso sie überhaupt körperlich anwesend ist, wenn sie gar kein Interesse an Ellie und Linda zu haben scheint.

Doch ihre Antwort lässt mich innehalten. Sie hat die Wohnungstür gehört? Das würde ja bedeuten, dass …

»Ich schätze mal, dass Cole zu seiner Freundin gegangen ist«, bestätigt Linda meine eigene Vermutung und mir wird übel.

Denn das heißt, dass Ellie nicht mit ihm schläft, während ich hier in seiner Küche sitze und den Kürbiskuchen mit der Gabel hin und herschiebe.

Aber das bedeutet auch, dass unser Plan gescheitert ist. Dass Cole ihn verlassen hat. Zumindest für heute.

Verdammt! Und Ellie ist nicht zu uns zurückgekommen. Weint er etwa in seinem Zimmer, weil der Wichser ihm – schon wieder – das Herz gebrochen hat?

»Ich muss … Also … Ich sehe mal nach Ellie. Danke für das Essen«, stottere ich eilig und stürme aus der Wohnküche.

Ich klopfe bereits zum dritten Mal laut an seine Tür, doch niemand öffnet, und ich höre auch sonst keine Reaktion. Eigentlich ein deutliches Zeichen, dass er seine Ruhe haben will. Eigentlich.

Leider kann ich nicht anders und trete nach dem vierten Klopfen ein. Ich muss einfach wissen, wie es ihm geht, denn ich bin für diesen Zustand verantwortlich. Zumindest zum Teil.

Der Truthahnbraten in meinem Magen, den ich vor wenigen Minuten gegessen habe, verwandelt sich in einen Eisblock, als ich das Häufchen im Bett vor mir entdecke.

Ellie hat sich unter der Decke verkrochen, die Beine angezogen und ich höre selbst von meinem Standort aus die krasse Lautstärke, die vermutlich aus Kopfhörern dröhnt.

O Ellie! Was hat dir dieser Idiot angetan? Was hat er zu dir gesagt?

Bevor ich es mir anders überlege, schließe ich die Tür hinter mir und setze mich ans Bettende, das daraufhin laut knarzt. Ellie zuckt zusammen und ich halte den Atem an, als ich ihn sagen höre: »Hau ab, Linda! Ich will jetzt nicht reden.«

»Ich bin nicht Linda und ich werde ganz sicher nicht gehen«, antworte ich, obwohl ich gar nicht weiß, ob er mich überhaupt hören kann. Trotz der beschissenen Situation muss ich lächeln. Ellie Waye, der vermutlich einzige Mensch auf Erden, der sich Heavy Metal reinzieht, wenn er Liebeskummer hat. Verrückt.

Einem Impuls folgend lege ich mich neben ihn, zupfe die Decke von seinem Kopf und ziehe an einem der In-Ear-Kopfhörer.

»Darf ich mithören?«, frage ich und versuche, Ellies erschrockenen Gesichtsausdruck zu ignorieren. Genauso wie die glänzenden Augen und die roten Wangen. Er hat geweint. Natürlich hat er das. Und ich bin schuld daran.

Ellie reicht mir einen Kopfhörer und schließt die

Augen. Ich folge seinem Beispiel und versuche, mich auf die Musik zu konzentrieren.

Allerdings dröhnt die kreischende, brüllende Stimme des Sängers schmerzhaft in meinem Ohr, während gleichzeitig im Hintergrund eine E-Gitarre vergewaltigt wird. Begleitet von wildem Getrommel und Bassläufen, die völlig schräg klingen – auf eine schreckliche Art und Weise. Anders kann ich die Musik nicht beschreiben. Beim besten Willen nicht.

Ich halte es keine Minute aus und reiße mir stöhnend den Kopfhörer aus dem Ohr.

»Was zur Hölle ist das?«, brülle ich Ellie an, der mir ein kurzes Lächeln schenkt. Immerhin etwas.

»Nicht dein Fall, was?«

»Ich wusste ja, dass wir einen unterschiedlichen Musikgeschmack haben, aber dass du *gar keinen* Musikgeschmack besitzt, hätte ich nicht gedacht.«

Diesmal lacht Ellie leise, was ein kribbelndes Gefühl in meinem Innersten auslöst.

»Die Musik erfüllt zumindest ihren Zweck«, meint er nach einiger Zeit.

»Der da wäre?«

Ellie seufzt. »Abschalten. Ignorieren. Verdrängen. Mit so einer Musik ist es nicht möglich, zu denken«, erklärt er, dennoch sehe ich, wie er sich aufrichtet und das Handy ergreift, um die Playlist zu stoppen. Anschließend lehnt er sich gegen das Kopfkissen und sein Blick wirkt wieder abwesend. Traurig. Verlassen.

Ich schlucke den Kloß in meinem Hals hinunter und lege vorsichtig eine Hand auf seine.

»Soll ich gehen?«, frage ich und halte gespannt den Atem an. Mir graut vor der Antwort, denn ich will ihn nicht verlassen. Nicht, solange er so verzweifelt wirkt.

Allerdings ist meine Angst unbegründet, denn Ellie dreht die Handfläche, damit er seine Finger mit meinen verschlingen kann, und lehnt den Kopf an meine Schulter. Diese Geste fühlt sich so vertraut an. So intim und einfach wunderschön. Aus diesem Grund schließe ich die Augen und konzentriere mich auf das Gefühl, das er in mir auslöst. Die Wärme, die durch meinen Körper wandert, nur weil er neben mir liegt, weil er mir sein Vertrauen schenkt.

O Ellie! Wenn du wüsstest, was du mit mir angestellt hast!

»Er hat uns durchschaut«, höre ich einige Atemzüge später Ellies heisere Stimme. »Cole. Er hat recht schnell kapiert, was du mit deinem Flirten bezweckst.«

So? Hat er das? Ich schlucke, bringe allerdings nicht mehr als ein klägliches »Aha?«, hervor. Hat er gesehen, wie stark meine Finger zitterten, jedes Mal, wenn ich Ellie berührte? Weil ich ihn nicht mehr loslassen wollte? Hat er mich etwa beobachtet, wie ich mir auf die Zunge beiße, nachdem ich eine zweideutige Bemerkung gemacht habe, nur damit mich der Schmerz von dem gewaltigen Drang, Ellie an Ort und Stelle flachzulegen, ablenkte? Hat Cole tatsächlich als einziger kapiert, wie ernst ich jedes Wort und jede Berührung meinte?

»Mit der Begründung, dass ein Rockstar wie du jede, bzw. jeden ins Bett kriegst und du dich niemals mit einem lächerlichen *Mittelmaß* wie mir zufriedengeben würdest.«

In mir ballt sich alles zusammen, als ich Ellies

Worte höre. *Mittelmaß?* Ellie sei Mittelmaß? Spinnt der?

Ich setze mich Ellie gegenüber und betrachte den niedergeschlagenen Ausdruck in seinem Gesicht. »Dir ist bewusst, dass das Bullshit ist, oder?«

Ellie hebt eine Augenbraue. »Was? Dass du kein Rockstar bist? Ist mir durchaus bewusst, Mister-Popsternchen-*Wonderlove*.« Sein Lächeln ist schräg, aber es erreicht die Augen nicht. Er glaubt Coles Worte! Das kann nicht wahr sein.

Ich ergreife seine Hände und verschlinge sie mit meinen. »Ich bin kein Rockmusiker, das stimmt. Genauso wenig wie du Mittelmaß bist.«

Ellie versucht, sich meinem Griff zu entziehen, doch ich lasse es nicht zu. Stattdessen rücke ich so nah an ihn heran, wie es in dieser Position nur möglich ist, und lege unsere Hände auf seinen angewinkelten Knien ab. Gott! Wieso denke ich ausgerechnet jetzt an die Fotos, die Rodrigues mir geschickt hat? An einen halbnackten Ellie, der sich auf der Matratze räkelt und mit der Gürtelschnalle seiner Jeans spielt?

Ellie fängt meinen Blick auf und sieht mich fragend an. Tja, womöglich wundert er sich, warum ich nichts mehr sage. Warum ich ihn stattdessen mit den Augen ausziehe und kaum noch atmen kann. Verflucht! Ich weiß selbst, dass das ein beschissener Zeitpunkt ist, um an Sex zu denken, aber …

»Ellie«, knurre ich und beiße mir auf die Unterlippe. Ich sollte ihm erklären, wieso er kein Mittelmaß ist. Wieso er so viel mehr für mich ist. Aber dieser Mann macht mich verrückt. Und ich glaube, ihm ist es nicht einmal bewusst. Selbst als er sich vorbeugt und die Knie ein wenig öffnet, erkenne ich die Fragen in seinem Blick, die Unsicherheit darin. Doch ich nutze die Gelegenheit, rutsche zwischen seine Beine und ergreife sein Gesicht mit beiden Händen. Und endlich küsse ich ihn. Etwas, wovon ich seit unserem ersten Kuss unentwegt träume. Die weichen Lippen, der Geschmack seiner Zunge – es ist himmlisch.

Ellie stöhnt leise in meinen Mund und allein dieses Geräusch bringt mich zum Erbeben.

Ellie Waye, du machst mich wahnsinnig. Und verrückt. Und ich werde dieses Bett heute nur verlassen, wenn du mich ausdrücklich rauswirfst. Denn ich will dich. Mehr als alles andere je zuvor.

Scheiß auf die leise Stimme in meinem Hinterkopf, die mich verunsichern will, weil Ellie ein Mann ist.

Ja, verflucht! Das habe ich längst begriffen. Und keine Ahnung, wieso ich für diese Erkenntnis dreiundzwanzig Jahre gebraucht habe, aber das ist mir im Moment scheißegal. Selbst die Tatsache, dass ich nicht wirklich mit Erfahrung glänzen kann, stört mich nicht. Nicht bei ihm.

Oh, Ellie, ich will dich! Ich will dich so sehr!

Kapitel Achtundzwanzig

ELIAH

Was bitte läuft hier gerade ab? Kann mich jemand kneifen? Denn ich habe das leise Gefühl, zu halluzinieren. Anders kann ich es mir nicht erklären, dass mich Ray gerade auf die Matratze wirft und sich auf mich setzt. Was zur Hölle …?

Schon wieder senkt er den Mund auf meinen und ich höre sein erregtes Knurren. Nein! Das kann niemals wahr sein.

Nicht Ray Williams. Nicht mit mir – dem Mittelmaß. Dem *männlichen* Mittelmaß!

Als Ray sich für einen Moment zurückzieht, um Luft zu holen, drücke ich ihn von mir weg.

Heilige Scheiße! Waren seine Augen schon immer so dunkel? So gierig? So absolut heiß? Er leckt sich über die Unterlippe, während er mich intensiv mustert. Ich komme mir vor, als wäre ich nackt. Und zugleich das Schönste, das er je gesehen hat.

»Willst du etwas sagen?«, fragt Ray, wobei seine Stimme auf seltsame Art dunkel wirkt, genau wie sein Blick. Gott, diese Augen!

Als Ray jetzt noch den Kopf schief legt, atme ich kurz durch.

»Ja … ich …« Ich kann mich nicht konzentrieren, wenn er rittlings auf mir sitzt. Vor allem nicht, wenn die unübersehbare Beule zwischen seinen Beinen in meinem Sichtfeld ist. *Verflucht, Ray! Was tust du mir an?*

Ich versuche, mich aufzusetzen, allerdings halten mich Rays Oberschenkel eisern fest, sodass ich ihm jetzt noch näher bin als zuvor. Ich höre seinen schnellen Atem und erkenne sogar den wilden Herzschlag an seiner Halsschlagader.

Ja, Ray ist definitiv scharf auf mich. Nur weiß ich nicht wieso.

»Ich bin keine Frau«, fange ich an und formuliere die Worte wie eine Frage.

Ray grinst. »Stell dir vor, das habe ich auch schon kapiert.«

»Aber …?«

Ray legt eine Hand an meine Wange und seufzt leise. »Das nennt sich wohl pansexuell, falls dir das ein Begriff ist. Ich musste es ehrlich gesagt erst mal googeln, nachdem Jonas mir erklärt hat, wer oder was ich bin.«

»Moment! Halt!« Das sind definitiv zu viele Informationen auf einmal und ich entziehe mich Rays Griff und setze mich ihm gegenüber. »Du bist pansexuell?«, frage ich und mustere sein Gesicht dabei aufmerksam. Und Jonas weiß das auch?

»Das bedeutet, dass es mir egal ist, wa…«

»Ich weiß, was pansexuell bedeutet«, unterbreche ich ihn, dennoch wird mir nach diesem Outing heiß.

Ich betrachte Ray aufmerksam. Er schenkt mir ein halbes Lächeln und zuckt mit den Schultern. »Ich habe mich verliebt, Ellie. In dich. Und«, er hält inne und fährt sich durch die Haare, als würde er nach einer passenden Formulierung suchen, doch in mir hallen nur seine ersten Worte nach.

Ich habe mich verliebt. In dich. In dich.

»Ich weiß, dass der Zeitpunkt für dieses Geständnis beschissen ist. Und ich weiß auch, was du für Cole empfindest. Daher sag mir, wenn ich gehen soll. Bitte wirf mich hinaus, denn alleine schaffe ich das nicht.«

Ohne darüber nachzudenken, ziehe ich Ray an mich und küsse ihn. Drängend. Fordernd.

Diesmal bin ich derjenige, der ihn auf die Matratze wirft und sich auf ihn setzt. Allerdings erst, nachdem ich sein Hemd aufgeknöpft und achtlos zu Boden geworfen habe. Nun mustere ich ausgiebig und aufmerksam den nackten, trainierten Oberkörper unter mir, während ich gleichzeitig mein eigenes Hemd öffne. Knopf für Knopf. Dabei genieße ich Rays Reaktion, denn er hält den Atem an und presst die Lippen fest aufeinander, während er mich keine Sekunde aus den Augen lässt.

Ich betrachte das Tattoo auf seiner linken Brust. Es ist eine kleine, filigrane Libelle. Die Flügel glitzern blau-türkis und breiten sich über der gesamten Brust aus. Einfach wunderschön.

»Hat es eine Bedeutung?«, frage ich und fahre es

vorsichtig mit den Fingern nach. Angefangen vom linken Flügel, über den zarten Körper, bis zum anderen Flügel. Anschließend küsse ich die Libelle und zeichne sie mit der Zunge nach.

»Freiheit«, antwortet Ray mit gepresster Stimme.

Dann beäuge ich das zweite Tattoo, das an der Leiste beginnt und in den Tiefen seiner Jeans verschwindet. Ich schätze mal, dass es sich hierbei um einen Notenschlüssel handelt und ich freue mich jetzt schon darauf, es zu küssen. Wo immer es auch enden mag …

»Tausend Dollar für deine Gedanken, Ellie«

Ich grinse breit. »Ach, keine hundertachtzig mehr?«, frage ich und lege die Hand auf seinen Schritt, während ich mir ganz bewusst über die Unterlippe lecke.

»Daran denkst du gerade? Fuck, Ellie! Tu mir das nicht an! Ich bin kurz davor, die Beherrschung zu verlieren.«

Ich beuge mich zu ihm herunter, presse meine Leisten gegen seine, reibe mich an ihm und küsse ihn drängend. »Zeige mir, wie du sie verlierst, Ray!«

Rays Antwort gleicht einem wilden Knurren und innerhalb weniger Sekunden liege ich wieder unten, während er mir mit einem ungeduldigen Ruck die Jeans öffnet und herunterzieht.

Für einen kurzen Moment hält er inne und betrachtet mich. Wer weiß, vielleicht macht er doch noch einen Rückzieher, weil ihm jetzt definitiv dämmert, dass ich ein Mann bin? O Gott, bitte nicht!

Doch dann lacht er leise und ergreift den Bund

meiner enganliegenden schwarzen Boxershorts. »Kein Einhorntanga?«, fragt er und zieht mir das letzte Kleidungsstück aus.

Trotz der Tatsache, dass ich nun nackt vor ihm liege und ich seinen gierigen Blick auf mir spüre, muss ich lachen.

»Hey, wenn du auf Einhörner stehst, sag mir Bescheid. Ich bin für fast alles offen.«

Rays dunkles Lachen berührt mein Herz und ich genieße die Tatsache, dass er nun die Hand mit meiner verschränkt, als würde er selbst diese kleine Berührung lieben. Ganz sanft haucht er einen Kuss auf meine Fingerknöchel und betrachtet mich einen Augenblick lang schweigend.

»Wunderschön«, sagt er schließlich und ich schlucke. Ja, genauso fühle ich mich im Moment. Ausgerechnet ich, das männliche Mittelmaß, fühle mich wunderschön. Geliebt. Begehrt.

Plötzlich grinst Ray frech. »Was meintest du gerade? Du bist für fast alles offen?? Ellie, Ellie, … Pass auf, was du sagst. Ich habe viel Fantasie. Sehr viel Fantasie …« Dann küsst er mich. Überall. Ich spüre seine Lippen auf der Brust, seine Finger, die zu meinem Bauch hinuntergleiten, und genieße das leichte Kratzen seines Drei-Tage-Barts auf meiner empfindlichen Haut. Es fühlt sich so unglaublich gut an! Trotzdem gehen mir seine letzten Worte nicht aus dem Kopf.

»Viel Fantasie? Das musst du mir schon erklären. Was genau schwebt dir denn …« Heilige Scheiße! Jaaaa! Oh. Mein. Gott!

Sämtliche Gedanken sind weggefegt. Und mein Sprachzentrum lahmgelegt. Völlig zerstört.

Das Einzige, das ich wahrnehme, ist Rays Mund. Und mein bestes Stück darin.

Und ich schwöre, wenn er so weitermacht, komme ich schneller als ein pubertierender Teenager bei seinem ersten Mal. Er ist verflucht gut! Wenn man zudem bedenkt, dass er erst durch mich festgestellt hat, dass er pansexuell ist. Halleluja!

»Du bist so still geworden«, bemerkt Ray mit amüsiertem Unterton, als sein Gesicht wieder in meinem Blickfeld auftaucht. Meine einzige Antwort ist dummerweise ein leises Wimmern, mehr bringe ich nicht zustande. Ray lacht laut und kehlig. Dann legt er mir eine Hand an die Wange und ich fühle den Daumen, der über meine Lippen gleitet.

»Das Geräusch gefällt mir«, meint er und küsst mich erneut. Erst als er sich an mich presst, bemerke ich die Jeans, die er noch immer trägt. Das muss sich ändern, und zwar sofort!

Mit einer gezielten Bewegung drehe ich Ray auf den Rücken und öffne seine Hose. Er lacht leise, fast schon amüsiert. »Daran muss ich mich erst gewöhnen«, meint er und ich halte erschrocken inne. Habe ich etwas Falsches getan? Doch bevor ich nachhaken kann, beantwortet er meine nicht gestellte Frage.

»Du bist so stark.«

»Wirklich? Das ist das Einzige, woran du dich gewöhnen musst?«

Eigentlich kann ich mir die Frage selbst beantworten, denn er hat gerade eben eindeutig bewiesen, dass er weiß, was er tut und dass er keine

Hemmungen hat, mich zu berühren, obwohl ich ein Mann bin.

Ray mustert mich mit gierigem Blick, was bei mir einen kribbelnden Schauer auslöst. »Scheint so«, höre ich die knurrende Antwort, während ich ihn vom Rest seiner Klamotten befreie.

Die Stille, die nun zwischen uns entsteht, fühlt sich elektrisierend an. Ich spüre den Blick der dunkelgrünen Augen auf mir, während ich mich neben ihn lege und ihn einfach nur ansehe. Ich kann das Gefühl gar nicht beschreiben, das mich im Moment durchströmt. Ich liege nackt neben dem Menschen, in den ich mich verliebt habe, und obwohl wir keinerlei Hautkontakt haben, kribbelt mein gesamter Körper, als stünde ich kurz vor dem Höhepunkt. Ich kann kaum noch atmen und ich höre überdeutlich das wilde Pochen meines Herzens. Oder ist das Rays Herzschlag?

Ray schenkt mir ein Lächeln und streckt die Hand nach meiner aus.

»So etwas habe ich noch nie erlebt«, meint er und küsst erneut jeden einzelnen meiner Finger.

Ja, ich auch nicht. Nicht mal ansatzweise.

Ray sieht mich durchdringend an, während er unsere ineinander verschlungenen Hände langsam hinuntergleiten lässt. Ich sehe, wie er die Zähne aufeinanderpresst und schluckt, als er uns gleichzeitig berührt.

O Gott! Wie kann eine fast schon unschuldige, unsichere Berührung solch ein Feuerwerk in mir auslösen? Ganz zu schweigen von diesem leisen Stöhnen aus Rays Mund. Als er ein weiteres Mal genüsslich seufzt, presse ich mich an ihn und küsse ihn stürmisch. Ich drehe Ray auf den Rücken und küsse seine Mundwinkel, das Kinn, die Halsbeuge. Ich wandere mit den Lippen immer tiefer, berühre ihn, schmecke ihn, rieche ihn. Und verdammt! Auch wenn ich niemals in der Lage sein werde, den Duft eines Mannes zu beschreiben, weiß ich, dass Ray Williams atemberaubend riecht. Himmlisch. Göttlich.

Als ich zwischen seinen Beinen knie und anfange, sie zu küssen, höre ich Rays stoßweisen Atem. Ich merke, wie er sich anspannt und die Beine leicht spreizt.

O Ray! Weißt du, was du mir gerade für einen Anblick bereitest?

»Fuck, Ellie!«, raunt er und ergreift meine Haare. »Du machst mich wahnsinnig!«

Ja, kann ich nur zurückgeben. Denn ich habe längst das Gefühl, wahnsinnig zu sein. Trotzdem gefällt es mir, Ray Williams fast schon hilflos zu sehen. Ja, daran könnte ich mich gewöhnen. Und ich will jede Sekunde davon auskosten.

Langsam und ausgiebig.

Allerdings unterbricht eine knurrende Stimme meinen Plan.

»Wenn du ihn jetzt nicht sofort in den Mund nimmst, Ellie – ich schwöre dir, dass ich es dir heimzahlen werde! Das. Ist. Folter. Richtig üble Folter!«

Ich grinse breit und setze mich auf ihn.

Ach … ein bisschen Folter darf schon sein, oder? Vor allem, wenn Ray mich dabei *so* ansieht! Und ich ignoriere die Tatsache, dass ich mich selbst damit genauso foltere.

»Sag lieb ›Bitte‹!«

»Fick dich, Eliah Waye!«

Ich lache laut auf, doch als Ray erneut warnend knurrt, gebe ich nach und genieße im Anschluss jedes einzelne Stöhnen aus seinem Mund und den Schauer, den er dadurch bei mir auslöst. Ich genieße ihn. Ray Williams. Voll und ganz.

Kapitel Neunundzwanzig

RAY

Als ich aufwache, ist es stockdunkel im Zimmer und ich brauche einen Moment, um zu begreifen, wo ich mich überhaupt befinde. Doch als ich den schweren Arm auf meiner Taille spüre, lächle ich.

Ellie hält mich im Schlaf. Es ist lange her, dass ich mich so geborgen gefühlt habe. Denn genau das tue ich. Während ich den warmen, gleichmäßigen Atem in meinem Nacken, den festen Griff seines Arms und Ellies muskulösen, nackten Körper an meiner Rückseite spüre, fühle ich mich sicher. Geborgen. Geliebt.

Ich drehe mich behutsam auf die andere Seite und versuche, Ellies Gesicht in der Dunkelheit zu erkennen. Ich betrachte die gerade Nase, die langen Wimpern, den Mund, der mir wenige Stunden zuvor einen der heftigsten Orgasmen bereitet hat, den ich jemals erlebt habe. Ich beobachte die hellen Wangen und den Kontrast der dunklen Sommersprossen. Schon wieder lächle ich und genieße das Kribbeln im

Bauch. Ich kann mich gar nicht mehr daran erinnern, wann ich zuletzt besagte Schmetterlinge verspürt habe. Habe ich das überhaupt schon einmal erlebt?

Ich könnte vor Glück platzen. Der vergangene Abend war einfach … unglaublich. Ellie war unglaublich. Ich habe damit gerechnet, dass ich selbst vor lauter Nervosität und Unsicherheit kaum atmen kann. Dass mich der Anblick eines nackten Mannes völlig aus der Bahn wirft oder dass es zumindest ein seltsames Gefühl in mir auslösen würde. Doch nichts davon ist geschehen, im Gegenteil. Ellie zu küssen, ihn zu berühren, zum Höhepunkt zu kommen, das war wie heimkommen. Ankommen.

Damit meine ich nicht nur Ellies verflucht geniale Zunge, sondern auch die Stunden danach. Als wir Arm in Arm nebeneinanderlagen und uns einfach unterhalten haben. Über Gott und die Welt. Ellie hat mir mehr Details seines Fantasyromans erzählt und ich hoffe sehr, dass ich ihn irgendwann einmal lesen darf. Ich bin immer noch völlig fasziniert von der Story und von Ellies Fantasie. Und vom Glitzern dieser goldbraunen Augen, als er mir die Idee des Romans beschrieben hat. Die Leidenschaft, diese Passion, etwas aufzuschreiben, in eine Geschichte abzutauchen, kenne ich selbst zu gut. Nur, dass meine Geschichten Noten beinhalten. Vielleicht ist das der Grund, wieso wir uns so gut verstehen. Möglicherweise sind wir uns ähnlicher als zuerst angenommen.

Ellie seufzt im Schlaf und schiebt die Decke von sich, während er sich auf den Rücken dreht.

Ich schlucke. Selbst schlafend und obwohl ich ihn nur in Grauschattierungen sehen kann, sieht er wunderschön aus. Ich weiß, ich sollte auch schlafen, zumal ich morgen gleich in der Früh zur Bandprobe muss und vier weitere stressige Termine auf mich warten. Ich sollte mich zurück in Ellies Umarmung kuscheln und die restlichen Stunden Stille genießen.

Doch ich will nicht. Außerdem bin schon wieder hart. Allein vom Anblick dieses schlafenden, nackten Mannes neben mir. Verrückt!

»O Ellie, was stellst du nur mit mir an?«, hauche ich an seine Schulter. Gleichzeitig lege ich die Hand auf seine Brust und fühle den regelmäßigen, ruhigen Herzschlag. Alles in mir zieht sich kribbelnd zusammen.

Plötzlich schnappt er hörbar nach Luft und zwinkert mit den Augen. Als er mein Gesicht in unmittelbarer Nähe erkennt, keucht er erschrocken auf.

»Gott!«

Ich grinse. »Du darfst mich gern weiter Ray nennen.«

Ellie zwinkert ein paarmal und reibt sich anschließend den Schlaf aus den Augen. »Was? … Ist was … passiert?«, murmelt er verschlafen und will sich gerade aufrichten, doch ich drücke ihn sofort in die Matratze zurück und presse meine Leisten gegen ihn.

»Das hier ist passiert«, antworte ich mit belegter Stimme.

Ellie benötigt einige Augenblicke, bis er versteht, wovon ich spreche, dann höre ich sein leises Lachen.

»Du bist verrückt, Mann. Im Ernst. Wir haben …« Er dreht sich zur Seite, um auf das Handy neben dem Bett zu schielen, und stöhnt. »Vier Uhr in der Früh und du starrst mich wie ein Irrer an und denkst an Sex?«

Ich wandere mit der Hand über seinen Oberkörper und grinse ihn breit an. »Eigentlich habe ich dich nur angesehen, ganz ohne Hintergedanken. Aber jetzt, wo du davon sprichst, hätte ich nichts dagegen.« Meine Finger ziehen eine Linie über Ellies Bauch nach unten und verharren direkt zwischen seinen Beinen. Ich schlucke. »Und du offensichtlich auch nicht.«

Ohne eine Antwort abzuwarten, drücke ich die Lippen auf seine und dränge die Zunge in Ellies Mund. Gott! Ich komme mir vor, als wäre ich ausgehungert. Als hätte ich jahrelang auf Sex verzichtet. Ellie stöhnt, während unsere Zungen miteinander tanzen und ich bin schon wieder kurz davor, die Beherrschung zu verlieren. Genau wie wenige Stunden zuvor. Wir haben uns einfach von unseren Gefühlen treiben lassen und den Rest der Welt ignoriert. Viel später ist mir erst eingefallen, dass seine Familie nur zwei Zimmer weiter Thanksgiving gefeiert hat – und zwar ohne ihn.

Gott, Ellie! Was stellst du nur mit mir an?

Ich will mehr. So verdammt viel mehr!

Allerdings hält Ellie inne und betrachtet mich einen Moment lang, während ich seinen unregelmäßigen und verflucht schnellen Atem höre.

»Hattest du schon einmal Sex mit einem Mann?«, fragt er, als hätte er eben meine Gedanken gelesen.

Plötzlich tauchen Bilder vor meinem geistigen Auge auf, die ich lange verdrängt habe. Schon sehr lange.

»Ja. Das heißt, nein … Nicht wirklich … Also

doch«, stottere ich und lache leise, als ich Ellies verwirrte Miene erkenne.

»Wir waren beide rotzbesoffen. Highschool-Abschlussball. Er war ein cooler Typ. Witzig, verrückt und leider genauso ahnungslos wie ich«, erzähle ich und verziehe das Gesicht. »Im Nachhinein kann ich mir gar nicht erklären, wie es dazu kam. Es war schrecklich. Und verdammt schmerzhaft.« Ja, genau das ist der Grund, wieso ich diese Erfahrung so lange verdrängt habe. An manche Dinge will man sich nicht erinnern. Nie wieder. Wenn man in dem Fall über- haupt von Erfahrung sprechen kann.

Ellie setzt sich auf und betrachtet mich schwei- gend. Dann legt er eine Hand an meine Wange und schenkt mir ein Lächeln, das direkt in mein Herz wandert. »In dem Fall werden wir uns Zeit lassen, in Ordnung? Ich verspreche dir, du wirst es lieben.«

Als er mich kurz darauf erneut küsst, klopft mein Herz bis zum Hals. Mir ist unglaublich heiß und gleichzeitig kribbelt mein gesamter Körper. Allein die Vorstellung, mit Ellie zu schlafen, macht mich verrückt. Verrückt vor Glück.

O Ellie! Ich werde dich lieben! Und wie!

Kapitel Dreißig

ELIAH

»Guten Morgen«, murmle ich verschlafen und schalte die Kaffeemaschine an. Natürlich spüre ich Lindas bohrenden Blick auf mir, obwohl ich ihr ganz bewusst den Rücken zugedreht habe.

Ich will nicht darüber sprechen. Nicht mit ihr. Nicht jetzt, wenn Ray noch immer schlafend in meinem – meinem! – Bett liegt.

Doch ich spüre auch so die Wut meiner Zwillingsschwester. Weil ich sie gestern mit Mom allein gelassen habe. An Thanksgiving! Ich will gar nicht wissen, wie lange die beiden sich angeschwiegen haben. Denn normalerweise bin ich derjenige, der zumindest versucht, etwas Konservation zu betreiben.

Plötzlich fühle ich Dylans kleine Patschehändchen an meinem Bein, während er sich an mir hochzieht und mir anschließend ein fröhliches Lächeln schenkt.

»Hey, Dylan, du kannst ja stehen! Ist das zu fassen?«

Ich nehme ihn auf den Arm, drücke ihm einen dicken Kuss auf die Wange und fahre über seine feinen, hellblonden Härchen. Leider tritt Linda in diesem Augenblick in mein Sichtfeld.

Der Begriff ›wütend‹ trifft ihre aktuelle Stimmung nicht im Entferntesten.

»Du bist ein Idiot! Ein verdammter, verfluchter Idiot!«

Ich schlucke und ignoriere den dampfenden, frisch gebrühten Kaffee neben mir. »Hör zu, Linda. Es tut mir leid. Ich habe unser Thanksgiving versaut, das weiß ich, aber …«

»Hast du eine Ahnung, wie Mom auf deinen … deine beiden Freunde, oder was auch immer sie sind, reagiert hat? Kannst du dir vorstellen, welche beschissenen Fragen sie mir gestellt hat, während du dich mit Ray vergnügt hast?« Noch bevor ich etwas dazu erklären kann, fährt sie fort. »Versuch erst gar nicht, es zu leugnen, Mann. Ihr wart beide nicht gerade leise.« Sie schüttelt den Kopf und verzieht den Mund zu einem schrägen und wütenden Lächeln. »Der verfluchte Ray Williams?! Gott, Ellie! Du bist so ein Vollidiot!«

Es kann sein, dass sich meine Wangen gerade dunkelrot färben. Ich habe gestern tatsächlich keine Sekunde lang an Mom, Linda oder Rob gedacht. Oder daran, möglichst leise zu sein.

Mom hat zugehört, während Ray und ich …

Verfluchter Mist! Das wird definitiv ein Nachspiel haben. Ein ziemlich übles Nachspiel, so wie ich meine Mutter kenne.

Die Küchentür öffnet sich und Rob tritt ein. Er

trägt noch seine Jacke und eine Art Baskenmütze und hat die Zeitung unter den Arm geklemmt, die er vermutlich gerade im Kiosk gegenüber gekauft hat.

»Guten Morgen.« Als er mich ansieht, wirkt sein Blick überrascht. »Schon auf? Nicht schlecht, nach so einer Nacht.« Er zwinkert mir amüsiert zu und gießt sich Kaffee in eine Tasse. Okay, er hat wohl auch unsere Vier-Uhr-Aktivitäten gehört. Meine Wangen glühen inzwischen und ich bin froh, dass ich mich zumindest ein bisschen hinter Dylans fröhlichem Gebrabbel verstecken kann.

»Das ist nicht witzig, Rob. Kapiert das denn keiner? Bin ich wirklich die Einzige, die das begreift?«

Linda schlägt mit beiden Händen auf die Arbeitsfläche der Küche und funkelt mich und Rob an.

»Er schläft mit Ray. Ray Williams! Einem internationalen Musikstar!«, sagt sie betont langsam. Ich schätze, es ist im Moment unwichtig, ihr zu erklären, dass wir noch nicht so weit gegangen sind. Also nicht wirklich. Aus diesem Grund bin ich lieber still und warte ab. Sogar Rob zieht mit fragender Miene eine Augenbraue nach oben.

»Das geht mich nichts an, schätze ich«, antwortet er und trinkt einen Schluck Kaffee.

»Natürlich geht uns das etwas an! Weil mein liebster Bruder offensichtlich nicht in der Lage dazu ist, mit jemanden zu schlafen, ohne sich Hals über Kopf in die Person zu verlieben. Und weil wir beide diejenigen sind, die Ellie in ein paar Tagen, Wochen oder Monaten wieder zusammenflicken müssen!« Linda dreht sich zu mir und erst jetzt erkenne ich Sorge in ihrem Blick. Das war gar keine Wut darüber, dass ich sie gestern alleingelassen habe – mit Mom, an Thanksgiving. Das ist Sorge. Um mich. Darüber, dass Ray mir das Herz brechen wird.

»Mann, Ellie. Kannst du dir nicht einmal einen ganz normalen Kerl angeln? Ist dir denn nicht bewusst, wie es enden wird?«

Nein, das ist es nicht. Obwohl ich ziemlich genau weiß, was Ray beruflich macht, verspüre ich dieses klitzekleine Fünkchen Hoffnung, dass wir dennoch zusammen sein können. Wie ein ganz normales Paar.

Liege ich mit dieser Hoffnung etwa falsch?

Ich komme nicht dazu, weiter darüber nachzudenken beziehungsweise Linda zu antworten, denn Ray erscheint in der Küche, mit nassen Haaren und in meinen Klamotten. Wieso trägt er denn meine Sachen? Und warum gefällt mir das sogar? Mein schwarzes Shirt liegt verdammt eng an seiner Brust an und ich kann jeden einzelnen Muskel darunter erkennen. Ja, das gefällt mir. Sogar sehr …

»Warum hast du mich nicht geweckt, Mann?«, sind die ersten Worte, die er an mich richtet, um danach direkt an mir vorbei zu unserer Kaffeemaschine zu eilen. »Ich muss in fünf Minuten im Studio sein.« Er wirft einen Blick auf seine Smartwatch und verzieht das Gesicht. »In drei Minuten. Verdammt!«

Ich spüre Lindas verärgerten Blick, ohne dass ich sie ansehen muss, denn das ist quasi ihre Bestätigung dafür, dass Ray ein Arsch ist. Einer, der es nicht einmal für notwendig hält, uns einen guten Morgen zu wünschen, geschweige denn, mich zu küssen. Er sieht mich ja nicht einmal an! In meinem Magen ballt sich alles schmerzhaft zusammen.

War das heute Nacht etwa nur eine Ausnahme? Sein Liebesbekenntnis nichts weiter als leere Worte? Ein Glück, dass ich Dylan auf dem Arm habe, dem ich jetzt einen Kuss auf die Wange drücke.

»Guten Morgen, Ray«, sagt Rob überdeutlich und mustert ihn über die Zeitung hinweg mit kritischem Blick, während dieser mit geschlossenen Augen seinen Kaffee trinkt. Doch auch danach murrt Ray nur leise. Er scheint es nicht einmal zu registrieren, dass wir ihn alle drei völlig sprachlos anstarren. Wie in Trance trinkt er seinen Kaffee, stellt danach die Tasse in die Spüle und schaut noch mal auf die Uhr.

»Ich muss los«, meint er und lässt uns einfach stehen.

Ich starre auf die Küchentür und fühle mich dezent verarscht. Was sollte das eben? Ich setze Dylan ab, der sofort zu Linda krabbelt, und fange dabei den Blick meiner Schwester auf. Er wirkt traurig und gleichzeitig wissend.

»Sag nichts!«, warne ich sie knurrend, denn das Letzte, das ich jetzt gebrauchen kann, sind Sätze, wie »Ich hab's dir gleich gesagt.«

Doch dann fliegt die Küchentür erneut schwungvoll auf und Ray stürmt direkt auf mich zu. Er ergreift mein Gesicht mit beiden Händen und küsst mich leidenschaftlich und wild. Ich spüre seinen hektischen Atem, schmecke eine Mischung aus Kaffee und Kaugummi und - verdammt! – Ich will mehr davon! Keine Ahnung, was mit Ray gerade abgeht und was das kurz zuvor bedeuten sollte, aber an solche Küsse könnte ich mich gewöhnen.

Nach einer gefühlten Ewigkeit hält er inne und sieht mich mit einem schiefen Lächeln an.

»Danke für alles«, sagt er. Dann küsst er mich erneut, aber diesmal sanft, fast schon hauchend. »Guten Morgen!«, richtet er die letzten Worte an die anderen in der Küche. Er hebt kurz die Hand zum Gruß und verschwindet zum zweiten Mal. Diesmal höre ich die Wohnungstür ins Schloss fallen und erst jetzt wage ich, zu atmen.

Was zur Hölle war das denn bitte? Wie in Trance fasse ich an meine Lippen, als könnte ich so verhindern, dass sich sein Geschmack verflüchtigt.

»Dieser Ray ist wirklich … interessant«, höre ich Rob nach einer Weile sagen und grinse zu ihm herüber, der mich über die Zeitung hinweg anvisiert. Ja, so könnte man es nennen. Ray ist definitiv interessant. Was auch immer das bedeuten mag.

Kapitel Einunddreißig

RAY

Fuck!

Fuck, Fuck, Fuck!

Das sind die einzigen Gedanken, die mir momentan durch den Kopf gehen. Zu mehr bin ich nicht imstande. Nicht, nach dieser Nacht. Nicht, nachdem ich all die beschissenen Nachrichten gelesen habe, die auf meinem Smartphone aufgeploppt sind. Wieso habe ich es nur angeschaltet?

Eine Mitteilung kam von Jonas, den ich eigentlich zur Probe abholen wollte, der fragte, wo ich bleibe. Und eine weitere Nachricht von Jonas, in der er mich aufforderte, sofort zu kommen, da etwas geschehen sei.

Eine weitere Nachricht stammte von Scott, in der er mich aufs Übelste beschimpfte. Und gefühlt tausend Anrufe und Mails von Peter.

Die letzte Nachricht stammte erneut von Jonas, sie enthielt eine Warnung und einen eingefügten Link zu irgendeiner Promi-Klatsch-Website.

Ich habe mir gar nicht die Mühe gemacht, den Link zu öffnen. Denn ehrlich gesagt kann ich mir denken, worum es dort geht.

Vor allem, nachdem ich diesen beschissenen Paparazzi direkt vor Ellies Wohnung davonjagen musste.

»Ray Williams, hättest du ein paar Minuten Zeit? Ist es wahr, dass hinter diesen Mauern deine neue große Liebe wohnt? Hast du tatsächlich endlich die Frau fürs Leben gefunden? Oder sogar einen Mann? Man munkelt ja so einiges.«

Ich könnte mich immer noch für meine feige Antwort ohrfeigen. »Tut mir leid, Sie enttäuschen zu müssen. Ich war an Thanksgiving bei Freunden und habe etwas zu viel Wein getrunken. Don't drink and drive. Denn das rettet Leben.« Danach schenkte ich ihm mein professionelles Lächeln, das er sofort fotografiert hat, stieg auf das Motorrad und bin davongefahren.

Fort von Ellie, den ich gerade eben noch geküsst habe. Fort von meiner Lüge. Fort von meinen eigenen, überwältigenden Gefühlen.

Weil ich es nicht darf.

Weil es mir vertraglich nicht erlaubt ist, eine Beziehung zu haben. Schon gar keine mit einem Mann. Weil ich laut Peter auf diese Weise tausenden jungen Mädchen das Herz brechen würde. Unter anderem.

Ich habe absolut keine Lust, in wenigen Minuten vor Peter zu treten. Wahrscheinlich werde ich erneut für diese lächerlichen Informationen, die an die Presse gegangen sind, zahlen müssen. Ich bin jetzt schon gespannt, wie viele tausend Dollar er diesmal verlangt.

Leider erscheint das Eingangstor von Sunset Music

viel zu früh und nachdem ich weitere Pressefutzis im gesamten Eingangsbereich sehe, fahre ich kurzerhand um das Hauptgebäude herum und stelle das Motorrad hinter dem Haus ab. Anschließend nehme ich wie ein verängstigtes Küken den Hintereingang und schleiche durch das Studio.

Jonas ist der Erste, der mich entdeckt, warnend die Augen aufreißt, mit dem Kopf zur Tür hinter sich deutet und ein Telefon mit den Händen formt. Okay, so wie es aussieht, ist Peter gerade nicht anwesend und telefoniert, zumindest ist es das, was ich anhand von Jonas' Pantomime verstehe. Ich trete leise in den Proberaum und murmle eine allgemeine Begrüßung – genau das, was ich bei Ellie vorhin vor lauter Schock über die Nachrichten vergessen habe. Ich habe mich wie der letzte Idiot verhalten. Und das vor Linda und Rob. Ich schätze mal, sie hassen mich jetzt beide.

Scott stellt die Bassgitarre ab und mustert mich aufmerksam – und abfällig, wie mir bewusst wird. Als hätte ich irgendeine ansteckende Krankheit. Oder als wäre ich in Hundescheiße getreten. Bin ich nicht. Außerdem habe ich sogar geduscht – mit Ellies Dusch-gel. Zumindest hoffe ich, dass ich Ellies Duschgel und nicht das von Rob erwischt habe …

»Schicke Klamotten«, begrüßt mich Alec lachend und ich beiße mir auf die Unterlippe.

Ja, Ellies Shirt und Hose wirken an mir, als hätte man mir sie an den Körper genäht. Das Shirt klebt ja schon fast an mir, während die Jogginghose auf Schienbeinhöhe endet. Tja, was die wenigen Zenti-meter Größenunterschied doch ausmachen. Dennoch sind sie besser als meine Sachen vom Vortag, denn darauf sind aus einem mir unerklärlichen Grund Flecken unserer nächtlichen Aktivitäten gelandet. Weiß der Geier, wie das passiert ist. Aber eins weiß ich sicher, das will niemand sehen - erst recht nicht nach diesem Medientrubel. Da fällt mir ein, dass ich Ellie nicht einmal gefragt habe, ob es für ihn in Ordnung ist, seine Sachen zu tragen. Oder sein Duschgel zu benutzen. Er muss mich wirklich für ein mieses Arschloch halten. Nein, ich *bin* ein mieses Arschloch!

»Das ist jetzt nicht dein Ernst, oder?«, fragt Scott und baut sich vor mir auf. Dabei habe ich lediglich meine Gitarre ausgepackt.

»Ich bin spät dran und wir wollten den neuen Song proben. Was ist dein Problem, Mann?«

Scott kommt auf mich zu und schüttelt verächtlich den Kopf. »Glaubst du wirklich, du kannst dir alles erlauben, nur weil du der verfluchte Frontsänger bist?«

»Alter! Ich bin eine halbe Stunde zu spät dran, zum ersten Mal! Komm runter!«

»Scheiß auf dein Timing! Ich rede von diesem Kerl, von dieser Schwuchtel und dir!«

Sofort lasse ich die Gitarre fallen und packe Scott am Kragen. »Wage es ja nicht«, knurre ich, doch Scott ignoriert meine Drohung und stößt mich von sich.

»Wir alle haben unterschrieben, keine offiziellen Beziehungen zu haben, aber du scheißt — wie immer — auf alles und machst einfach dein eigenes Ding! Völlig egal, dass der Rest von uns drunter leiden wird. Dass die Publicity in den Keller sinkt und in Kürze wahrscheinlich sämtliche Klatschblätter von unserer Band in Zusammenhang mit der verfluchten LGBTQ+-

Community berichten werden. Ich habe dich so satt, Ray! So verdammt satt!«

»Was genau soll ich denn getan haben?«, brülle ich. »Ich habe an Thanksgiving nicht zu Hause gepennt. Na und? Wo liegt das Problem?«

Jonas tritt hinter mich und legt eine Hand auf meine Schulter. Dann reicht er mir sein Handy und ich überfliege die Artikel, die er mir zeigt.

Heimliche Liebesaffäre mit einem namenlosen Studenten?
Ray Williams schwul?

Ein eingeladener Augenzeuge habe angeblich mitangesehen, wie Ellie und ich ununterbrochen geturtelt hätten.

Eingeladener Augenzeuge … Cole! Dieser Mistkerl!

Ich kann mir schon denken, wie das Ganze ins Rollen kam. Wahrscheinlich hat mich irgendein Paparazzo dabei beobachtet, wie ich die Wohnung aufgesucht habe und einfach gewartet. Als Cole schließlich von Ellie rausgeworfen wurde, griff der Pressekerl an und der Rest ist jetzt in den Medien zu lesen.

Allerdings sehe ich in keinem Artikel ein Foto von Ellie, geschweige denn eines von uns beiden. Was gut ist, denn sie haben keine Beweise und ich die Möglichkeit, alles zu dementieren. Daher schnaube ich verärgert, gebe Jonas das Handy zurück und funkle Scott an.

»Und du glaubst diesen Bullshit? Sehe ich in

deinen Augen etwa schwul aus? Als würde ich auf jemanden wie Ellie abfahren?«

Jedes einzelne Wort schmerzt schlimmer als tausend Messerstiche direkt ins Herz.

Ich hasse mich. Ich hasse mich so sehr dafür, dass ich das einzig Schöne in meinem Leben verleugnen muss. Aber ich habe verdammt noch mal keine Wahl. Zum Glück habe ich in den letzten Jahren meine Lügen perfektioniert, sodass Scott mich nun völlig sprachlos anstarrt. Ja, er glaubt mir.

»Alter!« Er klopft mir unbeholfen auf die Schulter. »Was für 'ne kranke Scheiße! Wie kannst du dabei nur so ruhig bleiben?« Er stöhnt und schüttelt fassungslos den Kopf. »Wenn man über mich schreiben würde, ich wäre schwul … Ich würde diese Reporter fertig machen.«

Ja, weil Homosexualität das Schlimmste auf Erden ist. Zumindest für Scott. Erst als Jonas eine Hand auf meine geballte Faust legt, merke ich, dass ich zittere. So sehr muss ich mich zusammenreißen, um Scott nicht doch noch eine reinzuhauen.

Alec setzt sich neben mich auf den Boden. »Aber wie kommen die Presseleute darauf? Klar sind die meisten Berichte gewisser Zeitungen haarsträubend, aber hier geht es ja eindeutig um Verleumdung. Sie müssen doch wissen, welche Strafen sie erwarten.«

Verleumdung. Ich schlucke. Hier gibt es nur einen, der Lügengeschichten erzählt und das ist nicht die Presse. Aber anstatt das zuzugeben, zucke ich mit den Schultern und bemühe mich um einen gelangweilten Ausdruck.

»Ellie hat gestern seinen Freund zum Teufel gejagt.

An Thanksgiving. Ich kann mir also denken, wer dahintersteckt.«

Plötzlich öffnet sich die Studiotür und Peter tritt ein, den Blick auf mich fixiert und sein Handy am Ohr.

»Kannst du das beweisen?«, fragt er. Offensichtlich sind unsere Probenmikros eingeschaltet und er hat jedes Wort mitgehört.

»Nein. Und soweit ich weiß, arbeitet der Kerl in einer der angesagtesten Anwaltskanzleien San Franciscos. Es wäre unklug, ihn zu verklagen.«

Peter stößt eine Litanei an Flüchen aus und widmet sich wieder seinem Telefongespräch. »Hast du es mitgehört? Gut, also dann belassen wir es dabei. Schick die Nachrichten raus!« Ohne sich zu verabschieden, steckt er das Smartphone in die Anzugjacke. Dann atmet er tief durch und deutet auf uns.

»Okay Jungs, Daddy Peter rettet euch mal wieder den Arsch. Folgendes: Wir geben am nächsten Wochenende ein letztes Club-Konzert. Ich konnte vorhin mit dem Inhaber vom Temple telefonieren. Er schuldet mir noch einen Gefallen, außerdem ist ihm ein Act ausgefallen. Das bedeutet einen weiteren Gig im Rahmen unserer Club-Tour. Dort werden wir den neuen Song präsentieren, die Marketingabteilung weiß schon Bescheid und ist bereits dabei, sämtliche Pressemitteilungen, Social-Media-Ankündigungen, etc. auf den neuen Termin abzuändern. Außerdem veranstalten wir direkt im Anschluss eine Pressekonferenz.« Er holt tief Luft und ich spüre seinen eisigen Blick auf mir ruhen. »Offiziell, damit du über deinen neuen Song sprechen kannst. Inoffiziell, um den Leuten

nochmals zu zeigen, wer du wirklich bist. Kapiert? Du
darfst also gern in den Pausen sämtlichen Mädchen
die Zunge in den Hals stecken und die Fotos auf Instagram und Co. teilen. Noch Fragen?« Er klatscht in die
Hände und grinst breit und falsch. »Na dann, an die
Arbeit. Ihr werdet das Studio heute nicht vor Mitternacht verlassen, Jungs! Und Ray – du kannst mir
später danken.«

Bedeutet so viel wie: Du schuldest mir was.

Mir ist kotzübel. Ich hasse Peter. Ich hasse mich
und meine Lügen. Ich hasse mein Leben!

Meine Finger sind taub und ich kann kaum noch
geradestehen, nachdem Peter uns endlich entlassen
hat. Es ist weit nach Mitternacht und Alec und Scott
sind inzwischen abgehauen, doch ich lungere immer
noch im Studio herum, weil ich einfach nicht nach
Hause will. Denn ich weiß, dass ich dann über all das
nachdenken werde. Noch mehr, als ich es sowieso
schon tue.

Ich will mich aber nicht damit auseinandersetzen,
was ich Ellie heute angetan habe. Ich will vergessen.
Einfach alles. Fuck! Ich hätte Scott bitten sollen, mir
eine seiner Pillen zu geben. Irgendein hartes Zeug, das
mich vergessen lässt, wer ich bin. Scott hat immer
etwas dabei, das weiß ich. Wieso habe ich nur nicht
dran gedacht? Andererseits ist es vermutlich besser so.
Denn leider gibt es keine Pillen gegen Homophobie.
Und erst recht keine gegen Lügen.

Stöhnend öffne ich die Tür des Proberaums auf

der Suche nach meiner Jacke und dem Handy, das darin steckt, und renne fast Jonas über den Haufen, der gerade eintreten wollte.

»He! Erschreck mich nicht so! Was zur Hölle suchst du noch hier?« Ich merke selbst, wie abweisend und gemein ich klinge, doch ich kann es nicht ändern.

»Ich suche dich, Mann!« Tatsächlich hält er meine Jacke in den Händen, die ich zögerlich ergreife.

»Wieso?«

Jonas mustert mich mit prüfendem Blick und kaut auf seiner Unterlippe und dem Lippenpiercing herum. »Weiß Ellie irgendetwas von dem, was heute geschehen ist?«

Ich stöhne. »Ich will nicht über Ellie reden!« Meine Stimme vibriert und ich hoffe, Jonas versteht meinen Blick und haut ab.

Tut er leider nicht. Stattdessen verschränkt er die Arme und baut sich breitbeinig vor mir auf. »Du hast mir erzählt, dass du dich in ihn verliebt hast.«

»Ja, und genau das ist mir vertraglich verboten. Voilà – vor dir steht der größte Idiot auf Erden! Der es nicht einmal schafft, seinen Bandkollegen mitzuteilen, wie glücklich er ist.« Ich halte inne und spüre diesen verfluchten Schmerz. »Wie glücklich er war«, verbessere ich mich. »Fuck!«

Ich hole das Handy aus der Tasche und schlucke, als ich die vielen Anrufe von Ellie darauf erkenne. Die letzte Mitteilung von ihm kam vor wenigen Minuten an.

> Hey, noch wach? Können wir
> telefonieren? Bitte. E.

Offensichtlich versteht Jonas, wessen Nachrichten ich lese, denn er legt mir schon wieder eine Hand auf die Schulter und sieht mich durchdringend an. »Rede mit ihm. Er wird es verstehen. Ich bin mir sicher.«

Ich bin mir leider auch sicher, dass dem nicht so ist. Zumal ich weiß, wie schwer ihm die heimliche Beziehung mit Cole gefallen ist. Aber in einer Sache hat Jonas recht. Ellie verdient es, dass ich ehrlich bin. Ich sollte es beenden, solange es noch geht. Daher drücke ich auf den grünen Telefonhörer und warte auf das Tuten. Jonas lehnt sich inzwischen gegen den Türrahmen, als wüsste er, welches Gespräch mir bevorsteht.

»Hi, Superstar«, höre ich plötzlich Ellies Stimme. Sie klingt kratzig und belegt, als hätte er geschlafen. Gott, wäre ich jetzt gerne neben ihm im Bett …

»Hi.«

»Wo steckst du? Bist du immer noch im Studio?«

»Ja … Äh, ja. Peter will, dass wir nächstes Wochenende den neuen Song vorstellen, daher mussten wir heute Überstunden schieben«, erkläre ich.

»Nächste Woche schon? Wieso das denn? Ich dachte, der Song wäre für das dritte Adventswochenende vorgesehen? Ist etwas passiert?«

Ich schlucke und mein Blick flackert kurz zu Jonas. »Nein. Keine Ahnung, was in ihn gefahren ist«, antworte ich und fühle mich schrecklich.

Ellie lacht leise und allein das Geräusch treibt mir Tränen in die Augen. Ich will dieses Lachen nicht verlieren. Ich will *ihn* nicht verlieren!

»Linda hat mir den Artikel gezeigt. Über uns. Sieht so aus, als hätte Cole seine Wut an der Presse ausgelassen. Hat das Folgen für dich?«, fragt Ellie nach einer gewissen Zeit. In mir spannt sich alles an und ich halte den Atem an. Ich sollte es beenden. Hier und jetzt. Ich sollte ehrlich sein. Offen. Aufrichtig. Das bin ich ihm schuldig.

»Ja … Also nein. Ich meine, ich habe den Artikel auch gesehen. Aber es ist alles okay. Die Marketingabteilung hat mir geraten, erst mal dazu zu schweigen, bis sich die Aufmerksamkeit auf unseren neuen Song richtet.« Das ist ja quasi die Wahrheit. Ich lasse nur ein winziges Detail aus. Das Detail, das mir vorschreibt, im Anschluss alle Gerüchte zu dementieren und Ellie öffentlich von mir zu stoßen. Sozusagen. Ich beiße mir auf die Unterlippe. »Wir kriegen das hin, oder?«

Ellie gähnt am anderen Ende der Leitung gedehnt. »Ich denke schon. Mir ist es gleich, was die Leute über mich denken. Du bist derjenige, der zählt.«

Schon wieder zieht sich alles schmerzhaft zusammen. Ich zähle? Ausgerechnet ich?

O Ellie! Ich bin dein Untergang!

Und doch schaffe ich es nicht, ihm die Wahrheit zu sagen. Stattdessen …

»Hey, ich weiß, es ist spät, aber hättest du noch Lust, zu mir zu kommen? Du könntest direkt in die Tiefgarage, links hinter dem Haupteingang, fahren, sollten Paparazzi vor der Tür warten. Mein Bett wäre um einiges größer als deins …«

Ich höre Ellies Grinsen beinahe durchs Telefon hindurch und spüre, wie sich meine Mundwinkel automatisch anheben. »Aber nur, wenn ich morgen die ultrageniale Regen-Massage-Dusche benutzen darf.«

»Vielleicht. Verdien es dir!«

»Bin schon auf dem Weg«, höre ich ihn sagen, dann hat er aufgelegt. Ich schließe die Augen und genieße das Kribbeln, das im Magen beginnt und sich bis zu den Zehenspitzen ausbreitet.

»Mann, bitte versprich mir, dass du Ellie heute erklärst, was Peter von dir fordert. Das hat er verdient.«

Und schon ist das Kribbeln verschwunden, ersetzt durch tausend Dolchspitzen, die sich in mein Herz bohren. Ich mustere Jonas’ Gesicht und seufze.

»Er würde es niemals verstehen, Jonas. Geschweige denn akzeptieren.«

Jonas breitet die Arme aus und stöhnt, als würde er aufgeben. »Deine Beziehung, nicht meine«, antwortet er und hält mir die Studiotür auf. »Lass uns abhauen.«

Ich atme tief durch und folge ihm anschließend durch den dunklen Gang des Studios.

Abhauen … Das wäre es. Zusammen mit Ellie.

Einfach alle Ketten abschütteln und den Rest der Welt ignorieren.

Wenn es nur so einfach wäre.

Kapitel Zweiunddreißig

ELIAH

Das Leben ist großartig. Wunderschön. Und … Ach, ich kann mich gar nicht daran erinnern, jemals so glücklich gewesen zu sein. Rosarote Brille? Hier bin ich! Und ja, im Moment fühle ich mich, als würde ich auf Zuckerwolken tanzen und über Regenbogenrutschen gleiten. Mann, meine Gedanken klingen verdammt kitschig. Und schräg. Selbst für einen Fantasy-Autor.

»Was grinst du denn so?« Rob mustert mich aufmerksam, während ich ihm gegenüber am Küchentisch sitze und auf den Bildschirm des Notebooks starre. Sogar das ist außergewöhnlich für mich. Normalerweise arbeite ich in meinem Zimmer, die Kopfhörer im Ohr, damit ich nichts und niemanden um mich herum wahrnehme. Und jetzt befinde ich mich in unserer Wohnküche, höre Dylans Gebrabbel, das Brummen der Spülmaschine und das Rascheln der

Zeitung, die Rob in den Händen hält. Doch es stört mich nicht. Nicht im Geringsten.

»Was? Ach, nichts. Ich habe nur eben eine Nachricht von Lexi erhalten. Sie sind heute Nacht in San Fran gelandet und wollen mich nach den Vorlesungen treffen.« Das ist zwar nicht unbedingt der Grund meiner guten Laune, aber dennoch nicht gelogen, denn die Nachricht gibt es wirklich. Und ich freue mich wahnsinnig, die beiden wiederzusehen. Vor allem freue ich mich darauf, mit ihnen morgen Abend auf Rays Konzert zu gehen. Ich kann es kaum erwarten, Ray meinen Freunden vorzustellen. Allein der Gedanke an Ray lässt mich schon wieder breit grinsen.

Dieser Mann ist einfach unglaublich.

Die letzte Woche war unglaublich. Jeden Abend neben ihm einzuschlafen und jeden Morgen in seinen Armen aufzuwachen. Ich kann die Gefühle gar nicht beschreiben. Es fühlt sich vollkommen an, einfach perfekt. Als wäre Ray genau das Gegenstück, das Puzzleteil, das zu mir passt. O Gott! Seit wann klingen meine Gedanken so, als kämen sie aus einem kitschigen Märchen?

»Morgen.« Linda schlürft in Bademantel und mit tropfnassen Haaren in die Küche und betrachtet mich einige Augenblicke, bevor sie sich einen Kaffee zubereitet und die Augen verdreht.

Ich erkenne die fetten Sorgenfalten auf ihrer Stirn, denn genau mit diesem Gesichtsausdruck mustert sie mich seit einer geschlagenen Woche. Ich weiß, was sie über Ray und mich denkt. Sie glaubt nicht daran, dass er es ernst meint. Und es gibt diese leise Stimme in meinem Inneren, die mir genau dasselbe sagt. Und zwar jedes Mal, wenn ich versuche, mit Ray über die Artikel in den Klatschblättern zu sprechen und er daraufhin das Thema mit einem Kuss beendet. Dummerweise kommt er immer damit durch, da mein Gehirn nicht in der Lage ist, zu denken, sobald ich Rays Lippen auf meinen fühle.

Mein Handy vibriert und ich spüre selbst das breite Grinsen, als ich die Nachricht lese.

> Ray: Guten Morgen, Schnarchnase. Ich wollte dich nicht wecken, du hast so friedlich ausgesehen. Viel Spaß bei deinen Vorlesungen. Freue mich auf heute Abend. Kuss R.

> Ich: Hey, ich schnarche nicht! Niemals! Wünsch dir auch einen schönen Tag. Bis später. PS: Ich sag nur Regen-Massage-Dusche …

Ich beiße mir auf die Unterlippe. Vor meinem geistigen Auge sehe ich erneut Ray in der Dusche, ich höre seinen keuchenden Atem, mein eigenes Stöhnen und all die anderen Geräusche, die wir erzeugt haben … Ja, ich liebe diese Dusche. Und seit gestern Nacht noch ein bisschen mehr.

Erneut vibriert es und ich erstarre, als ich die Nachrichten lese.

Ich lache laut auf und ignoriere Lindas und Robs Blicke, während ich das Video starte. Tatsächlich erkenne ich mich, wie ich auf der Seite liege, die Decke seltsam verknotet um meine Beine und Arme geschlungen und ja – ich schnarche. Gott! Wie schrecklich! Ray hat mich tatsächlich beim Schlafen gefilmt. Dieser Arsch! Es raschelt und einen Augenblick lang ist der Bildschirm schwarz, doch kurz darauf erkenne ich Ray, der neben mir liegt und offensichtlich gerade die Kamera gewechselt hat. Er grinst breit in die Kamera und dreht anschließend den Kopf zur Seite, um mich zu beobachten. Wann hat er denn dieses Video gedreht? Und warum zur Hölle sieht er aus, als käme er frisch aus der Maske, während ich neben ihm liege und wie ein sabbernder, schnarchender Oger wirke? Das ist nicht fair! Doch als ich Rays sanftes Lächeln auf dem Video erkenne, halte ich den Atem an. Er küsst mich auf die Stirn, auf die Nase und auf den Mund. Damit endet das Video und ich betrachte noch einige Augenblicke das Standbild von Ray, der den schlafenden Ellie küsst. Wärme breitet sich in mir aus.

Liebe.

Genauso muss sich Liebe anfühlen.

Habe ich schon erwähnt, wie glücklich ich gerade bin?

»Sag mal, hättest du nicht eigentlich um neun die erste Vorlesung?«, unterbricht Linda meine Gedanken und ich werfe einen Blick auf die Wanduhr und schrecke auf.

»Verflucht!« Besagte Vorlesung hat vor zehn Minuten begonnen und ich bin noch nicht einmal auf dem Campus! Ich sollte mich wirklich mehr auf das Studium konzentrieren, denn ich kann es mir ehrlich gesagt nicht leisten, nur wegen Ray und meinen rosaroten Gefühlen zu ihm eine Ehrenrunde zu drehen. Daher klappe ich das Notebook zu und stecke das Handy in die Umhängetasche. Eine Antwort an ihn muss jetzt mindestens bis zur Mittagspause warten.

»Wir sehen uns!«, rufe ich meinen Mitbewohnern zu und eile aus der Wohnung.

»Ich hätte mir niemals vorstellen können, mit dir einmal auf ein *Ray and the Kings*-Konzert zu gehen! Darauf trinken wir einen! Cheers!«

Lexi stößt den Tequila-Shot an die Gläser von Gordon und mir und zusammen kippen wir den Schnaps in einem Zug herunter. Es tut so gut, endlich wieder mit meinen besten Freunden gemeinsam zu feiern.

Der Club ist rammelvoll und ich habe das Gefühl, mit jeder Bewegung gegen eine andere Person zu stoßen, dennoch kann ich nicht aufhören, breit über beide Wangen zu grinsen. Ich freue mich so darauf,

Ray zu sehen. Ich freue mich auf seinen Gesichtsausdruck, wenn er mich in der grölenden Menge sieht – falls er mich denn überhaupt unter all den Leuten entdeckt. Immerhin habe ich ihm erklärt, dass ich heute Abend mit meinen Freunden unterwegs bin. Die Tatsache, dass wir unser Vorhaben auf seinem letzten Clubkonzert umsetzen, habe ich ganz bewusst verschwiegen. Aus irgendeinem Grund schien er wegen dieses Abends nervös zu sein und ich glaube, die kleine Überraschung wird ihm guttun.

Wer weiß, vielleicht können wir ja anschließend alle gemeinsam feiern? Ich bin mir ziemlich sicher, Lexi und Gordon würden sich gut mit Ray und auch mit Jonas verstehen. Außerdem liebe ich diesen Club! Und ich kann mir sogar die Getränke leisten – ideale Bedingungen für eine lange Partynacht.

»Ich kann es kaum erwarten, jedes einzelne Detail deiner vergangenen Wochen zu erfahren«, schreit Gordon in mein Ohr und zwinkert mir zu.

»Und im Gegenzug erzählst du mir eure Details aus der Karibik?«, kontere ich und ernte ein breites Grinsen. Gordon hat seine schulterlangen Haare zu einer unordentlichen Palme hochgebunden und wirkt in dem Hawaii-Hemd und den Flip-Flops, die er trägt, als befände er sich immer noch in der Dominikanischen Republik. Dazu der lange, verwilderte Bart – er könnte glatt Tom Hanks im Film *Cast away* Konkurrenz machen.

»Willst du denn alle Details unseres Urlaubs erfahren?«, fragt er und zieht dabei Lexi in seine Arme, die vielsagend mit den gepiercten Augenbrauen wackelt.

Gute Frage. Berechtigte Frage. »Äh. Nein. Sicher

nicht.« Ich kenne die zwei leider lange genug, um zu wissen, wie sie das Wort »Urlaub« definieren. Und nein, ich will nicht erfahren, was genau sie mit wem und mit wie vielen Personen getrieben haben. Geschweige denn von wo und womit … Hilfe! Verfluchte Bilder im Kopf! »Experimentierfreudig« ist ein Begriff, den Lexi und Gordon neu definiert haben.

Zum Glück muss ich nicht weiter darüber nachdenken, denn im selben Moment erlöschen sämtliche Lichter des Clubs und ich höre Rays dunkle Stimme durchs Mikrofon hallen.

»Ladys and Gentlemen, seid ihr bereit zu feiern?« Es folgen ohrenbetäubendes Kreischen und Jubeln und schon erklingen die ersten Töne einer ihrer Songs, allerdings umgewandelt als Techno-Dance-Version. Passend dazu blinken die LED-Spots im gesamten Saal rhythmisch in Blau- und Grüntönen, als die vier Musiker die Bühne betreten und sofort mit ihrer Choreografie starten.

Ich weiß, ich weiß, vor etwa drei Wochen habe ich mir genau dieselbe Performance angesehen, mit den Augen gerollt und innerlich die Minuten gezählt, bis ich wieder nach Hause konnte. Ich fand es schrecklich. Ich fand *ihn* schrecklich. Ganz zu schweigen von der Musik.

Und heute? Tja, ich hüpfe gerade zusammen mit all den anderen Fans auf und ab, juble und kreische und – Gott! – ich gröle jede Zeile lauthals mit! Nicht, weil ich plötzlich ein Riesenfan dieser Musik bin, sondern weil Ray dort auf der Bühne steht. *Mein* Ray. Der heute Morgen neben mir im Bett lag, die Arme um mich gelegt. Der seinem Publikum ein strahlendes

Lächeln schenkt, obwohl er beim Frühstück vor lauter Lampenfieber kaum einen Bissen heruntergebracht hat.

Ich betrachte sein Gesicht, während er singt. Er hält die Augen geschlossen, einzelne Haarsträhnen kleben feucht an seiner Stirn, er dreht sich im Kreis und reicht den kreischenden Fans in den ersten Reihen die Hand.

Das ist der Grund, warum ich tanze, warum ich kreische und warum ich nicht aufhören kann zu lächeln. Ich bin so stolz auf ihn.

»O Ellie, dich hat es aber gewaltig erwischt, oder?«, höre ich Lexis Stimme ganz nah an meinem Ohr.

Ich drehe mich zu ihr und zucke kurz mit den Schultern. Vor ihrem Urlaub beschloss meine verrückte Freundin, ihre kohlrabenschwarzen, fast hüftlangen Haare komplett abzurasieren und zu spenden und ich finde es immer wieder faszinierend, wie gut ihr diese dunkle Stoppelfrisur steht. Ihr Gesicht wirkt dadurch viel markanter, das Blau ihrer Augen heller und strahlender, genau wie ihr Lächeln.

»Du bist richtig verliebt, nicht wahr?«

Ich beiße auf die Innenseite meiner Wange und nicke langsam. »Ja, das bin ich.« Verliebt in einen Musikstar. »Verrückt, oder?«

Lexi umarmt mich und küsst mich. »Es ist extrem verrückt, aber genauso muss sich Liebe anfühlen!« Ihr Blick flackert für einen kurzen Moment zu Gordon und ich kann mein Schmunzeln nicht verbergen. Ja, die beiden haben definitiv Ahnung, wenn es um das Thema »Verrückte Liebesbeziehungen« geht.

»Ach, Lexi – ich habe euch vermisst!«

Wir nehmen uns zu dritt an den Händen und tanzen wie die Irren zu Rays Musik und hören erst auf, als Jonas eine Pause von einer halben Stunde ankündigt.

Diese Gelegenheit will ich nutzen und zerre meine Freunde quer durch den Club, um nach Ray zu suchen. Ich möchte ihnen Ray so gerne vorstellen. Außerdem will ich ihm noch einmal persönlich viel Erfolg für den neuen Song wünschen, den sie gleich präsentieren werden. Obwohl Alberta den Text dazu geschrieben hat, bin ich überzeugt davon, dass die Musik alle Gäste umhauen wird. Ich liebe den Song nämlich jetzt schon! Und das liegt nicht daran, dass er ihn mir zuletzt vorgestern Nacht, nur mit Gitarrenbegleitung und in Unterwäsche auf seinem Bett vorgespielt hat. Ganz sicher nicht! Gott, wann war ich das letzte Mal so nervös, Lexi und Gordon jemanden vorzustellen? Ich kann es kaum erwarten, ihn gleich zu …

»O verfluchte, verdammte Kackscheiße!«, stößt Lexi aus, während ich gebannt auf den Mann starre, der gerade die Zunge in den Mund eines Mädchens schiebt und dabei gleichzeitig ein Selfie knipst. Mir wird kotzübel und ich fühle mich, als hätte jemand einen Kübel Eiswasser über meinen Kopf ausgeleert.

Ich starre auf Ray.

Und verstehe rein gar nichts mehr.

Kapitel Dreiunddreißig

RAY

Wieso ist er hier?

Wieso ist Ellie verflucht noch mal hier?!

Er mag unsere Musik nicht einmal!

Der Blick, den er mir zugeworfen hat, tut mehr weh als alles andere auf der Welt. Und ich kann verdammt noch mal nichts dagegen tun! Ich darf es ihm nicht erklären. Nicht hier, nicht jetzt. Denn genau das hat mir Peter kurz vor dem Konzert noch einmal mehr als deutlich gemacht.

»Ich warne dich, Ray«, brummte er fünf Minuten vor der Show, als er mich für einen Moment auf die Seite nahm. »Ein einziges Bild mit dir und dem Ghostwriter und ich sorge dafür, dass Scott deine Position als Bandleader einnimmt, kapiert? Enttäusche mich nicht. Du weißt, wie sehr ich mir den Arsch für dich aufgerissen habe – was wir alle für dich getan haben.«

Und ich Idiot habe ihn abfällig angelächelt und meinte völlig siegessicher: »Keine Angst, Mann. Ellie steht auf Heavy Metal und Rockmusik. Du musst dir also keine Sorgen machen, ihn hier zu finden.«

Das habe ich tatsächlich gedacht. Und jetzt?

Verdammter Mist!

»Hey, Ray, gibst du mir ein Autogramm?«, höre ich eine säuselnde Stimme und ich betrachte den Stift und das tiefe Dekolleté direkt vor mir. Für einen kurzen Augenblick schließe ich die Augen.

Konzentrier dich, Mann! Du hast einen Job zu erfüllen.

Ich kann es mir nicht erlauben, weiter an Ellie zu denken. An ihn und diesen verletzten Blick, den er mir zugeworfen hat, bevor ihn das Mädchen mit den kurzgeschorenen Haaren fortgezerrt hat. Ich darf nicht weiter an ihn denken! An ihn und meine Gefühle für ihn.

Daher öffne ich die Augen, schenke der Dame ein herzliches Lächeln und ignoriere die Schmerzen, die ich dabei empfinde.

»Immer gerne doch, meine Schöne. Wie heißt du denn?«

Ich beschrifte den halben Busen, kritzle noch ein paar Herzchen darauf und küsse sie im Anschluss auf die Wange. »Hat mich sehr gefreut.«

Dann konzentriere ich mich auf den nächsten Fan.

So geht das weiter und weiter, bis mir die Wangen vom falschen Lächeln schmerzen, bis sich meine Augen staubtrocken anfühlen und meine Finger taub sind. Doch keine Ablenkung der Welt vertreibt das Bild von Ellie. Dieser fragende Blick, die stumme Erkenntnis, die darauf folgte, und die tiefe Traurigkeit, die sich schließlich einstellte – für all das bin ich verantwortlich.

Weil ich nicht ehrlich war.

Weil ich ihn so sehr wollte, dass ich ihn angelogen habe.

Weil ich mich an das Gefühl von Liebe und an die Hoffnung auf ein normales Leben geklammert habe. Ohne darauf zu achten, was ich ihm damit antue.

Ich bin so ein Idiot!

Inzwischen befinde ich mich in einem kleinen Backstagezimmer und höre im Hintergrund Peters Stimme, der gerade über die anschließende, angeblich kurze Pressekonferenz im Untergeschoss spricht und Werbung für die letzten verfügbaren Tickets hierfür macht. Ich schließe die Augen und versuche, ihn auszublenden. Versuche, einfach alles auszublenden.

Die verfluchte Konferenz! Allein die Tatsache, dass eine Pressekonferenz direkt nach einem Konzert stattfindet, ist in meinen Augen krank. Mir ist kotzübel, wenn ich daran denke, welche Aussagen ich dort treffen muss.

Ich werde das niemals schaffen, wenn Ellie unter den Gästen ist! Ich hoffe, er verlässt das Temple.

»Hey Mann, alles klar? Du siehst so aus, als hättest du einen Geist gesehen.«

Alec setzt sich neben mich auf den Fußboden und mustert mich mit interessierter Miene, während er gleichzeitig mit seinem Handy herumspielt. »Angst vor dem neuen Song? Der ist oberaffengeil! Wir werden den Laden gleich rocken!«

»Ja, nein … Der Song ist geil, wenn man den Text ignoriert«, antworte ich. Albertas Songtexte klingen allesamt gleich, und es tut mir in der Seele weh, wenn ich daran denke, wie meine Musik dadurch verhunzt

wird. Aber im Moment ist mir sogar der Song scheißegal. »Hey, kann ich kurz dein Handy benutzen?«
Dummerweise hat der Akku meines Smartphones
aufgrund eines Livestreams für meine Social-Media-
Follower vor dem Gig den Geist aufgegeben.

»Klar.«

Ich murmle ein Dankeschön und tippe gleichzeitig
eine Nachricht an Ellie. Seine Nummer könnte ich
inzwischen im Schlaf aufsagen, so oft habe ich sie mir
angesehen. Trotzdem zittern meine Finger, als ich die
Zahlen eingebe und anschließend eine Nachricht
schreibe.

> Ellie, es tut mir leid. Alles. Bitte geh
> nach Hause. Bitte! R.

Als ich Alec das Handy zurückgebe, erkenne ich
Mitleid in seinem Blick.

»Was glotzt du mich so an?« Ich weiß selbst, dass
Alec nicht die Person ist, auf die ich wütend sein sollte,
aber trotzdem vibriert meine Stimme und ich spanne
jeden Muskel meines Körpers an.

»Peter ist ein Arsch«, antwortet er und zuckt mit
den Schultern. »Er dürfte das niemals von dir
verlangen.«

Was? Warum? Wieso spricht Alec darüber? Weiß
er etwa Bescheid? Aber warum?

Als hätte er meine Gedanken erraten, lächelt er
schwach und klopft mir auf die Schultern. »Du bist
mein Bandkollege, Mann. Denkst du nicht, ich würde
dich inzwischen kennen?« Er blickt kurz auf sein
Smartphone und hält es mir entgegen. »Außerdem
hast du gerade eine Antwort erhalten.«

Das, was ich will? Ich will Ellie! Ich will ihn auf die Bühne zerren und Gott und der Welt den Mann präsentieren, in den ich mich verliebt habe. Ich will ihm verdammt noch mal sämtliche kitschige Liebeslieder widmen und jedem ein Veilchen verpassen, der es wagt, ihm weh zu tun. Ich will an seiner Seite sein. Seine Hand halten und sie nie wieder loslassen.

Doch mein Wille zählt nicht. Seit Jahren ist es völlig belanglos, was ich möchte, was ich fühle.

Ich merke erst, dass ich weine, als Alec mir ein Taschentuch reicht. Dann erhebt er sich, klopft mir noch einmal auf die Schulter und lässt mich allein.

In Gedanken wiederhole ich immer wieder Ellies Antwort.

Tu es – vor meinen Augen!

Oh, Ellie! Ich werde es tun müssen.

Ich werde dein Herz brechen – vor laufender Kamera und vor fünfhundert Zuschauern.

Und ich werde meines gleich mit zerstören.

Es tut mir so leid!

Er ist nicht gegangen. Natürlich nicht.

Stattdessen sehe ich ihn im hell beleuchteten Saal im Untergeschoss des Temples, der extra nach Peters Anweisungen in eine Art Konferenzraum umgebaut wurde. Auf der Bühne stehen sechs aneinandergereihte Tische und Stühle, auf denen links außen Peter und neben ihm unsere Pressesprecherin Andrea sitzen. Ich sitze in der Mitte und meine Kollegen rechts von mir. Von der eigentlichen Tanzfläche ist nichts mehr zu erkennen. Stattdessen ist ein Drittel des Saals aufgestuhlt worden, wo nun die unterschiedlichsten Pressevertreter Platz genommen haben. Dahinter stehen dicht an dicht all die Fans, die kurzfristig ein Ticket ergattert haben. Trotz der Menge an Menschen sehe ich ihn.

Er lehnt ganz hinten am Ausgang, die Arme verschränkt, und sieht mich unentwegt an. Dieser Blick!

»Alles klar, Mann? Fuck! Ist das …« Jonas sitzt neben mir und ist offensichtlich meinem Blick gefolgt. Er stöhnt und bindet sich die Dreadlocks zusammen – eine Geste, die ich allzu gut an ihm kenne. Er scheint auch nervös zu sein. Obwohl das Wort »auch« im Moment unpassend ist, denn ich bin nicht nur nervös – ich habe eine verdammte Scheißangst vor dem, was mir bevorsteht.

»Ziehst du es trotzdem durch?«, fragt Jonas flüsternd.

»Habe ich eine Wahl?«

Es ist nicht das erste Mal, dass ich mir überlege, Peters Anweisungen einfach zu ignorieren. Ihm ins Gesicht zu lachen, aufzustehen und Ellie zu küssen – vor der Presse und allen Anwesenden. Und ja – wenn es nach mir ginge, würde es mich nicht im Geringsten stören. Es ist mir völlig egal, was andere Menschen von mir denken. Selbst wenn meine Karriere darunter leiden würde, denn ich habe mich in diesen Mann verliebt. Und das darf ruhig jeder erfahren.

Aber meiner Band gegenüber wäre es nicht fair. Erst recht nicht nach Peters Neuigkeiten, die er uns kurz nach dem Konzert offenbart hat.

»Jungs, ihr werdet mich gleich noch ein bisschen mehr lieben. So, wie es aussieht, können wir im Frühjahr eine Europatournee starten! Ich habe heute Morgen ein paar Telefonate geführt und es sieht ziemlich gut für euch aus. Wenn dieser Song so durchstartet wie erhofft, fliegen wir im Februar nach Italien.«

Kurz danach nahm er mich erneut zur Seite. »Ich zähle auf dich, Ray. Denk daran, Europa ist nicht Kalifornien. Homosexualität ist dort gerade in einigen östlichen Ländern immer noch unerwünscht bzw. nicht gern gesehen.«

Ehrlich gesagt habe ich keine Ahnung, inwieweit diese Information der Wahrheit entspricht. Aber es spielt auch keine Rolle. Das Jubeln der anderen genügte mir, um es einzusehen – ich muss mich verleugnen. Völlig egal, was ich dabei empfinde. Völlig egal, was ich Ellie damit antue.

Für einen Moment fühle ich Jonas' Hand auf meiner und als ich ihn ansehe, erkenne ich Mitleid und Verständnis in seiner Mimik.

»Ich stehe hinter dir, Mann. Völlig egal, was du gleich sagen wirst, okay?«

Meine Stimme versagt, daher drücke ich Jonas' Hand kurz und schraube anschließend die Wasserflasche auf, die vor mir steht. Ich brauche irgendeine Beschäftigung für meine zittrigen Finger. Und wenn es das Aufschrauben von Wasserflaschen ist.

Gott sei Dank erhebt sich Peter wenige Augenblicke später von seinem Stuhl und bittet um Ruhe im Saal. Kurz darauf könnte man eine Stecknadel fallen hören, so still ist es geworden.

Das Klopfen meines Herzens hallt laut in meinen Ohren und ich balle die Hände zu Fäusten. Jetzt geht es also los. Mein Blick flattert zu Ellie, der immer noch bewegungslos am Ausgang lehnt, und ich schlucke.

Es tut mir so leid, Ellie.

Ich wünschte, ich könnte der Mann an deiner Seite sein, den du verdienst.

Leider bin ich es nicht.

All das sage ich ihm mit meinem Blick und ich hoffe, er versteht es.

Ich hoffe es wirklich.

Schon prasseln die ersten Fragen auf uns ein.

Die Pressesprecher gratulieren uns zum neuen Song und möchten wissen, wer ihn geschrieben hat. Immerhin ein harmloser Anfang.

Peter lächelt mich an und bedeutet mir zu sprechen, daher setze ich mein übliches professionelles Lächeln auf und neige den Kopf zum Mikrofon, das vor mir aufgebaut ist.

»Vielen Dank für die Komplimente. Das höre ich immer gern. Tatsächlich ist mir der Song während eines Familienfestes eingefallen. Auch wenn wir als Musiker nur selten dazu kommen, unsere Liebsten, unsere Eltern und Geschwister zu besuchen, sind diese Treffen immer wieder wertvoll. Und sie zeigen uns, was wirklich im Leben zählt. Sie zeigen uns, dass die Liebe das Wichtigste im Leben ist.«

Es spielt keine Rolle, dass ich damals beim

Komponieren der Musik an das eisige Wasser gedacht habe. An die mächtigen Wellen, die uns – Ellie und mich – umgerissen haben. Der schnelle Rhythmus, die teilweise schräge Musik waren für mich eine Art Schrei – meine Art, »Ach, scheiß drauf!«, und »Fick dich, Leben!«, zu sagen. Und sie hatte rein gar nichts mit der Liebe und erst recht nichts mit Familie zu tun. Das hat Alberta daraus gemacht. Sie hat aus meinem persönlichen ausgestreckten Mittelfinger eine kitschige Liebesgeschichte gebastelt. Wie schon so oft. Allerdings darf das niemand erfahren.

»Ray Williams – apropos Liebe – stimmt es denn, was einige Klatschblätter über Sie berichten?«

Okay, das ging schnell. Andererseits habe ich ihnen ja die Steilvorlage dazu geliefert. Ich grinse verschmitzt und betrachte den jungen Pressesprecher.

»Was berichten sie denn über mich?«, frage ich gespielt ahnungslos.

Sofort melden sich andere Pressesprecher zu Wort und ich höre etwa zehn unterschiedliche Versionen derselben Frage:

»Sind Sie schwul?«

Man sollte meinen, ich sei inzwischen Profi genug, selbst in Extremsituationen meinen Körper unter Kontrolle zu haben. Dennoch kann ich es nicht verhindern, dass mein Blick zu Ellie flackert. Er hat die Lippen fest aufeinandergepresst und ich erkenne Verzweiflung in seinem Blick.

Ellie! Ich will das nicht! Bitte glaube mir!

Ich habe das Gefühl zu ersticken. Es rauscht in meinen Ohren und mir ist kotzübel.

Dennoch lächle ich weiter und warte darauf, dass es im Saal wieder still wird.

Dann atme ich tief durch und blende meine Gefühle aus. Ich blende alles aus, was mich ausmacht. Ich zähle nicht mehr.

»Wissen Sie«, beginne ich und fahre mir durch die Haare – niemand soll sehen, wie sehr meine Hände zittern. »Ich denke, ich bin nicht der Einzige hier im Saal, der sich auf der Suche befindet. Auf der Suche nach Liebe. Möglicherweise auf der Suche nach der einzig wahren Liebe.« Verdammt! Schon wieder sehe ich zu Ellie. Zu *meiner* Liebe. Wieso tut das so höllisch weh?

Ellie, es tut mir so leid! So verdammt leid!

»Aber ich muss Sie enttäuschen. Ich habe sie noch nicht gefunden.« Jedes verfluchte Wort aus meinem Mund schmerzt und das Lächeln auf meinen Lippen brennt wie Feuer.

Natürlich prasseln weitere Fragen auf mich ein, immerhin habe ich die Frage nicht wirklich beantwortet. Doch ich muss mich stark konzentrieren, damit ich neben dem Ohrensausen überhaupt etwas verstehen kann.

»Dementsprechend gibt es weder eine Frau noch einen Mann an meiner Seite, den ich Ihnen vorstellen kann. Und glauben Sie mir, ich bin selbst am traurigsten darüber.«

Mir ist schlecht. Mein Magen ballt sich schmerzhaft zusammen und ich kann kaum atmen. Verschwommen höre ich weitere Fragen und Peter, der sie für mich beantwortet.

»Für alle Fragen, die Ray Williams und seine

Sexualität betreffen, verrate ich Ihnen heute eine kleine Sensation: In Kürze erscheint seine erste Biografie und ich versichere Ihnen, dass Sie im Anschluss keine Fragen mehr haben werden. Aber psst – das ist eigentlich noch geheim.«

Ich ignoriere das aufgeregte Murmeln, das Klatschen, die Jubelrufe und die erneuten Fragen. Mir ist schwindelig und schlecht. Ich schlucke ein paarmal und versuche zu lächeln, als mich ein Reporter erneut anspricht. Diesmal geht es um unsere Tourneeplanungen, eine mögliche neue Platte, und so weiter. Ich lasse mich auf den Stuhl zurücksinken und ignoriere einfach alles. Sollen sie doch Peter und die anderen beantworten.

Als mein Blick zum gefühlt hundertsten Mal zum Ausgang schweift, schlucke ich. Der Platz an der Wand ist leer. Genauso leer wie mein Herz.

Ellie ist weg.

Ich habe ihn verloren.

Endgültig.

Kapitel Vierunddreißig

ELIAH

Man sollte meinen, dass das Herz eines Menschen nicht so oft brechen kann. Nicht so schmerzhaft und vor allem nicht so schnell hintereinander. Oder nach so einer kurzen Zeit. Immerhin war ich nur etwa eine Woche mit Ray zusammen.

Und nicht einmal das entspricht der Wahrheit.

Wir waren nie zusammen. Kein Paar. Nicht mal im Ansatz. Das habe ich mir nur eingeredet. Genau wie bei Cole.

Ich bin ein verfluchter Loser. Ein Träumer, exakt wie Cole mich genannt hat. Ein Träumer mit einem viel zu großen Herzen.

Mom hatte recht – das Leben wäre bedeutend einfacher, wenn ich mein Herz niemals verschenkt hätte. Weder an Cole noch an Ray.

Leider habe ich es. Trotz Lindas Warnungen, trotz meiner eigenen, leisen Stimme im Kopf, trotz jeglicher Vernunft. Ich meine – Ray hat mir sogar ganz am

Anfang unserer Zusammenarbeit erzählt, wie homophob Peter ist. Ich wusste ja, unter welchem Druck er steht. Und das nicht nur aufgrund seiner Sexualität.

Wieso also tut es trotzdem so weh?

Warum?

Ich habe verdammt noch mal nicht unter Liebeskummer zu leiden! Ich wusste doch genau, worauf ich mich einlasse.

Verfluchtes Herz! Hör endlich auf, so weh zu tun! Bitte. Bitte!

»Weißt du, was ich denke? Das Leben braucht mehr Ellie Wayes!«

Lexi sitzt neben mir am Tresen unserer Küche und dreht die Kaffeetasse in ihrer Hand. Es ist Sonntagvormittag und meine herzallerliebste Freundin hat die vergangene Nacht bei mir verbracht. In meinem Bett, während sie mich festgehalten hat – die ganze Zeit. Jetzt sitzen wir bestimmt schon einige Stunden schweigend in der Küche und veranstalten rein gar nichts, abgesehen von meinem dunklen Gedankenkarussell oder meiner Heulerei.

Ihre Worte habe ich allerdings nicht verstanden. Sie ergeben absolut keinen Sinn. Das Leben braucht mehr Ellie Wayes? Noch mehr verheulte Typen, die sich regelmäßig ihr Herz brechen lassen? Yeah! Lasst uns gemeinsam darüber klagen, wie beschissen das Leben ist.

»Im Ernst, Ellie. Ich bewundere dich. Andere errichten nach dem ersten, klitzekleinen Herzschmerz eine riesige Mauer um sich herum«, erklärt sie und ich erkenne, wie Lexis Blick kurz zu Linda herüber flattert, die mit einer Zahnbürste im Mund und einem Handtuch am Körper durch die Wohnküche eilt und Dylan in den Laufstall setzt. Ja, Linda ist, was ihr Herz betrifft, genau wie Mom. Wäre sie mit Ray im Bett gelandet, würde sie jetzt sicherlich nicht verheult am Küchentresen sitzen. »Du nicht. Du begegnest jedem Menschen mit einem offenen Herzen. Trotz des Leids, das du in deinem Leben schon erfahren hast.«

Ich mustere Lexi skeptisch, da ich immer noch nicht kapiere, was daran gut sein sollte. Ich stehe anscheinend auf Schmerzen, anders kann ich mir diese beschissene Eigenart nicht erklären.

»Sag mir, was empfindest du Ray gegenüber? Jetzt im Moment? Bist du wütend auf ihn? Hasst du ihn?«, fragt sie weiter.

»Gott, Lexi, was ist in der Karibik passiert?«, höre ich Lindas genervte Stimme und ich grinse, ohne es zu wollen. »Hat dir dein Selbstfindungstrip das Hirn vernebelt? Bist du jetzt eine Psychotante geworden?«

Ein bisschen muss ich ihr zustimmen, denn meine Freundin klingt im Moment absolut nicht nach der Frau, die kurz davor ist, ihren Master in Nanotechnologie abzuschließen. Aber Lexi kichert nur leise und fährt sich mit der Hand über die Haarstoppeln.

»Ich bin nur neugierig. Außerdem will ich ihm etwas zeigen. Also, Ellie!«

Doch bevor ich dazu komme, über ihre Frage nachzudenken, knallt Linda einen Krug Orangensaft auf den Tresen und funkelt Lexi an. »Was empfindet man wohl einem Kerl gegenüber, der einem vor tausenden Leuten das Herz bricht? Wut und Hass natürlich! Ray ist ein Arschloch und wenn ich ihm noch einmal begegne, werde ich ihm in die Eier treten! Mit meinen Stilettos! Ist die Frage jetzt beantwortet? Und kannst du endlich damit aufhören, Ellie weiter an ihn zu erinnern?«

Ich schlucke, während ich Lexis bohrenden Blick auf mir fühle. Sie kennt mich zu gut. Leider.

»Hasst du ihn?«, fragt sie leise und ich schließe die Augen.

»Nein«, antworte ich, gefolgt von einem Seufzen. Augenblicklich sehe ich Ray, wie er am Strand sitzt und weint – ein Häufchen Elend, das von niemandem verstanden wird. Selbst während der Pressekonferenz habe ich erkannt, wie er leidet. Weil er nicht sein darf, wer er ist. Ich habe den Schmerz in seinem Blick gesehen, im Zucken seiner Mundwinkel oder im Zittern seiner Finger. Die Nachricht, die ich anschließend von ihm erhalten habe, wäre gar nicht nötig gewesen. Ich weiß auch so, wie leid es ihm tut.

»Nein, ich hasse ihn nicht. Und ich bin auch nicht wütend. Ich wünschte mir nur, er wäre ehrlich gewesen.«

Lexi streckt die Arme aus, als wäre damit alles gesagt, doch Linda schüttelt den Kopf und baut sich gefährlich vor mir auf. »O nein, mein Freund! Diese Antwort akzeptiere ich nicht. Fang endlich mal an, an *dich* zu denken. Er hat dich angelogen und dich verarscht! Und er ist der absolut Letzte, der dein Mitleid verdient. Ray ist ein Mistkerl!«

Schon wieder sehe ich Rays Tränen, ich höre die Melodie des Songs, den er in seinem Zimmer gesungen und gespielt hat. Ich höre seine Verzweiflung, den Wunsch nach Freiheit, und presse die Lippen zusammen.

Das Problem ist, ich verstehe ihn.

Ja, mein Leben wäre einfacher, wäre ich wie Mom oder Linda. Wenn ich mein Herz hinter einer dicken Mauer versteckt hätte. Ich hätte sicherlich mehr Spaß und weniger Liebeskummer.

Aber ich bin nicht wie sie.

Und auch, wenn ich jetzt wie ein verdammter Masochist klinge – ich mag, wer ich bin. Irgendwie. Glaube ich zumindest.

Plötzlich fühle ich, wie Lexi ihre Arme um mich schlingt. »Die Welt braucht mehr Ellies, glaube mir«, flüstert sie in mein Ohr. »Ich hab dich lieb, Herzmensch.« Dann drückt sie mir einen Kuss auf die Wange und streckt sich gähnend. »So, ich werde jetzt mal euren lieben Mitbewohner nerven, damit er Gordon und mich heute Abend zum Essen einlädt.« Sie wackelt vielsagend mit den Augenbrauen. »Ihr glaubt gar nicht, wie sehr ich Robs Lasagne vermisst habe.«

Mit diesen Worten tänzelt sie aus der Küche und ruft bereits im Gang nach unserem Mitbewohner.

»Und ich werde mit Dylan eine Runde spazieren gehen. Kommst du mit, Bruderherz, oder wirst du weiter hier herumsitzen und heulen?«

Ja, das ist meine Schwester – gefühlvoll wie eh und je.

Ich ringe mir ein schiefes Lächeln ab. »Ich werde an meinem Manuskript arbeiten, also nein. Zu beiden Fragen.«

Ich muss ihr ja nicht offenbaren, dass ich vorhabe, die zweite Version von Rays Biografie fertigzustellen.

Muss ich zum Glück auch nicht, denn Linda hat bereits mit Dylan die Küche verlassen.

Zurück bleibe ich.

Mit einem schmerzenden Herzen.

Und dem Plan, das Schwert noch tiefer in die Wunde zu rammen.

Ich beiße mir auf die Unterlippe, während ich den Laptop hochfahre.

Ladys and Gentlemen, hier kommt Ellie Waye, der verfluchte Masochist, der einfach nicht aufhören kann, zu lieben. Egal, wie weh es tut.

Kapitel Fünfunddreißig

RAY

Ich blende alle Geräusche um mich herum aus und konzentriere mich auf die Gitarre. Die Tatsache, dass sich die hohe E-Saite schon wieder verstimmt hat, ignoriere ich, denn ich habe diese eine Melodie im Kopf und das Gefühl, sie zu verlieren, wenn ich sie nicht sofort spiele.

Daher schließe ich die Augen und lasse mich fallen. Bis ich nur noch aus Musik bestehe – schmerzende, leiderfüllende Musik. Als würde mir die Gitarre vor Augen führen, wie sehr ich mein Leben versaut habe. Ich wechsle vom Zupfen einzelner Saiten in den Schlag und summe eine Melodie dazu. Es vibriert bis in mein Innerstes und ich schreie alles Leid heraus – über die Dächer San Franciscos und über das Meer hinweg. Doch als ich das Klirren von Gläsern hinter mir höre, halte ich erschrocken inne und drehe mich um.

»Fuck, Jonas! Was machst du hier?«

Mein Bandkollege steht im Wohnzimmer, hält ein paar leere Bierflaschen in der Hand und deutet auf das Chaos um mich herum.

»Alter! Was zur Hölle veranstaltest du hier? Eine Messie-Party oder was?«

Ich folge Jonas' angewidertem Blick und betrachte missmutig die Pizzakartons und Sushi-Schachteln sowie die Bierflaschen auf dem Boden.

»Ich habe dem Portier gesagt, dass ich niemanden sehen will, daher kam keine Reinigungskraft«, erkläre ich langsam und fixiere Jonas. »Wie bist du hier reingekommen?«

Jonas schüttelt den Kopf und fährt fort, das Chaos zu beseitigen. »Du kannst froh sein, dass ich überall reinkomme, wenn ich es will, Mann.« Er stapelt die Pizzakartons aufeinander, fischt diverse Servietten aus Sofaritzen und vom Boden und sammelt die Bierflaschen auf.

Während er meine Wohnung vom angesammelten Dreck der letzten Woche befreit, lehne ich mich kraftlos gegen die Fensterscheibe und sehe ihm dabei zu. Ich sollte mich bedanken. Oder zumindest entschuldigen. Dafür, dass ich mich in den letzten Tagen bei niemanden gemeldet habe. Dass ich weder das Klingeln an der Tür noch die eingegangenen Nachrichten beachtet habe. Ich weiß, dass mein Verhalten alles andere als professionell war, vor allem, weil wir letzte Woche unseren neuen Song vorgestellt haben. Ich hätte längst von einem Pressetermin zum anderen jagen sollen, ganz zu schweigen davon, dass wir noch kein Musikvideo gedreht haben – meinetwegen. Ich sollte online sein – für alle meine Fans und natürlich für Peter.

Stattdessen habe ich mich nach dem letzten Konzert vor einer Woche in meiner Wohnung eingeschlossen und bis auf den Lieferdienst niemanden hereingelassen.

Weil ich nicht mehr kann.

Weil ich nicht mehr will.

Jonas stellt die Flaschen auf dem Küchentresen ab und kommt anschließend auf mich zu. Er deutet auf die Gitarre neben mir und grinst. »Du hast dir wohl den einzigen, müllfreien Fleck in deiner Wohnung ausgesucht, um zu spielen, was?«

Ich zucke mit den Schultern. Ich könnte behaupten, dass ich mich direkt an der Fensterfront besser mit der Skyline San Frans verbinden kann und gleichzeitig über der Stadt schwebe. Der Grund wäre bei diesem Penthouse durchaus denkbar, vor allem von meinem aktuellen Sitzplatz aus. Aber das wäre gelogen. Es ist der einzige Fleck, an dem keine Bierflasche oder anderer Müll herumliegt.

Ich bin in einer verdammten Woche zu einem Messie mutiert. Zu einem Gammler, der es nicht einmal schafft, sich anzuziehen – abgesehen von Unterwäsche und einem Shirt, das Ellie hier vergessen hat. Ein schwarzes Shirt, das längst nicht mehr nach ihm riecht, weil ich es jede verfluchte Nacht an meine Nase gehalten habe.

Jonas schiebt ein paar weitere Schachteln zur Seite und setzt sich neben mich und die Gitarre.

»Der Song war übrigens grandios«, meint er nach einiger Zeit.

Ich brumme genervt. »Wen juckt's?« Ich weiß nämlich ziemlich sicher, dass Peter niemals einer so deprimierenden Melodie zustimmen würde. Nicht in hundert Jahren, denn das passt nicht zu Sunset Media und der Ideologie, nur rosa kitschige Liebeslieder zu spielen. Also wird der Song in dieser Wohnung sterben, völlig egal, wie gut er sich angehört hat oder wie sehr er mir aus dem Herzen spricht.

Jonas seufzt leise und legt mir eine Hand aufs Knie. »Du kannst so nicht weitermachen, Ray.«

Ich kaue auf meiner Unterlippe herum und starre ins Nichts. Ich weiß, dass Jonas recht hat – schon wieder. Doch ich finde keine Lösung, keinen Ausweg. Ich kann nicht einfach die gesamte Band ruinieren, nur weil mein Herz gebrochen ist. Oder weil mein Leben im Arsch ist. Sie brauchen mich als Leadsänger.

»Ich habe Peter übrigens am Dienstag mitgeteilt, dass dich die Grippe erwischt hat und du seit Tagen halb ohnmächtig im Bett liegst«, erklärt er nach einer Weile und lacht leise. »Wenn ich jetzt ein Foto von dir schieße und es auf Social Media verbreite, wird mir jeder diese Lüge abkaufen.«

»Ich liege nicht im Bett.«

Jonas grinst. »Aber du siehst verdammt scheiße aus, Mann.«

Ohne es zu wollen, grinse ich zurück. »Na vielen Dank.« Ich fahre mir durchs ungewaschene Haar und seufze erneut, während mich Jonas amüsiert mustert.

»Ich hab gehört, dass es in der heutigen Zeit eine richtig geniale Erfindung namens ›Dusche‹ geben soll.«

Ein weiterer Kommentar und ich werfe ihn aus der

Wohnung – genau dies bedeutet der Blick, den ich ihm zuwerfe. Und offensichtlich hat er ihn verstanden, denn er hebt unschuldig die Hände und verkneift sich jedes weitere Wort bezüglich meines Aussehens. Stattdessen atmet er tief durch und streicht geistesabwesend über die Saiten der Gitarre.

»Das ›E‹ ist zu tief«, meint er im Anschluss und bringt mich schon wieder zum Lächeln. Doch das verblasst sofort, als er weiterspricht. »Jetzt mal im Ernst, Ray. Ich mache mir Sorgen um dich. Und zwar nicht erst, seitdem du Ellie einen Korb gegeben hast.« Er setzt sich mir gegenüber, damit ich seinem Blick nicht ausweichen kann. Dafür sieht er jetzt all das Leid in meinen Augen, das ich fühle.

Bis vor wenigen Wochen habe ich mich über all die Songs, die von gebrochenen Herzen handeln, lustig gemacht. Ich fand sie zu übertrieben, zu aufgesetzt. Ich hätte mir niemals vorstellen können, dass man tatsächlich körperliche Schmerzen erleiden kann, wenn man einen Menschen verliert, den man liebt.

Doch Ellie hat mich eines Besseren gelehrt. Man kann.

Jonas rüttelt an meinen Beinen und sieht mich mit ernster Miene an. »Ellie ist nicht das Problem, Ray. Die ganze Sache mit ihm hat das Fass nur zum Überlaufen gebracht, siehst du das denn nicht?«

Ich stoße seine Hände von mir weg und ziehe die Knie an. »Natürlich sehe ich das, aber was soll ich tun, Mann? WAS? Ich habe absolut keine Möglichkeit, mein Leben zu ändern.«

»Natürlich hast du eine Möglichkeit. Jeder hat sie«, entgegnet Jonas.

»Gut, dann lasse ich dich und die Band links liegen, ignoriere all die Vertragsklauseln und Peter und beginne irgendwo am Arsch der Welt ein neues Leben.« Meine Worte triefen nur so vor Sarkasmus, trotzdem kann ich nicht verhindern, dass ich mich gedanklich zusammen mit Ellie an irgendeinen Strand in der Karibik träume. Warum tut es so weh, an ihn zu denken?

»Was, wenn du es tatsächlich machst?«

Jonas' Frage lässt mich innehalten. Er zuckt mit den Schultern und schenkt mir ein schwaches Lächeln, wodurch sein Piercing an der Unterlippe kurz aufblitzt. »Ich meine, willst du wirklich bis an dein Ende mit Peter zusammenarbeiten? Oder mit Scott? Mal ganz abgesehen davon, dass der sofort die Kurve kratzt, wenn irgendwann publik wird, dass du auch auf Männer stehst«, fügt er mit einem Augenrollen hinzu.

Muss ich die Frage wirklich beantworten? Ich will weder mit Peter noch mit Scott weiter zusammenarbeiten. Allein wenn ich an Scotts Aussagen über Ellie denke, könnte ich kotzen. Aber ich kann doch nicht einfach … »Und was wäre mit dir? Und mit Alec?«, frage ich.

Jonas zuckt zum wiederholten Mal mit den Schultern. »Du bist mein Freund, Mann. Und ich stehe hinter dir, völlig egal, wie du dich entscheidest. Hauptsache, du rutschst nicht noch tiefer ab.«

Ich spüre einen fetten Kloß im Hals, wende mich von Jonas ab und räuspere mich einige Male, damit er nicht sieht, wie ich Tränen aus meinen Augenwinkeln wische. Verflucht! Ich werde garantiert nicht vor Jonas heulen! Obwohl er mein Freund ist und mich seine

Worte tief berührt haben. Ich heule nicht vor anderen! Mit Ausnahme von Ellie vielleicht. Doch zum Glück beachtet Jonas mein Verhalten nicht weiter, sondern schiebt stattdessen die Gitarre zu mir herüber.

»Lass uns eine Runde jammen! Ich will noch mal den Song von eben hören.«

Ohne auf eine Antwort zu warten, erhebt er sich und holt sich diverses Besteck, Töpfe und Schüsseln, aus denen er sich ein Schlagwerk zusammenbaut. Anschließend grinst er. »Bin schon gespannt, wie er zu zweit klingt.«

Er schlägt zwei metallene Kochlöffel gegeneinander und lässt mir gar keine andere Wahl, als mitzuspielen. Daher ergreife ich die Gitarre, zupfe die ersten Akkorde und lasse mich erneut von der wehmütigen Melodie davontragen.

Kapitel Sechsunddreißig

ELIAH

Dieses Jahr fällt es mir schwer, in Weihnachtsstimmung zu kommen, und das bedaure ich sehr, denn ich liebe das Fest. Ich liebe die vielen bunten Lichter, den Duft von Lebkuchen und Zuckerstangen, Weihnachtsmusik und natürlich Santa Claus. Eigentlich.

Doch nun schlendere ich mit Linda, die Dylan im Kinderwagen schiebt, Lexi und Gordon über den Union Square und empfinde nicht die geringste Vorfreude auf Weihnachten. Kein Kribbeln im Bauch, keine Wärme, nichts. Stattdessen denke ich andauernd an Ray.

Als wir die Eisbahn passierten, habe ich mir vorgestellt, Hand in Hand mit ihm übers Eis zu schlittern. Als wir einem Kinderchor zuhörten, dachte ich an ihn und fragte mich, wie *Jingle Bells* wohl aus seinem Mund klingen würde. Gott! Ich habe sogar am Waffelstand an ihn gedacht und mich gefragt, wie er sie wohl am liebsten mag. Ich bin eine einzige Katastrophe, ich weiß.

»Seht mal! Da vorne ist Santa«, quiekt Linda begeistert und deutet auf einen abgesperrten Bereich wenige Meter vor uns. Abgesehen davon, dass fast jeder Zweite hier auf dem Platz wie Santa aussieht, erkenne ich auch den typischen Santa Claus, der mit einem tiefen Lachen die Kinder empfängt.

»Oh, Dylan muss unbedingt auch auf seinem Schoß sitzen! Ellie, kannst du dich mit ihm anstellen? Bitte? Ich mache dann Bilder von euch beiden.«

Noch bevor ich auf den bettelnden Welpenblick meiner Schwester reagieren kann, spüre ich das Vibrieren meines Smartphones und hole es aus der Hosentasche hervor. Was will denn Mom von mir? Ich bedeute Linda, kurz zu warten, und nehme das Telefonat an.

»Hey, Mom, was für ein Fortschritt, dass du auf dem Handy anrufst«, scherze ich.

»Ich habe es bei euch zu Hause versucht, aber euer alter Mitbewohner meinte, ihr seid unterwegs.«

Ich verkneife mir die Aussage, dass Rob genauso alt ist wie sie, da ich genau weiß, was für ein sensibles Thema ihr Alter für Mom ist – warum auch immer.

»Was gibt's? Willst du mit Linda sprechen? Die steht gerade in der Santa-Schlange am Union Square.«

Es folgt ein begeistertes, Mom-untypisches Quietschen und die Mahnung an mich, mindestens eine Million Fotos und Videos von Dylan aufzunehmen und ihr zu senden. Doch dann nimmt Moms Stimme wieder einen ernsten Ton an.

»Eigentlich möchte ich mit dir sprechen, Eliah.«

Oha, sie nennt mich beim vollen Namen, das bedeutet, irgendetwas Schlimmes ist geschehen.

Plötzlich krampft sich alles in mir zusammen. Sie wird doch nicht etwa über Thanksgiving sprechen wollen? Das würde ich nicht verkraften, nicht hier, nicht jetzt! Hat sie denn nicht mitbekommen, was Ray auf der Pressekonferenz gesagt hat? Gott!

Bitte tu mir das nicht an, Mom!

»Ich habe dein Manuskript gelesen«, antwortet sie anstatt meiner Vermutungen.

»Ja?« Rays Biografie wird Ende des Jahres erscheinen, natürlich hat sie das Manuskript gelesen, das ist ihr Job. Daher habe ich absolut keinen Schimmer, wovon sie spricht. Es sei denn, sie meint den Fantasyroman …

»Die zweite Version der Biografie«, unterbricht sie meine Gedanken und mir wird mit einem Mal übel.

»Du hast *was?*« Die zweite Version? Die ist auf meinem Laptop abgespeichert. Und ich alleine kenne den Zugang zur Datencloud. Niemand hat sie je zu lesen bekommen, nicht einmal Ray selbst. Wie kommt Mom an dieses Dokument? Hat sie mich etwa gehackt? Aber Mom wüsste nicht einmal, wie man das anstellt …

»Ich habe sie verschlungen, Ellie. Ich habe die halbe Nacht durchgelesen und mir liefen die Tränen über die Wangen. Kannst du das glauben? Ich habe geheult. Ellie! Ellie, mein Liebling, du musst das veröffentlichen!«

Der Weihnachtsmarkt dreht sich vor meinen

Augen und ich zwinkere ein paarmal, als könnte ich so Moms Worte besser verarbeiten.

»Das erste Werk war nett. Gut formuliert, aber ohne Herz. Doch das hier, Ellie, das ist ein Kunstwerk! Es hat mich so mitgerissen, als wäre ich Ray und als würde ich all die Qualen leiden, die du so wundervoll geschildert hast. Und dabei hast du …«

»Mom!«, unterbreche ich sie und hake mich bei Lexi unter, da mir immer noch schwindelig ist. Immerhin ist es das erste Mal, dass Mom meine Arbeit lobt. Nur weiß ich in dem Fall gar nicht, ob ich mich darüber freuen soll. Denn es ist Rays Geschichte und es fühlt sich falsch an, dass jemand anderes sie gelesen hat. »Mom, ich habe dir diese Version nie zugeschickt.«

Es folgt ein hohles Kichern meiner Mutter und ich beiße mir auf die Unterlippe, während ich auf ihre Antwort warte.

»Spielt das eine Rolle, Liebling? Du könntest damit deinen Durchbruch als Autor schaffen! Natürlich mit Rays Einverständnis, aber so, wie ihr beide euch versteht, wird das sicherlich kein Problem werden. Wir könnten es theoretisch gleich …«

»Mom! Woher hast du das Manuskript?« Ich ignoriere Lexis besorgte Miene und beobachte Linda, die gerade mit einem breiten Lächeln den verängstigten Dylan auf Santas Schoß setzt. Gleichzeitig überprüfe ich das Handy, da Mom nicht antwortet, doch mein Akku ist nicht leer, daher wiederhole ich die Frage knurrend.

»Ach Liebling, sei nicht böse auf sie.«

»Auf *sie?* Warte …« Es gibt nur eine Person in

unserer Wohnung, die unerlaubt an meine Dokumente gehen, sie lesen und dann verschicken könnte. Ohne auf die lange Schlange und die darauffolgenden Beschimpfungen zu achten, dränge ich mich bis ganz nach vorn zu Santa Claus und brülle meine Schwester an: »Was hast du getan?!«

Ich muss zugeben, dafür, dass sie bestimmt schon zwei oder drei Tassen Glühwein intus hat und gerade eben noch mit Santa Claus geflirtet hat, kombiniert Linda recht schnell. Ein Blick auf das Handy in meinen Händen genügt, dass sie überrascht die Augen aufreißt und den verängstigten Dylan zurück auf den Arm nimmt. Doch anstelle einer Entschuldigung folgt ein breites Grinsen.

»Sie findet es gut, nicht wahr?« In aller Seelenruhe richtet sie ihre eigene Santa-Mütze, dreht sich ein zweites Mal zu Santa um, schenkt ihm das typische Linda-Lächeln und ergreift anschließend mein Smartphone. »Es ist der Wahnsinn, oder? … Ja, ich auch, ich habe die halbe Nacht geheult. … Ja genau! Die Stelle in seinem Zimmer! Oder das mit dem Spiegel, in dem er eingesperrt ist! Gott, war das schön … Ja, das habe ich doch gern gemacht, Mom. Er hätte es dir niemals freiwillig gezeigt«, sagt sie zu Mom und grinst mich dabei an.

Nein, ich hätte es Mom nicht gezeigt. Immerhin geht es hier um Rays Leben, seine Gefühlswelt und all den Druck, dem er ausgesetzt ist. Das geht niemanden etwas an. Schon gar nicht meine Familie. Ein Stich in meinem Herzen führt mir die andere Tatsache vor Augen: Es geht *mich* nämlich auch nichts an. Ich hätte das Manuskript niemals schreiben dürfen.

Ray hat mir sein wahres Ich nur deshalb gezeigt, weil er mir vertraut hat.

Plötzlich ertönt erneut Moms Stimme, da Linda mir das Smartphone ans Ohr hält. »Ellie, Liebling. Bring mir in der nächsten Woche Rays Einverständniserklärung, ja? Das muss gedruckt werden! Ich baue auf dich, hörst du? Und küsse meinen kleinen Dylan von Oma, ja?«

Bevor ich zu einer Antwort ansetzen kann, höre ich das durchgehende Tuten – sie hat aufgelegt.

Ich starre auf das schwarze Display und fühle mich schrecklich.

»Ich weiß, du hasst mich gerade, aber dein Laptop stand geöffnet auf dem Tisch, genau wie das Dokument, und ich wollte ursprünglich nur einen kurzen Blick darauf werfen. Aber dann konnte ich nicht mehr aufhören … Hör zu: Ich habe das für dich getan. Und zwar nicht aus Rache oder Bosheit, sondern weil mir dieser Text die Augen geöffnet hat. In vielerlei Hinsicht.« Linda atmet tief durch und blickt mich mit einem schiefen Lächeln an. »Ray sollte unbedingt erfahren, wie du ihn siehst. Und die ganze Welt muss dein Buch lesen! Du schreibst fantastisch!« Als ich immer noch nicht auf ihre Worte reagiere, seufzt sie und zuckt mit den Schultern. »Du kannst mir auch später danken«, flötet Linda, doch ich sehe sie nur ausdruckslos an.

Gott! Was hat sie nur getan? Was habe ich nur getan?

∾

»Wow! Was für ein krasses Grundstück!«

Lexi pfeift anerkennend, als sie vor dem riesigen, eleganten Gebäudekomplex stehenbleibt und ihn ausgiebig betrachtet.

Ja, so in etwa habe ich damals auch gestarrt, als ich Ray zum ersten Mal besucht habe. Kaum zu glauben, dass das erst ein paar Wochen her ist.

Und noch viel weniger zu glauben ist, dass ich jetzt schon wieder davorstehe. Warum zum Teufel höre ich ständig auf andere, die mir erklären, was ich zu tun hätte? Vor allem, wenn ich es doch besser weiß.

Ich hätte niemals auf Linda, Lexi oder Gordon hören sollen, als sie meinten, ich solle Ray sofort besuchen, um ihm von diesem zweiten Manuskript zu erzählen und es ihm auszuhändigen.

Eigentlich war mir auch schon vor einer halben Stunde klar, dass die Tatsache, nur drei U-Bahn-Stationen von ihm entfernt zu sein, nicht Grund genug ist, ihnen zuzustimmen.

Ich sollte sofort umkehren. Zurück zu Gordon und Linda gehen, die sich sicherlich einen weiteren Glüh-wein gönnen und vermutlich lauthals und schräg mit all den anderen Santas auf dem Union Square *Last Christmas* trällern.

Sollte ich wirklich.

Mein Herz verkraftet das nicht. Verflucht! Wieso hat Linda nur dieses Manuskript gelesen und an Mom geschickt? Ist ihnen nicht klar, wie Ray darauf reagieren wird? Er wird mich hassen, abgrundtief hassen.

»Und er hat das Penthouse, oder? Mann, von dort aus sieht man bestimmt halb San Francisco«, schwärmt Lexi weiter und zieht mich zum Eingang, der von einem uniformierten Portier bewacht wird.

»Lexi, ich …«, beginne ich und reiße mich von ihr los. »Ich kann das nicht.«

Meine Freundin hält inne und betrachtet mich mit einem liebenden Lächeln.

»Denkst du nicht, er sollte entscheiden, was mit dem Manuskript geschieht? Immerhin handelt es von ihm.«

Ja, das weiß ich doch auch. Und natürlich stimmt es auch, aber alles in mir sträubt sich dagegen, noch einen Schritt weiter zu gehen.

Ich habe Ray zuletzt auf der Pressekonferenz gesehen. Als er allen Anwesenden erklärt hat, ich sei nur ein Hirngespinst eines Klatschreporters gewesen – nicht real, und schon gar nicht seine große Liebe. Und obwohl ich weiß, dass er gezwungen wurde, all diese Dinge zu sagen, schmerzt mich die Erinnerung daran immer noch höllisch.

Meine Hände zittern und fühlen sich nasskalt an, als Lexi sie erneut ergreift. Ich kann nicht vor Ray treten. Wirklich nicht.

»Ich bleibe bei dir, wenn du das willst«, höre ich die leise Stimme meiner Freundin, doch mir ist kotzübel. Ein Schritt, und ich müsste dem Portier mitteilen, wen ich besuchen möchte.

Nein!

Es geht nicht.

Plötzlich öffnet sich die Fahrstuhltür direkt neben dem Eingangstor und Jonas tritt heraus. Er verabschiedet sich mit einem Zwinkern beim Portier, doch als sich unsere Blicke treffen, hält er abrupt inne.

Sein gerade eben noch verschmitztes Lächeln weicht einem erschrockenen Ausdruck und ich sehe, wie er das Lippenpiercing in den Mund einzieht.

»Krass«, meint er nur und kommt kopfschüttelnd auf Lexi und mich zu. »Hey, Mann, was … Also ich meine, warum …?«, stammelt er. »Hätte niemals damit gerechnet, dich hier zu treffen.«

Sein Blick wandert für einen kurzen Moment nach oben, als würde er durch das verspiegelte Glas des Hauses hindurchsehen können, und ich erkenne Sorge in seiner Mimik.

Sofort krampft sich alles in mir zusammen.

»Wie geht es ihm?«, frage ich, ohne weiter darüber nachzudenken, ob diese Frage wirklich sinnvoll ist.

Jonas mustert mich interessiert. Dann schüttelt er erneut den Kopf.

»Du bist ein guter Kerl, weißt du das?« Und als hätte er jetzt erst Lexi entdeckt, streckt er ihr die Hand entgegen. »Hi, Miss Sexy-Santa, ich bin Jonas.«

Lexi wedelt mit ihrer roten Plüschzipfelmütze und knickst damenhaft, was in dem Gothic-Outfit, das sie trägt, echt schräg aussieht.

»Lexi und beste Freundin«, stellt sie sich vor, doch bevor sie sich weiter unterhalten können, wiederhole ich meine Frage von eben.

Jonas atmet lang aus und bindet sich die Dread-locks zusammen.

»Ich weiß ehrlich gesagt nicht, ob es Sinn macht, ihn zu besuchen. Er ist … sagen wir, er ist nicht ganz auf der Höhe.«

Selbst wenn die Worte aus Jonas' Mund relativ harmlos wirken, so sagen seine Augen das absolute

Gegenteil und mein Herz zieht sich schmerzhaft zusammen. Sorge und Angst sind ihm ins Gesicht geschrieben, während er immer wieder auf dem Piercing herumkaut.

Habe ich eben gesagt, dass ich Ray nicht sehen will?

Vergesst das, ich muss unbedingt zu ihm!

Selbst wenn er mich bis ans Lebensende hassen wird, weil ich ihm von diesem Manuskript erzähle, muss ich ihn sehen.

»Ist er betrunken?«, fragt Lexi.

»Was? Nein, das nicht. Aber … Hör zu, Ellie, Ray ist nicht der Arsch, für den du ihn vermutlich hältst. Es geht ihm nicht gut. Harmlos ausgedrückt«, erklärt Jonas mit einem traurigen Lächeln.

Plötzlich sehe ich Ray vor meinem geistigen Auge, damals am Strand von SLO, ich höre sein verzweifeltes Schluchzen und sehe die Niedergeschlagenheit, die ihn wie eine schwarze Wolke umgibt. Ich weiß genau, wovon Jonas spricht und es bricht mir das Herz, dass ich nicht früher nach ihm gesehen habe.

»Denkst du, er lässt mich rein?«, frage ich ihn und ignoriere die Angst, die mit diesen Worten einhergeht. Denn ja, ich habe eine Scheißangst, Ray gegenüberzutreten. Doch das ist jetzt nicht wichtig.

Ray ist derjenige, der zählt.

»Er lässt niemanden rein, Mann. Ich musste den Portier bestechen, um ihn zu besuchen.«

»Na, das nenne ich Schicksal, dass du noch hier bist«, antwortet Lexi und zieht mich in Richtung Eingang.

Jonas betrachtet mich und Lexi einen Augenblick prüfend.

»Bist du dir sicher, Mann?«, fragt er mich und ich schlucke.

Sicher? Nein, absolut nicht. Mein Herz klopft bis zum Hals, und wenn meine Hände bis eben noch kalt und feucht waren, sind sie jetzt triefend nass und zittern wie Espenlaub. Nein, ich bin mir nicht sicher, ob es eine gute Entscheidung ist, Ray unter die Augen zu treten. Aber ich muss das tun. Weil er mir etwas bedeutet. Weil er mir verdammt viel bedeutet.

Viel zu viel.

Jonas seufzt.

»Na gut, dann hoffen wir mal, dass unser guter Christian ein zweites Mal bestechlich ist.«

Mit einem aufgesetzten und dennoch charmanten Lächeln tänzelt Jonas erneut in die Eingangshalle und klopft dem Portier freundschaftlich auf die Schulter.

Kapitel Siebenunddreißig

RAY

Schon wieder ertönt das Aufzugsgeräusch und ich stöhne auf. Hat Jonas was vergessen?

Andererseits ist es perfekt, denn mir ist vorhin eine grandiose Bridge eingefallen, die den Refrain mit dem Schlussteil des neuen Songs verbinden kann, und ich brenne darauf, Jonas' Meinung zu erfahren.

»Hör zu, Mann! Das ist es«, rufe ich, ohne einen Blick nach hinten zu werfen, und beginne den Song von vorne.

Meine Augen sind, wie immer, geschlossen, dennoch sehe ich Ellie glasklar vor mir – die tiefen Grübchen, wenn er lächelt, die goldbraunen Augen, die Sommersprossen auf dem Nasenrücken und den Wangenknochen, die blonden, verstrubbelten Haare. Ich stelle mir vor, er würde direkt vor mir stehen und widme ihm gedanklich dieses Lied. Dann beginne ich zu spielen.

Meine Finger wandern über das Griffbrett der

Gitarre und ich spiele dieselbe melancholische Musik wie zuvor mit Jonas zusammen. Auch wenn der Song noch keinen Text besitzt, schreie ich die Trauer und die Verzweiflung in Form von reiner Melodie heraus. Ich brülle den gedanklichen Ellie förmlich an und bitte ihn um Verzeihung. Für das, was ich ihm angetan habe. Und gleichzeitig flehe ich um Hilfe für mich.

All das spielt die Gitarre, all das summe und singe ich.

Es ist kein positiver Song, er besitzt nicht einmal das berühmte »Happy End«, sondern bleibt bis zuletzt in der traurigen Moll-Tonart. Trotzdem finde ich ihn perfekt. Genauso muss er sein. Traurig. Verzweifelt. Hilflos. Und hoffnungsvoll.

Ich schlage den letzten Akkord an und lasse ihn im Raum nachhallen. Gleichzeitig genieße ich das Gefühl von Ruhe, das mich immer überkommt, wenn ich einen Song fertiggestellt habe.

Das ist es. Das ist der Song, der seit Wochen in mir schlummert. Das ist die Musik, die ich in die Welt hinausschreien möchte.

Ein Schluchzen unterbricht meine Gedankenflut und ich bin schon dabei, Jonas damit aufzuziehen, dass ich ihn zum Heulen gebracht habe, doch dann erstarre ich.

»Und niemand kam, um dich aus dem Spiegel zu befreien«, höre ich Worte, die absolut keinen Sinn ergeben. Genauso wenig Sinn wie die Tatsache, dass Ellie in meiner Wohnung steht und weint.

Ellie ist hier.

Bei mir.

Warum?

Und wieso habe ich mich so gehen lassen?

Ich sehe beschissen aus, rieche garantiert grauenvoll und obwohl Jonas vor ein paar Stunden ein wenig aufgeräumt hat, sieht die Wohnung aus, als hätte jemand einen Müllcontainer darin ausgekippt. Scheiße! Ich will nicht, dass Ellie mich so sieht. Ich trage ja nicht einmal eine Hose!

Wieso zur Hölle ist er hier? Ich habe ihm das Herz gebrochen, live auf Sendung. Warum lächelt er auch noch? Er sollte mich beschimpfen oder mir eine reinhauen. Er sollte mich zum Teufel jagen oder mir die Pest an den Hals wünschen, und ganz sicher sollte er nicht hier stehen und mich anlächeln!

Wie gern würde ich ihn in den Arm nehmen und nie wieder loslassen. Stattdessen erhebe ich mich, weiche einen Schritt zurück und spüre die kalte Fensterfront an meinem Rücken.

Ellie lächelt mich weiter an, unter Tränen zwar, dennoch ist es ein Lächeln, und allein diese klitzekleine Regung bringt mein Herz zum Stolpern.

»Der Song ist wunderschön geworden«, beginnt er mit zittriger Stimme.

Ich traue mich gar nicht, das Gefühl von Wärme in mir zuzulassen, und ich habe es auch nicht verdient. Ich bin ein Vollidiot, der mit seinen Gefühlen gespielt hat, obwohl ich wusste, worauf das hinauslaufen würde. Ich habe keine Komplimente verdient. Nicht von ihm. Daher schlucke ich mein Lächeln herunter und betrachte Ellie mit ernster Miene.

»Du solltest nicht hier sein«, sage ich und atme tief durch. »Wenn dich jemand gesehen hat …«, füge ich hinzu und tue so, als würde ich nach draußen auf die Straßen blicken. Als ob mich das echt interessieren würde. Als ob ich persönlich Angst davor hätte, zusammen mit Ellie gesehen zu werden. Aber ich weiß, dass das die Worte sind, mit denen ich ihn vertreiben kann. Und genau das muss ich tun. Ich muss ihn von mir stoßen, denn ich tue ihm nicht gut. Und ich kann ihm nie das geben, was er verdient hat.

»Lexi hat mich hierher begleitet und wir liefen Hand in Hand«, erklärt Ellie leise und zuckt mit den Schultern. »Deine Sorge ist also unbegründet.«

Er schenkt mir ein schiefes Lächeln und ich schlucke den Kloß hinunter, als ich das schwache Grübchen an einer seiner Wangen erkenne.

Natürlich achtest du darauf, meine Privatsphäre zu schützen. Ausgerechnet du! Ach, Ellie! Hast du eigentlich eine Ahnung, wie sehr ich dich liebe?

Fuck! Ich sollte das nicht einmal denken. Nicht hier, nicht vor ihm!

»Wieso bist du hier?«, frage ich daher mit einer deutlich härteren Stimme und erkenne, wie Ellie dabei zusammenzuckt. Er verschränkt die Arme vor der Brust und lässt den Blick durch meine verwahrloste Wohnung wandern. Sorge blitzt in seinen Augen auf, doch er presst die Lippen fest aufeinander, als würde er sich selbst jeden Kommentar dazu verbieten. Schließlich atmet er tief durch.

»Ich muss dir etwas beichten«, beginnt er und lächelt mich traurig an. »Und ich schätze, du wirst mich gleich hassen.« Er geht ein paar Schritte auf mich zu und kaut auf seiner Unterlippe herum. »Könntest du bitte dein Notebook holen?«

*Ich bin gefangen hinter einem schwarzen
Spiegel.
Ich schreie um Hilfe, doch niemand hört mich.
Ich klopfe gegen die Scheibe, doch keiner
reagiert.
Ich sterbe. Jeden Tag ein Stück, doch niemand
interessiert sich dafür.*

Genau diese Zeilen lese ich bestimmt zum hundertsten Mal. Tränen verschleiern mir die Sicht auf den Bildschirm, dennoch sehe ich die Worte klar und deutlich vor mir.

*Ich sterbe.
Jeden Tag ein Stück, doch niemand interessiert
sich dafür.
Oh, Ellie! Wie hast du das nur angestellt?
Wie hast du es geschafft, mein innerstes
Seelenleben auf den Punkt genau zu
beschreiben?*

Ich habe das Gefühl, mein Tagebuch zu lesen. Meine tiefsten Ängste, Wort für Wort abgebildet.

Genau das bin ich. Raymond Albert Williams, ohne Filter, ohne Schönreden. Die nackte, grauenvolle Wahrheit über mich.

Ich bin ein Wrack.

Eine leere Hülle.

Und Ellie weiß es.

Er hat mir erzählt, warum er dieses Manuskript

geschrieben hat und auch, was Linda ohne sein Wissen getan hat. Ich habe regungslos seine Tränen betrachtet, als er sich für sein Handeln entschuldigt hat, und wusste doch nicht, warum er sich so schuldig fühlte. Immerhin war es ja seine Aufgabe, über mich zu schreiben.

Bis er mich schließlich allein gelassen hat und ich mit dem Lesen angefangen habe.

Jetzt verstehe ich es.

Inzwischen ist es vier Uhr morgens, ich habe das gesamte Manuskript gelesen und fühle mich schrecklich. Als hätte mir jemand zum ersten Mal einen Spiegel vors Gesicht gehalten und mir gezeigt, wie ich wirklich aussehe.

Ich bin gefangen hinter einem schwarzen Spiegel, lese ich erneut Ellies Zeilen und lache leise.

»Und niemand kam, um dich aus dem Spiegel zu befreien.« Diese Worte hat er vorhin zuallererst an mich gerichtet. Ich habe sie nicht verstanden, da sie keinen Sinn ergaben.

Jetzt verstehe ich sie.

Aber sie entsprechen nicht der Wahrheit.

Ellie kam.

Er kam immer.

Ich denke daran, wie er mich zu Hause bei meinen Eltern einfach nur festgehalten hat, ohne Fragen zu stellen. Er war da. Für mich. Er hat mich gesehen, trotz des schwarzen Spiegels. Er hat meine Schreie gehört.

Ich sterbe. Jeden Tag ein Stück, doch niemand interessiert sich dafür.

Nein, Ellie. Du interessierst dich dafür. Weil dein Herz viel zu groß ist. Weil du bedingungslos lieben kannst, sogar mich. Obwohl ich dich öffentlich von mir gestoßen habe.

Ich scrolle weiter durch das Manuskript und lese leise die Zeilen vor mir.

Wann habe ich damit aufgehört, ich selbst zu sein?

Tja, wenn ich das nur wüsste.

Allerdings weiß ich eines ganz genau. Ich weiß, wann ich wieder damit angefangen habe, ich selbst zu sein – in Ellies Nähe. Und zwar, seit ich ihm zum ersten Mal begegnet bin – splitterfasernackt in meiner Wohnung.

Ich habe mich wie ein Vollidiot verhalten und doch hat er es mit seiner natürlichen Art immer wieder geschafft, diese Mauer um mich herum einzureißen. Er hat mich aus dem Spiegel befreit, um es in seinen Worten auszudrücken. Trotz all der Scherben, die ihn verletzten, trotz des Leids, das ich ihm zugefügt habe.

Ich schließe die Augen und denke an die Pressekonferenz, an den Blick seiner Augen, als ich ihn verleugnet habe. O ja, ich habe ihn sehr verletzt, und das nicht nur einmal.

> *Ich bin gefangen hinter einem schwarzen*
> *Spiegel.*
> *Ich schreie um Hilfe, doch niemand hört mich.*

Ich flüstere die Zeilen in die Dunkelheit hinein und sehe Ellies Lächeln vor mir. Ich fühle seine Lippen auf meinen, die starken Arme um mich geschlungen. Ich spüre seinen Herzschlag, sehe den Glanz in seinen Augen.

Plötzlich formen sich in meinem Kopf Ellies Worte zur Musik. Ich höre die Melodie meines eigenen Songs und muss nur noch seine Beschreibung einfügen.

»I'm trapped behind a black mirror. Begging for help, but no one responds«, singe ich und schnappe mir sofort Gitarre und Stift. Ein Schauer wandert über meinen gesamten Körper, denn ich weiß jetzt schon, dass dies das fehlende Puzzlestück für den Song war. Ich werde ihn fertigstellen, mit Ellies Hilfe. Und es wird der beste Song sein, der mir jemals eingefallen ist.

I'm dying, day by day, but no one cares.
No one but you. No one but you!
You see my eyes
you see my soul
you hear my fear
and listen to me.

Die Wörter sprudeln nur so aus mir heraus und meine Hände zittern beim Schreiben der einzelnen Zeilen. Und doch fühle ich mich absolut wunderbar. Befreit. Als hätte Ellie mit diesem Manuskript sämtliche Last von mir genommen. Einfach, weil er mich gesehen hat, weil er durch den schwarzen Spiegel hindurchgeblickt hat.

Gott, Ellie! Ich muss zu dir!

Ich muss unbedingt zu ihm und ihm den Song vorspielen. Ich muss ihm sagen, was ich für ihn empfinde. Und vor allem muss ich mich bei ihm entschuldigen, denn ich war der Idiot, nicht er.

Doch bevor ich mich auf den Weg zu ihm mache, hole ich das Handy und rufe Jonas per Facetime an.

Die rund hundert aufploppenden Nachrichten von Peter und dem Management wische ich beiseite – Peter kann mich mal, ich will jetzt mit Jonas sprechen.

Nach einer gefühlten Ewigkeit nimmt er völlig verschlafen ab.

»Was? Isswaspassiert? Brauchsduhilfe?«, murmelt er undeutlich. Ups. Stimmt ja, es ist erst – ich werfe einen Blick auf die Uhr und presse die Lippen aufeinander – halb sechs Uhr morgens! Scheiße, Jonas wird mich hassen, aber jetzt ist es zu spät, um einen Rückzieher zu machen, immerhin habe ich ihn schon geweckt.

»Hey, Mann, hör zu, ja? Einfach nur zuhören«, fordere ich ihn auf, lege das Smartphone vor mir auf dem Tisch ab und greife zur Gitarre. Dann zupfe ich die ersten Saiten und singe Ellies Text.

Diesmal muss ich keine künstlichen Gefühle in die Musik hineinlegen, denn es ist meine Seele, die singt. Ich könnte heulen, da mir erst in diesem Augenblick auffällt, wie anders Musik klingen kann, wenn sie mit ganzem Herzen gesungen wird. Dieses Gefühl ist der Grund, warum ich Musiker werden wollte. Deshalb habe ich mich damals beim Bandcontcst beworben.

Wie konnte ich nur so lange darauf verzichten?

Am Ende wiederhole ich den Refrain deutlich verlangsamt. Dabei denke ich an Ellie. Ich bedanke mich auf diese Weise dafür, dass er ist, wer er ist. Und ich gestehe ihm meine Liebe.

Der letzte Akkord hallt durch das Wohnzimmer, doch Jonas' lautes Kreischen übertönt ihn. Ich sehe, wie er in die Luft springt und jubelt. Niemand würde ihm glauben, dass er wenige Minuten zuvor noch tief und fest geschlafen hat.

»Alter! Ray! Das ist es! Das ist der Song! Genau so muss er sein! Raaay, ich liebe dich, Mann! Ist Ellie bei dir? Er hat dich inspiriert, oder? Seid ihr wieder zusammen? Das freut mich so für euch! Und für mich. Mann, Ray! Du musst diesen Song veröffentlichen! Er ist unglaublich!«

Jonas' Komplimente nehmen gar kein Ende und meine Mundwinkel verziehen sich automatisch zu einem breiten Grinsen. Ich wusste es. Das ist der Song – *mein* Song. Und er ist großartig. Jonas' Reaktionen bestätigen das.

»Gib das Handy mal an Ellie weiter! Ich muss ihn durchs Telefon knutschen! Mann, das ist so, so, so krass gut!«, schwärmt Jonas weiter, doch seine Worte erzeugen einen schmerzhaften Stich in meinem Herzen.

»Er ist nicht hier«, erkläre ich und kaue auf den Innenseiten meiner Wangen herum.

Jonas' Gesichtsausdruck gleicht einem irritierten Fragezeichen und er streicht sich die Dreadlocks nach hinten. »Ist er nicht? Aber … Der Text … Ich meine, das galt doch ihm, oder? Ich hätte schwören können, dass …«

»Es ist sogar sein Text, sozusagen«, unterbreche ich Jonas und erzähle ihm von Ellies Besuch und von dem zweiten Manuskript.

»… und aus diesem Grund muss ich jetzt unbedingt zu ihm. Ich will ihm den Song vorspielen und …«

»Jetzt sofort? Alter! Es ist noch nicht mal sechs

Uhr! Und er wohnt mit einem Baby zusammen. Das kannst du nicht bringen!«

Stimmt ja. An die Uhrzeit habe ich gar nicht gedacht. Genauso wenig wie an Dylan. Interessant, dass sich ausgerechnet Jonas an Lindas Sohn erinnert. Doch ich sollte wirklich ein paar Stunden warten.

»Außerdem siehst du immer noch so scheiße aus wie gestern Nachmittag und riechst bestimmt auch so. Mann, Ray, geh duschen und rasier dich! So ein Vollbart steht dir nicht!«

Ich betrachte das kleine Bild auf dem Smartphone, das mich abbildet, und verziehe das Gesicht. Ja, ich sehe verdammt gruselig aus.

»Danke, Bro.« Ich atme tief durch und fahre mir durch die fettigen Haare. »Für alles.«

Jonas lächelt in die Kamera und zeigt mir im Anschluss den Mittelfinger. »Glaub ja nicht, dass ich mich nicht bei dir rächen werde, dafür, dass du mich mitten in der Nacht geweckt hast! Ich penn' noch mal eine Runde. Lass hören, was Ellie zum Song sagt, ja? Aber bitte nicht vor elf!«

Ich lache und beende das Telefonat.

Dann betrachte ich noch einmal das Chaos um mich herum und seufze.

Zeit, Ordnung zu schaffen – in meiner Wohnung und in meinem Leben.

Drei Stunden.

Länger konnte ich nicht warten.

Inzwischen ist die Wohnung vom gröbsten Abfall

befreit und wartet auf die Reinigungskraft, die ich für mittags herbestellt habe. Außerdem habe ich bestimmt eine Stunde lang geduscht und dabei eine halbe Flasche Shampoo verbraucht, um den Gammelduft loszuwerden. Meine Haare sind frisiert und der verwilderte Bart zu einen ordentlichen Drei-Tage-Bart getrimmt. Ellies Shirt habe ich mitsamt den anderen stinkenden Klamotten in die Waschmaschine gesteckt und mir stattdessen eine saubere ausgefranste Jeans, ein Hard-Rock-Café–Shirt und eine Lederjacke angezogen.

In diesem Look stehe ich nun, die Gitarre um die Schultern gehängt, vor Ellies Wohnung und atme zitternd durch.

Ich hoffe, er verzeiht mir. Hoffentlich ist er nicht wütend, weil ich ungefragt die Textzeilen seines Manuskripts übernommen habe. Ob er verstehen wird, wie sehr mich dieser Text berührt hat? Ich kann es immer noch nicht glauben, dass Ellie dieses Manuskript geschrieben hat, und dass er dachte, ich wäre aus diesem Grund wütend. Wie soll ich wütend sein, wenn er der erste Mensch seit langem ist, der mich sieht, wie ich wirklich bin. Und der mich trotzdem akzeptiert. Hoffentlich gefällt ihm der Song. Fuck! Wann war ich jemals so nervös?

Noch einmal schließe ich die Augen und drücke schließlich auf die Klingel. Ich schaffe das. Ich schaffe das ganz sicher. Und selbst wenn Ellie mir nicht verzeiht, ist es okay. Denn dann habe ich es immerhin versucht.

Der Türöffner summt und ich trete in den kahlen Hausflur des Hochhauses. Die schweißnassen Hände reibe ich mir an der Jeans ab und laufe eilig die Stufen zum ersten Stockwerk hinauf. Linda erscheint mit Dylan auf dem Arm in der Wohnungstür. Als sie mich erblickt, wird ihre Miene ernst.

»Was willst du hier?«, fragt sie und ihre Stimme hallt laut im Treppenhaus wider.

Ich schlucke. Die Art und Weise, wie sie sich trotz glucksendem Baby vor mir aufbaut, wirkt definitiv einschüchternd.

»Ist Ellie da? Ich muss ihn sprechen«, antworte ich und ringe mir ein halbes Lächeln ab.

»Geht es um das Manuskript? Denkst du nicht, dass eine E-Mail auch gereicht hätte?«

Ich schätze mal, Linda kann mich nicht ausstehen. Zu Recht.

»Nein, es geht nicht um das Manuskript. Kannst du ihm bitte ausrichten, dass ich hier bin? Ich möchte ihm etwas … Ich muss mit ihm reden«, stottere ich und auch das ist neu für mich. Seit wann stottere ich bitte? Ich will doch nur zu Ellie.

Zu der Person, die klammheimlich mein Herz gestohlen hat.

»Nein«, antwortet Linda ernst.

Ich sehe sie irritiert an. »Nein?«

Plötzlich erscheint Rob in der Tür und mustert mich ausgiebig. Die buschigen Augenbrauen des älteren Herren fahren ruckartig in die Höhe, dann schüttelt er den Kopf.

»Aus dir werde ich wirklich nicht schlau«, murmelt er und wirft Linda einen bedeutungsschwangeren Blick zu. »Falls du Ellie suchst, er ist in …«

»Du sagst ihm nichts! Der Typ hat Ellie nicht

verdient!«, unterbricht Linda ihn, doch zu spät, denn Rob hat das Wort »Uni« bereits ausgesprochen, was ihm wiederum einen wütenden Blick von Linda einbringt.

Doch ehrlich gesagt sind mir Linda und ihre folgende Schimpftirade im Moment völlig egal. Ellie ist in der Uni! In welcher studiert er noch gleich? Linda würde es mir nie verraten, so viel steht fest! Zum Glück muss ich sie nicht fragen, denn ich höre Robs dunkle Stimme, während er zurück in die Wohnung schlurft: »State University!«

»Danke, Mann!«, rufe ich und springe hektisch die Stufen herunter. Ich ignoriere Lindas Drohungen, mich von Ellie fernzuhalten, und öffne den Routenplaner im Handy.

Auf zur State University! Auf zu Ellie!

Eine gefühlte Ewigkeit und ungefähr tausend rote Ampeln später stelle ich das Motorrad auf dem Parkplatz ab und laufe staunend über den Campus.

Jetzt zeigt sich die peinliche Tatsache, dass ich nie studiert habe, denn ich weiß nicht, wohin ich gehen soll. Das hier ist riesig! Vor mir erstreckt sich ein überdimensionales Gebäude mit einer grünlich schimmernden Glasfassade und ich vermute, dass es sich hierbei um das Hauptgebäude handelt. Doch daneben befinden sich mindestens ein Dutzend andere Häuser, die mit großflächigen und einladend wirkenden Grünflächen und gepflasterten Pfaden verbunden sind. Ich habe absolut keine Ahnung, wo man hier Literatur studiert.

Wie soll ich Ellie hier nur finden? Ihn anzurufen habe ich bereits versucht, leider vergeblich.

»Wo bist du nur, Ellie?«, murmle ich leise und laufe langsam auf das Hauptgebäude zu. Irgendwo muss ich schließlich anfangen. Es wird ganz sicher einen Informationsschalter geben, wo ich nachfragen kann, das hoffe ich zumindest.

»Hey, brauchst du Hilfe? Kann ich dir hel…«, höre ich plötzlich eine junge Frau hinter mir fragen, die abrupt innehält und mich mit geweiteten Augen anstarrt. »Du bist Ray Williams. O mein Gott! O mein Gohooott! Ray Williams ist hier!« Die letzten Worte schreit sie aus ganzer Kehle, sodass es bestimmt alle anwesenden Studierenden hier draußen auf dem Platz gehört haben. Na ganz toll.

Doch sie lächelt mich völlig unschuldig an. »Ich liebe deine Musik. Und deine Stimme! Ich schätze mal, ich bin dein größter Fan! Könnte ich ein Autogramm haben?«

Ja, das habe ich schon öfter gehört, und ich schenke ihr das typische professionelle Lächeln.

»Gerne, aber zuvor ich könnte tatsächlich deine Hilfe gebrauchen. Ich bin auf der Suche nach Ellie Waye. Er studiert Literatur. Weißt du, wo ich ihn finden kann?«

Die junge Frau hebt eine Augenbraue. »Welchen Kurs besucht er denn gerade?«

Tja, gute Frage. Hilflos zucke ich mit den Schultern und die Frau seufzt. Inzwischen hat sich eine ganze Traube von Studenten vor mir versammelt. Einige haben ihr Handy gezückt und fotografieren mich, andere versuchen, meine Aufmerksamkeit auf sich zu lenken, indem sie mir irgendwelche schräge Angebote machen. Da dreht sich die Frau, die mich zuerst angesprochen hat, um und ruft laut in die Menge:

»Er sucht einen Ellie Waye, Literaturstudium. Kennt ihn jemand?«

Ein unsicheres Murmeln folgt und ich nehme die Gitarre von den Schultern und lege den Arm um die Frau. »Wenn ihr es schafft, Ellie herzuholen, werde ich euch zur Belohnung meinen neuesten Song vorspielen. Und glaubt mir, er ist so neu, dass ihn noch nicht einmal die Band kennt«, füge ich grinsend hinzu und hoffe, dass dieser Anreiz genügt.

Sämtliche Studenten tippen auf ihren Smartphones herum und telefonieren, während ich mit schweißnassen Händen die Gitarre auspacke.

Plötzlich fühle ich mich in die Vergangenheit zurückversetzt und sehe mich als jugendlichen Straßenmusiker vor meinem inneren Auge, der die Bewohner und vor allem die Touristen in SLO mit seiner Musik begeistert hat. Was war ich jedes Mal aufgeregt! Und dennoch habe ich es geliebt, denn nirgendwo sonst bekam ich auf diese direkte Art und Weise sofort Rückmeldung zu dem, was ich tat.

War ich scheiße, blieb niemand stehen. War ich okay, bekam ich hier und da mal einen Dollar. War ich gut, drängelten sich die Menschen dicht an dicht, vergaßen ihre eigentlichen Pläne und feierten mich und die Musik. Gerade Letzteres war immer ein absolut unbeschreibliches Gefühl.

Ein Jubeln unterbricht meine Gedanken und als ich aufblicke, um den Grund des Trubels zu erfahren, setzt mein Herz einen Schlag aus.

Ellie!

Das ging ja schnell.

Trotz der Menge an Studenten, die ihn begleitet, erkenne ich ihn. Ich sehe die langen Beine, die in der üblichen schwarzen Jeans stecken, den dunkelgrauen Parker und einen schwarzen Schal, den er locker um den Hals geschlungen hat. Ich erkenne die schlanke Statur und betrachte die blonden zerzausten Haare. Außerdem sehe ich leicht rot gefärbte Wangen und lächle. Offensichtlich ist ihm dieser Trubel unangenehm.

Ellie! Da musst du jetzt durch, ob du willst oder nicht.

Ich schlucke und ergreife die Gitarre.

Showtime, Ray! Zeig ihm, was du fühlst.

Kapitel Achtunddreißig

ELIAH

»Kennst du Ray persönlich?«

»Weißt du, was er von dir möchte?«

»Seid ihr etwa Freunde?«

»Sag nicht, dass an diesen Gerüchten doch etwas dran ist und du …«

»Bist du wirklich Ellie Waye? Du siehst so normal aus.«

Ich ignoriere all die Fragen, die meine Kommilitonen an mich richten, obwohl ich sie nicht einmal kenne. Ich versuche sogar, die ganze Traube an Menschen zu ignorieren, die mir folgt.

Ehrlich gesagt wollte ich den Vorlesungssaal gar nicht verlassen, als sich die Nachricht von Ray wie ein Lauffeuer verbreitet hat. Ich bin mir nämlich nicht so sicher, ob ich Ray sehen will. Denn er kann nur aus einem Grund hier sein: Er hat das Manuskript gelesen und möchte mich zur Sau machen. Oder?

Ich weiß selbst, dass das feige ist, da ich auf keine

seiner Anrufe oder Textnachrichten reagiert habe. Aber ich habe eine verdammte Angst vor seiner Reaktion. Immerhin steckt in diesem Text mein komplettes Herz und ich schwöre, wenn er mir gleich erklären wird, dass er das Manuskript hasst, wird mich das stärker verletzen als die öffentliche Verleumdung auf der Pressekonferenz.

Nein, eigentlich wollte ich stumm im Saal sitzen bleiben und mich weiter mit der englischen Literatur des achtzehnten Jahrhunderts befassen. Ehrlich! Und ich ignoriere die Tatsache, dass mir im Moment nicht einmal mehr der Literat einfällt, den wir gerade behandeln.

Doch als zu guter Letzt unsere hochschwangere Dozentin vor mir stand, die Hände in die Hüften gestemmt, sodass der Bauch beinahe meine Nase berührt hat, gab ich es auf.

»Mister Waye, einen Ray Williams lässt man nicht warten. Schon gar nicht, wenn er den gesamten Campus in Bewegung gesetzt hat, um Sie zu finden. Sie schwingen jetzt augenblicklich Ihren Allerwertesten aus meinem Saal hinaus und kommen erst zurück, wenn Sie Ihre Angelegenheit mit unserem Jahrhundertsänger geklärt und mir zusätzlich ein Autogramm mitgebracht haben, ist das klar?«

Tja, schwangere Frauen sollte man nicht verärgern, das weiß ich noch von Linda. Daher blieb mir keine andere Wahl.

Doch mein Herz rutscht immer tiefer, je näher ich der mittlerweile überfüllten Wiese vor dem Hauptgebäude komme.

Gott! Was will er nur von mir?

Dutzende Handys sind auf mich gerichtet und ich bin mir ziemlich sicher, dass dieser bizarre Morgen gerade live auf Instagram, Youtube und Tiktok geteilt wird.

»Da ist er!«

»Da ist Ellie!«

»Das hier ist Ellie Waye?«

»Bist du dir sicher?«

»Ellie ist doch ein Frauenname, oder nicht?«

»Geht zur Seite! Er kommt!«

Ich komme mir vor wie ein Heiliger, der gerade das Meer teilt, als ich durch die Menge laufe, denn ich muss rein gar nichts tun, sie treten völlig automatisch zur Seite und bilden eine enge Passage bis hin zu – ihm.

Ich schlucke.

Er hält die Gitarre in den Händen und sieht mich mit einem durchdringenden Blick an. Er wirkt nicht verärgert. Absolut nicht.

Aber …?

Gott! Was hat er vor?

Seine Haare sind auf eine ordentliche Art und Weise zerzaust und ich sehe, dass er sich sogar rasiert hat. Verflucht! Ich kann kaum atmen, allein durch den Anblick.

Ob ihm bewusst ist, wie schön er in diesem Augenblick ist?

Nur wenige Schritte vor ihm bleibe ich stehen und versuche zu atmen. Warum ist das plötzlich so schwierig?

»Du bist da«, sagt er und ich höre das Zittern in seiner Stimme. Ist er etwa nervös? Ausgerechnet er?

»Mir blieb keine Wahl. Die Dozentin hat mich rausgeworfen«, füge ich hinzu und versuche zu lächeln. Allerdings klappt das nicht wirklich, denn ich habe das Gefühl, dass mein Körper nicht mehr auf meine Befehle reagiert.

Ray fährt sich mit der freien Hand durch die Haare und mustert die Studenten um uns herum, beziehungsweise die gefühlt tausend Kameras, die auf uns gerichtet sind.

»Okay. Irgendwie habe ich mir das anders vorgestellt«, meint er und lacht leise. »Egal.« Er richtet sich an die Menge und breitet die Arme aus. Ich erkenne sein übliches Musikerlächeln, als er zu sprechen beginnt. »Ich danke euch für eure Hilfe. Ohne euch hätte ich Ellie niemals so schnell gefunden. Und ich stehe zu meinem Wort. Zum Dank seid ihr die ersten Menschen, die meinen neuesten Song hören werden.« Er hält inne und atmet tief durch, während sich meine eigenen Gedanken überschlagen.

Song? Welcher Song?

Und was hat das mit mir zu tun?

O Gott, wieso zittere ich so?

»Nicht einmal meine Bandkollegen kennen ihn«, fährt Ray fort. »Und mein Management wird ihn vermutlich niemals absegnen. Daher ist es gut möglich, dass ihr ihn heute zum ersten und gleichzeitig letzten Mal hören werdet. Dennoch bedeutet er mir alles.« Er dreht sich zu mir um und sieht mir tief in die Augen. Das professionelle Lächeln ist verschwunden und seine Miene wirkt auf einmal unergründlich. »Es ist dein Song, Ellie.«

Dann zupft er am Gurt der Gitarre, bis sie richtig sitzt, und beginnt zu spielen.

Augenblicklich verblassen alle Studenten um mich herum. Ich sehe nur noch Ray, ich höre nur noch den Klang der Gitarre. Er summt eine Anfangsmelodie und ich lächle. Es handelt sich um die Melodie, die er damals in seinem Jugendzimmer zu Hause zum ersten Mal gespielt hat. Am Geburtstag seines Dads. Dieselbe Melodie, die ich gestern gehört habe, als ich ihm das Manuskript gebracht habe. Sie ist wunderschön und ich verstehe, warum sie ihm so viel bedeutet. Denn sie klingt echt. Absolut ehrlich.

Dann fängt er an zu singen und ich erstarre.

> ***»I'm trapped***
> ***behind a black mirror.***
> ***Begging for help,***
> ***but no one responds***
> ***I'm dying, day by day,***
> ***but no one cares.«***

Das sind meine Worte! Daran habe ich gedacht, als ich zum ersten Mal diese Melodie gehört habe.

Gott! O mein Gott! Ray hat meine Zeilen in einen Song verwandelt! Ich könnte heulen! Verflucht, ich heule wirklich gleich. Die Melodie klingt so wunderschön, so verzweifelt. So ehrlich.

Ich bin gefangen in einem schwarzen Spiegel. Ich rufe um Hilfe, doch niemand kann mich hören.

Ach Ray, ich würde dir so gerne helfen! Ich schlinge die Arme um meinen Körper, presse die Lippen fest aufeinander und lausche weiter der traurigen Melodie. Ich lasse mich von der Trauer und der Hilflosigkeit davontragen. Ich fühle sie, als wäre ich selbst davon betroffen – als wäre ich die Person, die gefangen ist.

Doch plötzlich nimmt das Lied einen anderen Charakter an und ich halte die Luft an, während ich den Text quasi inhaliere.

> *»I'm trapped*
> *behind a Black mirror.*
> *Begging for help,*
> *but no one responds*
> *No one but you. No one but you!«*

Niemand, außer mir?

Redet er etwa von *mir*? Im Ernst? Vor all den Leuten? Vor laufender Kamera? O Gott, dieser Blick! Rays komplette Aufmerksamkeit ist auf mich gerichtet und ich erkenne ein Glitzern in seinen Augen, als er fortfährt.

> *»You see my eyes.*
> *you see my soul*
> *you hear my fear*
> *and listen to me …«*

Er singt tatsächlich von mir. O Gott! Mit zittrigen Fingern wische ich mir die Tränen aus dem Gesicht.

Verdammt, Ray! Weißt du eigentlich, was mir dieser Text bedeutet?

Du siehst mich. Meine Augen. Meine Seele.
Du hörst mich, hörst mir wahrhaftig zu.
Streckst die Hand nach mir aus, selbst wenn
der Spiegel zerbricht. Selbst wenn die Scherben
verletzen, dir Wunden zufügen.
Du bist da. Du fängst mich auf.

Ich war gefangen in einem schwarzen Spiegel.
Niemand hörte mein Schreien.
Niemand außer dir.
Niemand außer dir.

Doch dann kamst du
Und hast mich befreit.

Ray zupft die letzten Akkorde an und überwindet die letzten Schritte Abstand zwischen uns. Erst dann bleibt er stehen und betrachtet mein inzwischen komplett verheultes Gesicht. Allerdings kümmert mich das im Moment absolut nicht. Denn ich sehe das sanfte Glitzern in dem Grün seiner Augen, ich erkenne das leichte Lächeln seiner Lippen, als er die Songzeile wiederholt, und bin einfach nur glücklich.

»No one but you.«

Dann wirft er die Gitarre achtlos zu Boden und ergreift meine immer noch zitternden Hände, während ein tosender Applaus um uns herum ertönt. Rays Finger sind schweißnass und ich muss trotz der Umstände schmunzeln. Ray ist genauso nervös wie ich.

Was verständlich ist.

Immerhin sind gefühlt tausend Kameras auf uns gerichtet und – verflucht! – Er darf keine Beziehungen haben! Nicht mit einer Frau und schon gar nicht mit einem Mann. Ich sollte das nicht zulassen. Auf keinen Fall!

Doch als ich die Hände zurückziehen will, zieht mich Ray nur noch fester an sich. Als hätte er meine Gedanken erraten, schüttelt er schwach den Kopf.

»Scheiß auf Peter und den verfluchten Vertrag«, meint er mit einem Lächeln. »Ich weiß, ich habe lange gebraucht, um es zu kapieren, doch dein zweites Manuskript hat mir letztendlich die Augen geöffnet. Mein Leben ist genau so, wie du es beschrieben hast. Und ich will das nicht. Nicht mehr.«

Dann nimmt er mein Gesicht in seine Hände und küsst mich.

Vor all den anderen, die noch lauter jubeln als zuvor.

Wie in Trance schlinge ich die Arme um ihn. Passiert das gerade wirklich? Ray Williams küsst mich? In der Öffentlichkeit, vor einem Publikum?

Aber es muss real sein, denn ich fühle die weichen, warmen Lippen auf meinen, ich spüre seinen Atem, ich schmecke seine Zunge, die mit meiner eigenen zu tanzen beginnt.

O Ray! Was machst du nur mit mir?

Nach einer gefühlten Ewigkeit löst Ray die Lippen von meinen und lächelt mich an. Und es handelt sich nicht um dieses künstliche Musikerlächeln, das die Augen nie erreicht. Nein, es ist das ehrliche Lächeln, das mein gesamtes Innerstes zum Kribbeln bringt.

»Ich liebe dich, Ellie«, haucht er und mein Sprachzentrum ist – wie so oft in seiner Nähe – lahmgelegt. Ich kann nur noch lächeln, mehr geht nicht.

So fühlt es sich also an, wenn dir der Mann deiner Träume seine Liebe gesteht.

Abgefahren. Surreal. Wunderschön. Atemberaubend.

»Ellie?« Ray zieht eine Augenbraue nach oben und mustert mich mit skeptischer Miene. »Willst du nichts dazu sagen?«

Ja, doch. Theoretisch schon. Ich liebe dich auch, zum Beispiel. Oder Danke. Immerhin hat er mir einen Song geschrieben. Irgendwie. Und den gesamten Campus in Bewegung gesetzt, um mich zu finden. Ich sollte ihm auf jeden Fall antworten. Eigentlich.

Stattdessen grinse ich immer noch total bescheuert vor mich hin und zucke kurz mit den Schultern. Ich höre Rays dunkles Lachen und er zieht mich ein weiteres Mal in seine Arme.

»Das ist einer der Gründe, warum ich dich so sehr liebe. Ich verstehe dich auch ohne Worte«, sagt er und küsst mich erneut. »Bock, den restlichen Tag zu schwänzen und Zeit mit mir zu verbringen? Ohne Zuschauer und ohne Smartphones und Social Media? Nur du und ich?«, raunt er mir anschließend ins Ohr und mir wird schlagartig heiß.

Ich blicke noch einmal in die jubelnde Menge und räuspere mich einige Male. »Sicher, dass du das hier willst? Mit mir?«, frage ich, als mir meine Stimme endlich wieder gehorcht.

Ray lehnt seine Stirn an meine, als würde er außer mir niemanden wahrnehmen, und sieht mich fragend an. »Die Frage ist, ob *du* das hier willst? Zusammen mit mir?«

Ich schlucke und genieße das Gefühl von Wärme, das sich in mir ausbreitet. Dann nicke ich.

»Ja.«

Rays breites Grinsen ist das Schönste, das ich je gesehen habe. Er umschlingt meine Finger mit seinen und verneigt sich schließlich vor den Studenten und deutet gleichzeitig auf mich.

»Ladys and Gentlemen – darf ich vorstellen? Ellie Waye, mein Freund, nein, meine Liebe. Ich bin pansexuell und dieser wunderbare Mensch hat mir vor einigen Wochen klammheimlich das Herz gestohlen.« Er führt meine Hand an seinen Mund und küsst sie sanft. »Teilt das von mir aus, so oft ihr wollt. Erzählt es meinetwegen dem Rest der Welt. Solange ihr uns jetzt für die nächsten Stunden entschuldigen würdet.« Er grinst verschmitzt, was mir schon wieder Herzrasen bereitet. »Denn wir haben jetzt einen außerordentlich wichtigen Termin.«

Er nickt mir zu und zusammen springen wir davon, Hand in Hand.

In ein gemeinsames Leben.

»Ich erkläre die Verhandlung hiermit für beendet.«

Das Knarzen sämtlicher Stühle erfüllt den Gerichtssaal und auch ich erhebe mich und reibe meine feuchten Hände an der Anzugshose ab.

Ray steht neben Jonas und Alec und als er sich zu mir umdreht, nickt er mir zu. Ich atme tief durch.

»Im Großen und Ganzen eine akzeptable Strafe, oder?«, meint Mom und ergreift ihre Handtasche. Ich bin ihr immer noch von Herzen dankbar, dass sie mich begleitet hat, genauso wie übrigens Linda und Rob. Doch von Mom kenne ich so eine öffentliche Unterstützung nicht, immerhin hat sie Ray und den Jungs ihren eigenen Anwalt engagiert. Denn nachdem Peter seine Drohung wahr gemacht und Ray wegen Vertragsbruch angeklagt hat, haben Jonas, Alec und er kurzerhand gekündigt, was ihnen wiederum eine neue Klage einbrachte. Die letzten Wochen waren dementsprechend aufwühlend für jeden von uns und ich bin heilfroh, dass dieser Abschnitt endlich zu Ende ist. Ich drücke Moms Hand, während wir den anderen langsam nach draußen folgen.

»Danke, Mom.«

Sie blickt mich an und ich meine sogar, ein schwaches Lächeln zu erkennen, bevor sie wieder mit typisch ernster Miene weiterläuft.

»Eine Anwaltshilfe für einen Bestseller, das war ich euch schuldig. Aber jetzt muss ich ins Büro. Richte Ray Grüße von mir aus, ja?«

Ja, das ist Mom. Trotzdem glaube ich nicht, dass sie uns nur wegen des Bestsellers geholfen hat. Tatsächlich landete Rays zweite Biografie innerhalb weniger Tage auf der Bestsellerliste, was mich schon verdammt stolz macht.

Mom hat höchstpersönlich das Lektorat übernommen und dafür gesorgt, dass Rays Management in keiner Weise schlecht dargestellt wird und mich oder Ray wegen Rufmord verklagen könnte. Und doch kann jeder zwischen den Zeilen lesen, was Sunset Music von seinen Musikern verlangt hat. Es ist eine richtig gute Biografie geworden, und das sage ich ganz ohne Eigenlob.

Kaum haben wir das Gerichtsgebäude verlassen, bombardiert eine Traube von Presseleuten Ray und seine Bandkollegen mit Fragen.

»Wie lautet das Urteil?«

»Wie hoch ist die Geldstrafe?«

»Werden *Ray and the Kings* dennoch weiter bestehen?«

»Gibt es eine Chance auf weitere Songs aus Ihrer Feder?«

»Was ist mit Sunset Music?«

»Dürfen Sie den Song *Black Mirror* weiterhin spielen?«

Ich höre all diese Fragen und sehe, wie Alec Ray auf die Schultern klopft und ihm aufmunternd zunickt.

Kurz darauf verlassen er und Jonas die Menge und überlassen die Reporter Alec, der in aller Seelenruhe auf jede einzelne Frage eingeht.

Allerdings achte ich nicht auf seine Antworten, sondern fokussiere mich einzig und allein auf Ray, der auf mich zuläuft.

Er trägt, genau wie ich, einen Anzug, was ihm außerordentlich gut steht. Gott! Dieser Kerl könnte wirklich Parfumwerbung machen! Schon wieder fährt er sich durch die Haare und lächelt mich auf eine Weise an, die mein Herz zum Stolpern bringt.

»Hey«, sagt er, als er vor mir, Linda und Rob stehenbleibt und meine Hand ergreift. »Danke, dass ihr mich begleitet habt«, sagt er an meine beiden Mitbewohner gerichtet. Linda hat sich extra einen Babysitter organisiert, um an der Verhandlung teilnehmen zu können und ja – auch ich bin ihr extrem dankbar dafür, dass sie vorhin ununterbrochen meine Hand gehalten hat. Rays Eltern müssten auch irgendwo sein, genau wie Jonas' Mom, doch ich habe beide in der Menschenmenge noch nicht entdeckt.

»Das ist verflucht viel Geld«, meint sie stöhnend und Jonas, der neben Ray steht, lacht leise auf.

»Das kannst du laut sagen. Wie gut, dass Ellie bald reich ist und die Miete für das Penthouse bezahlen kann.«

Ich rolle mit den Augen. »Wir haben noch nicht entschieden, wo wir zukünftig wohnen werden.« Tatsächlich bin ich derjenige, der sich nur ungern von Rays gigantischer Wohnung verabschieden will, denn wenn es nach Ray ginge, würden wir längst alle zusammen in der WG leben. Aus einem mir unbekannten Grund hat sich Ray in unsere kleine und schräge Familie verliebt, selbst wenn er sich regelmäßig über die Downton-Abbey-Abende beschwert. Er scheint absolut glücklich zu sein und ich weiß, dass auch Linda, Dylan und Rob ihn ins Herz geschlossen haben. Aber ich kann mich einfach nicht von dieser Fensterfront und der Aussicht trennen. Oder der Regen-Massage-Dusche! Verflucht, diese Dusche ist einfach der Hammer! Wenn ich da an unser altes, ramponiertes Badezimmer denke …

Als hätte Ray meine Gedanken erraten, zieht er mich plötzlich mit einem spitzbübischen Grinsen in seine Arme und kneift mir in den Hintern. »Wir könnten das übrig gebliebene Geld für eine Massage-Dusche in eurer Wohnung investieren, was hältst du davon?« Er haucht mir einen Kuss auf den Mund und wackelt vielsagend mit den Augenbrauen. »Und ich werde in den kommenden Wochen viel Zeit haben, mit dir duschen zu gehen.«

Auch das entspricht der Wahrheit, da die Band *Ray and the Kings* in ihrer ursprünglichen Form nicht mehr existiert. Eins muss man Peter lassen – er weiß ganz genau, wie und womit er seine Leute unter Druck setzen kann. Und er hat die Mittel dazu, sämtliche Anwälte mit in sein Boot zu ziehen, unter anderem auch Cole, wie ich heute schmerzlich feststellen musste. Denn mein Exfreund saß heute direkt neben Peter und hat die Forderungen von Sunset Music mit eiserner Miene vertreten, ohne ein einziges Mal den Blick auf mich zu richten. Und seine Forderungen waren hart und schmerzhaft.

Dennoch blieben alle drei Jungs bei ihren Entscheidungen. Sie haben dem Verbot, sämtliche Lieder des Labels zu spielen, zugestimmt, und müssen zudem eine hohe sechsstellige Vertragsstrafe bezahlen. Aber ehrlich gesagt glaube ich, dass sie das Geld bald wieder eingenommen haben, denn *Black Mirror* war nur der erste von vielen Songs, die Ray in den letzten Wochen geschrieben hat. Und er geht bereits jetzt durch die Decke, obwohl im Moment nur diese eine Version vom Campus existiert. Ich bin mir sicher, dass sie schon bald ihr erstes neues Album, ohne Management und ohne Scott, aufnehmen werden.

»Hundertachtzig Dollar für deine Gedanken«, raunt Ray in mein Ohr und ich grinse breit, obwohl ich nicht einmal etwas Anzügliches gedacht habe.

»Nur hundertachtzig Dollar? Ray, Ray, Ray, du enttäuschst mich … Übrigens«, fahre ich fort und kremple den Anzugstoff meiner Hose hoch, damit ich ihm die leuchtend rosa Socken präsentieren kann, die er mir damals an Thanksgiving geschenkt hat.

»Glücksbringersocken«, erkläre ich und grinse breit. »Passend zur Unterwäsche.«

Wenn Ray gerade eben noch verzückt gelächelt hat, sieht er mich nun völlig geschockt an. »Nein, oder? Du trägst nicht ernsthaft einen Einhorntanga!«

Ich hebe fragend die Schultern an und fasse an meine Gürtelschnalle, als würde ich sie hier an Ort und Stelle öffnen wollen und als würde ich wirklich so ein Teil tragen. Ach ja, hin und wieder bringe ich ihn einfach gern aus der Fassung – und Rays Blick ist göttlich! Er glaubt es immer wieder. Herrlich.

»Willst du es herausfinden?«, frage ich unschuldig und schon spüre ich Rays Lippen auf meinen.

»Definitiv«, haucht er und zieht mich an sich. »Ich liebe dich, Ellie.«

Ich schlucke. »Und ich liebe dich, Raymond Albert Williams.«

Ray knurrt warnend, doch ich sehe das vergnügte Grinsen in seinem Gesicht, als er mir antwortet: »Ich schwöre dir, wenn du mich noch ein einziges Mal mit diesem Namen ansprichst …«

»Dann liegt es daran, dass ihr beide vor einer Standesbeamtin steht, nicht wahr?«, unterbricht Linda Rays Drohung und verdreht die Augen. »Und jetzt sucht euch ein Zimmer! Das ist ja nicht auszuhalten!«

Und auch wenn Linda das als Scherz gemeint hat, kribbelt es in meinem Körper. Die Vorstellung, dass Ray und ich …

»Darauf freue ich mich jetzt schon«, antwortet Ray und streckt die Hand nach mir aus. »Wollen wir los?«

Ich nicke und ergreife sie. Gemeinsam lassen wir das Gerichtsgebäude, unsere Freunde und Familie, und Presseleute und Fans hinter uns.

Was uns die Zukunft bringt?

Keine Ahnung.

Aber ich hoffe und wünsche mir sehr, sie zusammen mit Ray zu erleben.

Danksagung

Ellie und Ray begleiten mich nun schon einige Jahre lang, und noch immer haben sie einen festen Platz in meinem Herzen.

Weil mir diese Geschichte sehr viel bedeutet. Weil ich die Botschaft unglaublich wichtig finde.

Umso mehr freue ich mich darüber, dass THESE UNWRITTEN WORDS endlich als Print erhältlich sein wird. Dafür bin ich von Herzen dankbar.

Liebe Bianca, ich danke dir für das wunderschöne Cover und die tolle Zusammenarbeit. Liebe Maria, egal, wie lange es her ist, ich denke immer wieder gerne zurück und danke dir von Herzen für dein Lektorat, für deine liebevollen Kommentare und den schönen Austausch, der bis heute anhält. Und ich freue mich bereits jetzt auf weitere Projekte, die ich mit dir gemeinsam umsetzen darf. :)

Liebe Katherina, danke dir für den wunderschönen Buchsatz, für deine Hilfe, deine Beratung und dein Testlesen. Du bist eine wundervolle Kollegin und eine wichtige Freundin für mich! Lieber Tobi, danke für dein Sensitivity Reading, deine Kommentare und den schönen Austausch mit dir.

Ich danke meiner Familie, die mich immer unterstützt, egal, wie verworren mein Weg als Autorin manches Mal aussieht. Ihr steht immer hinter mir und das bedeutet mir unglaublich viel – ich liebe euch von Herzen!

Und ich danke Euch, liebe Leserinnen und Leser, es ist so schön, dass es euch gibt!